KB275165

아사토호

あさとほ

아 사 토 호
あさとほ

니이나 사토시 지음
김진아 옮김

모두가 사라진다

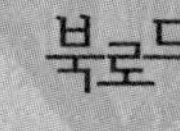

일러두기
- 책, 장편 문학작품은 『 』, 단편이나 시는 「 」로 표기했다.
- 각주는 모두 옮긴이의 것이다.

이야기의 첫 줄은 중요하다. 종종 거기에는 이미 작품의 주제가 들어가 있곤 하다. 결말까지 다 읽고 나서 첫 번째 줄로 되돌아오면 그 문장에 숨은 의미를 알아차리게 될 때도 있다.

만약 인생이 하나의 이야기라면 가장 처음 일어난 사건에 큰 의미가 있어야 할 것이다. 그런데 간단히 그렇게 될 수가 없다. 그 이유는 간단하다. 왜냐하면 인생은 이야기가 아니기 때문이다. 상황이 몇십 년씩이나 변하지 않을 때도 많고, 사족 같은 묘사나 별 의미도 없는 표현이 잔뜩 나오기까지 한다.

나에게 가장 오래된 기억 역시 그러한 종류의 것이었다. 나와 내 쌍둥이 여동생 아오바가 나란히 앉아 텔레비전을 보고 있었다. 방송이 정확히 어떤 것이었는지는 기억나지 않는다. 애니메이션이었던 것 같기도 하고, 어쩌면 인형극이었을지도 모른다. 아무튼 그게 어떤 스토리가 있는 내용이라는 것만큼은 확실하다. 부모님은 같이 있지 않았고, 우리 둘만 열심히 화면을 바라봤다.

이야기는 클라이맥스를 넘어 결말을 향해 나아간다. 주인공이 마지막에 무엇인가를 하려던 순간, 어머니가 방으로 황급히 뛰어 들어왔다. 아직도 보고 있었니? 어서 가자, 하고 어머니는 리모컨을 쥐고 텔레비전을 꺼버렸다.

그러자 바로 아오바가 크게 울음을 터트렸다. 어머니가 얼른 텔레비전을 다시 켰지만 이미 방송은 끝났다. 어머니의 사과에도 아오바는 눈물을 그치지 않았다. 제일 중요한 결말 부분을 놓친 바람에 모든 게 엉망이 되고 말았다. 아오바는 그런 식의 말을 하면서 울었다.

하지만 어찌 된 일인지 나는 울지 않았다. 당시 나는 아오바보다 조숙했을지도 모른다. 어머니는 아오바를 억지로 안고 차에 태웠다. 그리고 아마도 차는 병원인지, 어린이집인지를 향해 내달렸다.

아직도 잔뜩 토라져 있는 아오바에게 나는 가만히 말을 걸었다. 그 이야기 마지막은 이런 거야. 아오바가 미처 듣지 못한 주인공의 마지막 대사를 내가 입에 올리자, 그녀는 눈을 동그랗게 떴다. 눈물은 이미 멎었다. 그걸 어떻게 알았어? 라는 물음에 나는 의기양양하게 대답했다.

그거야 원래 그런 이야기니까.

실제로 그 이야기의 마지막이 내 짐작대로 됐는지는 알 수 없다. 그러나 아오바는 그걸 순순히 믿었다. 잘 완성된 이야기는 바로 그런 것이다. 내가 원하는 결말은 이미 있고, 그저 그렇게 흘러가길 기다리기만 하면 된다.

정말로 그렇다면 지금부터 내가 할 이야기도 나 자신이 바라는 결말이 처음부터 준비되어 있었을지도 모른다. 내가 자각을 못 할 뿐이지, 나는 이미 이 이야기의 가장 아름다운 결말을 알고 있을 수도 있다.

나와 아오바는 나가노현의 작은 마을에서 자랐다. 그곳은 산으로 둘러싸인 채 몇몇 촌락이 모여 있는 모양새의 마을로, 제일 탁 트인 곳에는 구류강이라는 큰 강이 흐른다. 우리 집은 중심부에서 떨어져 있는 촌락 중 한 곳에 있었다.

근처에 사는 이웃들은 모두 어르신들뿐이었지만, 초등학교 2학년 때 남자아이 하나가 이사를 왔다. 기리노 아키토라는 이름의 그 애는 우리보다 한 살 어렸고, 같은 초등학교에 다니기 시작했다.

우리는 둘 다 그가 좋았다. 솔직하고 얌전한 데다, 가녀린 팔다리는 마치 소녀처럼 예뻤기 때문이다. 특히 아오바가 아키토를 계속 의식했다. 그녀는 운명적인 만남이라고 했다. 나는 웃음을 터트리고 말았다. 꿈꾸길 좋아하는 아오바와는 달리 나는 어릴 때부터 좀 냉정한 성격이었다. 마치 아키토를 왕자님처럼 묘사하는 아오바가 우스워 견딜 수가 없었다. 아키토의 부모님은 평범한 회사원에, 집은 현에서 운영하는 단층 주택이어서 아무리 봐도 왕자님이 살 만한 곳은 아니었다.

서로 이웃에 살고 있었지만, 함께 어울리는 일은 전혀 없었다. 아오바는 낯을 심하게 가리는 성격이었고, 아키토도 활동적인 편이 아니어서 대화도 거의 나누지 않았다. 그는 우리를 가끔 등하굣길에 마주치는 상급생 정도로밖에 여기지 않았을 것이다.

아오바는 그걸 아쉽게 느끼는 듯했지만, 그렇다고 해서 어떤 특별한 행동을 하려는 기색도 보이지 않았다. 그러는 사이 1년이 지나고, 2년이 지났다. 이제 관심을 잃은 줄 알았는데 또 그런 건 아닌 모양이다. 어느 날 아오바는 그 이유를 가르쳐줬다.

"만약 우리가 운명으로 맺어져 있다면 분명 무슨 일이 일어날 거야."

"무슨 일이라니 그게 뭔데?"

"그거야 그냥 무슨 일이겠지. 나쓰히도 자주 그러잖아. 이야기에는 반드시 그런 게 있다고."

그 시절, 아오바 역시 패턴을 찾아 결말을 알아맞히고 싶어 하는 나의 나쁜 버릇을 잘 알고 있었다.

"그렇다면 우선 우리 둘이 특별한 사이가 될 만한 사건이 일어나겠지?"

그건 그렇다. 대개 이야기 첫 부분부터 여주인공은 길모퉁이에서 잘생긴 전학생과 부딪치거나, 빌린 책의 대여 카드에서 이름을 발견하거나, 어떤 계기로 그와 한 지붕 아래에서 살게 되기도 한다.

"하지만 그건 이야기 속 일이지 사실이 아니잖아."

"그게 그거지 뭐."

“잘 들어봐.” 나는 짐짓 타이르는 듯한 어조로 말했다. “이 야기는 작가가 생각해서 어떻게 할지 정하는 거야. 나쁜 일이 일어나면 그다음에 바로 좋은 일이 생기도록 말이야. 하지만 현실에 그런 사람은 없으니까 무슨 일이 일어날지는 아무도 모른다고.”

초등학교 4학년치고는 제법 그럴듯한 논리였다. 그래도 아오바는 이해를 한 건지, 아예 할 마음이 없는지 희미하게 웃더니 내 얼굴을 쳐다봤다.

“왜 그래?”

“그럼 이야기로 만들면 되지. 내가 작가가 되어서 무슨 일이 생길지 정하는 거야.”

“어떻게 그런 일이 가능해?”

“난 결정했어. 나와 아키토 사이에는 곧 멋진 일이 생기고…… 그래서 우리 관계는 특별해질 거라고.”

그녀가 하는 말은 뒤죽박죽이었지만, 그 이후 일어날 뒤죽박죽된 일에 비하면 이건 아직 서장에 불과했다. 아니면 그녀의 말은 사실이었을 수도 있다. 사람에게는 이런 식으로 자신의 인생을 잘 짜인 이야기처럼 만드는 힘이 정말로 있는 것일지도 모른다.

이런 대화를 하고 얼마 지나지 않아 아오바는 아키토의 자전거에 치였다.

우리가 사는 촌락에는 계곡물이 흐르고 있었는데, 그곳은 겐지 반딧불이 군생지로 유명한 장소였다. 6월의 어느 저녁, 나와 아오바는 반딧불이를 보러 가기로 하고 유카타 차림으로 계곡을 향했다. 날은 어둑어둑했고, 개굴개굴 우는 개구리들의 울음소리가 마치 백색소음처럼 주변을 가득 채우고 있었다.

둘이서 계곡으로 이어지는 언덕길을 내려갔을 때, 뭔가 바람을 가르는 소리가 났다. 그때 마침 아오바가 차도 쪽으로 비슬비슬 나갔다. 나중에 들은 말로는, 아오바는 길 건너편 산울타리에 핀 수국을 나에게 보여주려 했단다.

다음 순간, 아오바는 검고 큰 덩어리와 부딪히면서 몸이 튕겨 나갔다. 아키토도 친구와 반딧불이를 보러 가자는 약속을 한 후, 자전거를 타고 집을 나왔던 것이다. 아직 날이 완전히 어둡지는 않아서 자전거 라이트를 켤 생각을 못 한 모양이었다.

아오바는 도로 가장자리에 있던 가드레일에 얼굴을 부딪치며 바로 쓰러졌다. 가까이 다가가자 그녀의 얼굴은 피투성이였고, 많은 양의 피가 아스팔트 위를 줄줄 흘렀다. 나는 그 자리에서 기절하고 말았다. 그 후의 일은 기억도 안 난다.

그다음으로 기억하는 건 아오바가 입원했던 병실에 아키토가 찾아왔을 때의 일이었다. 아오바의 얼굴은 붕대로 둘

둘 감긴 채였다. 새파랗게 질린 표정을 한 채 부모님과 열심히 머리를 숙이는 아키토. 원망스러운 듯, 경멸스러운 듯 복잡한 표정으로 그들을 바라보는 우리 어머니. 그 와중에도 아키토에게 가만히 시선을 던지는 아오바.

"정말이지 어떻게 사과를 드려야 좋을지……"

"우리 딸애는요." 어머니가 말했다. "얼굴에 흉터가 평생 남을 거라는 말을 들었어요. 그리고 어떻게 밤에 자전거 라이트도 안 켜고 다니냐고요."

"죄송합니다!"

어른들끼리의 껄끄러운 감정싸움의 모습을 본 건 그게 처음이어서, 나는 마치 드라마의 한 장면 같다는 생각을 했다. 나는 우리 부모님이 그런 생활감이 결여된 대화와는 아예 인연이 없는 줄만 알았기에 얼떨떨한 기분이 들었다.

그런데 정작 당사자인 아오바는 차분하게 아니, 심지어 미소까지 지으며 그 대화를 재미있다는 듯 바라보고 있었다. 그런 그녀의 태도가 처음에는 기묘하게 느껴졌지만, 점차 그 의미를 이해하게 됐다.

그래, 아오바는 바로 이걸 바라고 있었던 게 아닐까.

"아키토."

아오바는 얼굴의 붕대를 손바닥으로 살짝 누르면서 입을 열었다. 얼굴이 욱신거려서 말하기도 힘들다는 그녀가 그것도 굳이.

"난 아키토 너한테 화 안 났어. 용서해 줄게. 그 대신에."

앞으로도 계속 친하게 지내자, 라고 아오바는 웃으며 말했다. 이걸로 그녀와 아키토의 관계는 정해지고 말았다.

몇 주가 지난 후, 아오바는 퇴원했다. 붕대를 푼 그녀의 얼굴에는 쭉 잡아당긴 듯한 큰 상처가 지나가고 있었다. 시선을 피하고 싶을 만큼 심각한 건 아니지만, 앞에 가까이 서면 주목하지 않을 수 없을 정도의 흉터. 그게 피부를 확 잡아당기고 있어서 그녀의 입술은 살짝 오른쪽으로 올라간 상태였다.

그렇지만 아오바는 그 상처를 전혀 마음에 두지 않았다. 그녀는 오히려 이게 운명이라고 했다.

"내가 그랬잖아?"

아름다운 이야기의 중반에는 주로 장애물과 시련이 기다리고 있다. 아오바는 그게 바로 이것이라고 말했다.

"아키토와 맺어지기 위해 이 상처가 생긴 거야."

나는 아무 말도 할 수 없었다. 아니, 할 말은 얼마든지 많았다. 그 사고는 단순히 우연이었지, 운명 같은 게 아니다. 하지만 정말로 그 이후부터 아키토와 우리는 같이 등하교를 하게 됐다. 하지만 그건 체면과 죄책감 때문일 뿐, 피해자와 가해자가 된 아오바와 아키토는 이제 순수한 관계로는 되돌아갈 수 없다. 그러니까 이건 사랑의 운명이 절대로 아니다.

그렇게 말하는 것이야 간단한 일이지만, 나는 하지 않았다. 만약 내가 그런다면 이 아이는 어떻게 될까?

얼굴에 상처를 입고, 연인 사이가 됐을지도 모르는 소꿉친구와의 관계까지 망가진 채 이 세상에 홀로 내던져지지 않을까?

그건 너무나도 잔혹하다. 나는 그녀를 꼭 끌어안고 앞으로는 그녀의 이야기에 나도 함께하기로 마음먹었다. 그녀가 아키토의 생일 선물을 사겠다고 하면 같이 가서, 우리 둘이 고민하며 선물을 골랐다. 아오바가 찾아낸 선물은 십자가를 짜맞춘 것 같은 디자인의 펜던트로, 지금 생각해 보면 참으로 유치하지 않을 수 없지만 당시에는 굉장히 세련되어 보여서 그걸 샀다. 아키토의 집으로 무작정 찾아가, 곤혹스러워하는 그의 부모님의 시선을 느끼면서도 생일 축하 파티를 열고 선물을 건넸다. 다음 날부터 그가 매일같이 그 펜던트를 차고 다니는 걸 보고 우리는 함께 기뻐했다.

때때로 아오바는 나한테 물었다. 이 이야기의 다음은 어떻게 될까? 앞으로 우리 앞에 어떤 사건들이 기다릴까? 그럴 때마다 나는 새로운 이벤트를 설정했다. 다음에는 아키토와 쇼핑하러 간다. 다음에는 러브레터를 써서 학교에서 준다. 다음에는 하교 중에 손을 잡는다. 하지만 다른 애한테 들키면 안 된다.

그녀의 이야기는 순조롭게 진행됐다. 그리고 동시에 아키토도 조금씩 아오바에게 마음을 여는 것이 보였다. 말투도 한결 편해졌고, 이름도 '오하시'에서 '아오바'라고 부르게 됐다. 그와 덩달아 내 이름도 친근하게 부르기 시작했다.

그건 참 좋은 일이긴 했지만, 나는 고개를 갸웃거릴 수밖에 없었다. 아키토는 정말로 아오바한테 마음이 끌리고 있는 것일까. 아니면 역시 그를 지탱하는 것은 아오바에 대한 죄책감일 뿐이지, 그저 그 마음을 들키지 않으려고 표면적으로만 잘해주는 게 아닐까.

여름방학 중 어느 날, 나와 아오바는 아키토를 불러 근처 산으로 놀러 가기로 했다.

그 이유는 자유 연구 숙제를 하기 위해서다. 작년에는 가족 끼리 우리 고장 향토 자료관으로 가서 전시된 토기나 토우를 보고 그림을 그려 도감처럼 정리했다. 그 숙제가 제법 칭찬을 받은 덕분에 올해도 비슷한 방식으로 진행하기로 했다. 토기 이외의 것이면서, 여러 종류를 그림으로 그리기도 쉽고 간단히 모을 수 있는 것이라면 산에 자생하는 나뭇잎이 좋을 듯했다.

우리는 아키토의 집 뒤뜰로 돌아가 1층에 있는 그의 방 창문을 두드렸다. 이건 아키토의 아버지가 그러라고 시켰기 때문이다. 이제 서로 많이 친하고 굳이 현관으로 들어올 필요는 없다고 했지만, 사실은 아오바의 얼굴을 보고 싶지 않아서가 아닐까 하는 생각이 들었다.

창가에 아키토가 얼굴을 보이더니 잠시 후 그가 바로 옆 툇마루로 나왔다. 목에는 그 펜던트가 걸려 있다.

"우리, 산에 가자."

"어느 산?"

"어느 산이든 괜찮아. 나무가 있는 곳이라면."

아키토의 집은 촌락 외곽의 언덕에 있었는데, 몇 분 정도 걸으면 금방 산 아래 들판으로 들어가게 된다. 그곳은 나무가 무성하고 울창해서 한낮인데도 어둑어둑했다. 낡은 회색 아스팔트 길이 뱀처럼 구불거리며 그 안쪽까지 이어져 있다.

어느 정도 나이간 우리는 길을 벗어나 나뭇잎을 모으기 시작했다. 아키토가 너무 멀리 가지 말라고 했지만, 그리 신경 쓰지 않았다. 나와 아오바는 손이 닿는 높이에 있는 나뭇잎 몇 종류를 뜯어 미리 준비해 온 지퍼백에 담았다.

다양한 표본을 챙기고 싶었던 우리는 산을 좀 더 올라가 보기로 했다. 산 안쪽으로는 아직 포장된 길이 이어지고 있다. 이 길 저편에 무엇이 있는지 아키토도 모른단다. 조금 관심이 생겼다.

여름 산의 풍경에 푹 빠진 아오바가 맨 앞을 걷고, 몇 미터 뒤처져서 나와 아키토가 뒤를 이었다. 산에서 부는 바람은 뜨

뜻미지근했고, 매미 울음소리가 마치 샤워처럼 쏟아져 우리를 감쌌다. 이런 식으로 아키토와 내가 같이 있는 날은 별로 없다. 이번 기회에 나는 조금 짓궂은 질문을 해보기로 했다.

"있잖아." 나는 아키토의 귀에 입술을 대고 소곤거렸다. "아오바를 어떻게 생각해?"

그는 이상하다는 듯 나를 바라봤다. 왜 그런 걸 묻느냐는 기색이었다.

"아오바를 정말로 좋아해?"

"좋아해. 아오바는…… 내 연인, 이니까."

"그게 정말 연인 사이 맞아?"

"무슨 소리를 하는 거야……?"

"사실은 아오바가 없으면 좋겠다고 생각하는 거 아니야?"

아오바만 없었더라면, 아오바를 그렇게 다치게만 하지 않았더라면 아키토는 자유로울 수 있었다. 좋아하는 다른 애와 놀았을 거고, 아오바와 논다고 하더라도 좀 더 자기 자신답게 행동했을 것이다. 하지만 지금은 그렇지 않다. 만약 아오바를 화나게 하면, 역시 널 용서할 수 없다고 한다면, 그와 그의 부모님은 힘들어지게 된다.

내 질문의 뜻을 이해한 모양이다. 아키토는 나를 날카롭게 째려봤다.

"넌 어떻게 자기 동생에게 그런 심한 말을 하냐?"

그 말에 나도 벌컥 화를 냈다.

"난 아오바를 좋아해. 무슨 일이 있어도 난 그 애 편이라고. 하지만 넌 그렇지 않잖아."

"나도 아오바를 좋아한다고."

"너희 아빠 엄마가 그렇게 말하라고 하시든?"

"아니야!"

그의 높아진 언성이 산에 메아리치자 근처 풀숲에서 새가 날아오르며 푸드득 하는 소리를 냈다. 앞을 걷던 아오바가 뒤를 돌며 난처한 미소를 지었다.

"나쓰히, 아키토를 화나게 하지 마."

"미안, 미안."

"아키토, 미안해. 나쓰히가 무슨 기분 나쁜 말을 한 거지?"

"……아니, 그런 거 아니야."

거봐, 바로 거짓말하면서. 그래서 나는 아키토를 믿을 수가 없었다.

이번에는 아키토가 맨 앞을 걸었다. 나와 아오바는 그 뒤를 따랐다. 옆에서 아오바가 작은 목소리로 물었다.

"아까 아키토한테 뭐라고 그랬어?"

"그냥, 쟤한테 정말로 널 아끼는 마음이 있는지 궁금해서." 나는 최대한 솔직히 대답했다.

"아니, 그렇잖아. 여기에 곰이 나올지도 모르는데 아키토가 널 두고 도망가는 애라면 좀 그렇잖아.”

그러자 아오바는 쿡쿡거리며 웃었다. 상처가 난 쪽의 뺨이 와락 구겨진다.

“혹시 그거, 이제부터 일어나게 될 ‘이야기’의 다음 내용이야?”

“아니, 예를 들어서 그렇다고.”

내가 그렇게 대답하자 아오바는 가만히 생각하는 모습을 보이더니 입을 열었다.

“아키토는…… 참 다정한 애야. 힘도 안 세서 곰이랑 싸우면 분명 지겠지만…… 그래도 착하니까, 그러니까 같이 있고 싶어.”

그녀는 평소의 그 부드러운 목소리로, 하지만 자신감이 찬 또렷한 어조로 그렇게 말했다. 그래서 나는 아오바의 말을 차마 부정할 수가 없었다. 어쩌면 그 말대로 아키토는 다정한 성격일지도 모른다. 어떤 보답을 바라는 게 아니라 순수하게 아오바를 불쌍히 여기니까 그녀와 곁에 함께 있는 것일지도 모른다.

그렇다면 아키토도, 나도 사실 따지고 보면 똑같은 행동을 한다는 뜻이다. 그런 생각을 하던 순간, 아키토가 문득 발걸음을 멈췄다.

우리가 몰래 속삭이는 소리를 들은 게 아닐까 걱정됐다.

하지만 그건 괜한 걱정이었을 뿐, 가까이 다가가니 아키토는 도로변 쪽을 가리켰다.

"얘들아, 저게 뭐지?"

그 방향을 보니, 도로 조금 벗어난 숲속에 거의 쓰러지기 일보 직전인 나무 막대기 같은 것이 두 개 나란히 서 있다. 마치 대문처럼 보이기도 했다.

"이런 곳에 누가 사는 걸까?"

아무리 산속이지만 길가라서 집이 있다고 해도 이상할 것은 전혀 없다. 하지만 그 대문은 차가 들어갈 만한 크기로는 보이지 않았다.

"궁금하면 한번 보고 올까?"

"으음……."

고민하는 아키토의 옆을 아오바가 재빨리 지나쳤다. 그녀는 대문처럼 보이는 곳까지 다가가더니 안쪽을 들여다보고 말했다.

"안에 건물이 있어." 돌아보며 웃는다. "우리 탐험해 보자."

아오바는 그대로 안쪽을 향해 성큼성큼 나아갔다. 나와 아키토도 어쩔 수 없이 뒤를 쫓아갔다. 두 개의 기둥 사이를 지나가자 나무들 틈으로 안쪽에 작은 건물이 눈에 들어왔다. 낡은 목조 단층집으로, 신사라고 하기에는 너무나도 생활감이 넘치는 모양새였지만 그렇다고 사람이 살기에는 너무 좁게 보였다. 그리고 무엇보다 심하게 낡았다.

우리가 아오바를 따라잡았을 때, 그녀는 벌써 입구의 유리문을 열던 차였다.

"우와, 이상한 냄새가 나."

썩은 채소 같은 독특한 냄새가 집 안에서 풍겨 나오는 바람에 나는 저도 모르게 얼굴을 찡그렸다. 그런데도 아오바는 태연한 표정으로 안으로 들어갔다. 나도 바로 그 뒤를 이었다. 아키토는 망설이는 눈치였지만, 혼자만 남고 싶지는 않았는지 내 옷자락을 잡은 채로 따라왔다.

신발을 신은 채 안으로 들어갔다. 복도에는 물건들이 난잡하게 흩어져 있었다. 식기, 옷가지, 농기구에 낡은 신문지. 배치에 아무런 규칙성이 없다. 처음부터 그랬던 건지, 누군가가 이렇게 어지럽힌 건지 알 수가 없었다.

아키토가 내 옷을 세게 잡아당겼다. 그 때문에 하마터면 나는 넘어질 뻔했다.

"왜 쟤를 안 말리는 거야?"

"그거야" 하고 나는 대답했다. "탐험해 보고 싶지 않아?"

"난 별로."

"재밌잖아. 보물이 숨겨져 있을지도 몰라."

나는 대수롭지 않게 말했다. 발밑에는 시커먼 액체가 스며든 방석 같은 게 널브러져 있다. 스니커 뒤축으로 그걸 걷어차 버렸다. 방석 밑에서 크고 다리가 많은 벌레가 나타나는 바람에 아키토가 비명을 내질렀다. 나는 아무렇지도 않았다.

이미 아오바의 모습은 보이지 않았다. 하지만 건물도 작으니 길을 잃을 염려는 없다. 복도를 나아가 모퉁이를 돌자 막다른 곳에 미닫이문이 나타났다.

그 문이 우리가 보는 앞에서 슥 하고 닫혔다.

나와 아키토는 서로 얼굴을 마주 봤다. 이따가 우리가 쫓아올 걸 아는 아오바는 왜 굳이 문을 닫은 걸까? 어쩐지 불길한 예감이 들었다. 나는 다소 빠른 걸음으로 미닫이문에 손을 걸고 단번에 열어젖혔다.

다다미 석 장 정도 크기의 방이었다. 바닥은 지저분한 나무판자로 되어 있고 먼지가 잔뜩 쌓여 있긴 했지만, 그것 말고는 어찌 된 일인지 잘 정돈이 되어 있어서 물건들이 너저분하게 널려 있지는 않았다.

방 중앙에는 천이 매달려 있었다. 원래는 전등을 매다는 곳이었던 모양이다. 그런데 지금은 그것 대신 희고 큰 천이 텐트처럼 매달려 있다. 우리는 의아한 기분이 들었다. 아오바는 대체 어딜 간 걸까.

천은 반투명했는데, 그 저편으로 사람 그림자 같은 것이 보였다. 아오바, 하고 부르자 그 그림자의 목에 해당하는 부

분이 움직였다. 그건 바로 이름을 불렸을 때 뒤돌아보는 몸
짓이었다.

그다음 순간, 사람 그림자는 한가운데부터 서서히 녹아버
리는 것처럼 사라지고 말았다.

"어?"

나는 깜짝 놀라 그쪽으로 다가가 천을 걷어봤다. 그건 평
범한 천이었다. 두 손으로 붙잡고 펄럭펄럭 움직여봤지만,
그 안에 사람이 숨어 있지 않다는 것쯤은 금방 알 수 있었다.
반대편으로 돌아가 봤지만 마찬가지였다. 바닥에 구멍이 뚫
려 있을 리도 없다. 그럼 아까 그 그림자는 뭐였을까.

"아오바, 아오바!"

큰 소리로 동생의 이름을 외쳤다. 아무 대답도 없다. 아키
토는 방 입구에서 얼어붙은 듯 멍하게 서 있기만 한다. 나는
그를 불렀다.

"지금 그거 봤어?"

아키토가 고개를 끄덕였다.

"뭘 봤는데?"

"아, 아오바가 천 너머로 걸어갔다가…… 그러다가 사라
졌어"

내가 본 광경과 똑같다. 나는 내가 순간적으로 잘못 본 것
이길 바랐지만, 그 바람은 이루어지지 않았다. 나는 방 안에

있는 것을 샅샅이 뒤지며 아오바를 찾았다. 어디 몰래 빠져 나가는 구멍이나 비밀 문 같은 게 있지 않을까 생각했기 때문이다. 하지만 그런 건 보이지도 않았다.

문득 아키토에게 눈길을 주자, 그는 아까 있던 자리에서 조금도 움직이지 않은 채였다.

"뭐 하는 거야? 너도 어서 찾아!"

"어? 아…… 응."

아키토는 맥없는 대답만 하고, 대강 근처에 있는 상자를 뒤집어 보기만 했다. 나는 짜증이 났다.

그리고 나서 우리는 각자 그 방 안을 이리저리 살폈지만, 아오바의 모습은 찾아볼 수가 없었다. 그 집은 밖에서 본 대로 단층 건물로, 집 뒤편에는 재래식 화장실이 있었다. 한차례 둘러봐도 2층이나 지하실 같은 건 없었다. 부지는 숲에 둘러싸여 있었지만, 나무는 드문드문 나 있어서 방향을 잃을 정도는 아니었다. 나무 그늘 밑 잡초는 무성했지만, 사람이 풀을 헤치고 걸은 흔적은 전혀 없었다.

그 어디에도 아오바는 없었다. 역시 아오바는 그 집에서 사라진 게 분명했다.

"나쓰히."

아키토가 나를 부르는 소리에 얼굴을 들자, 그제야 처음으로 주변이 어둑어둑해졌다는 것을 알아차렸다. 벌써 저녁

이었다.

"집에 가자."

"하지만 아오바가."

내 동생이. 그렇게 대답했지만, 아키토는 고개를 가로저었다.

"먼저 집에 돌아간 걸지도 몰라."

"이 산길을 혼자서?"

아키토는 눈길을 돌려 집을 둘러싼 숲 안쪽을 흘끔거리며 쳐다봤다. 어스름이 점점 우리 주변을 둘러싼다. 나는 그가 무슨 말을 하고 싶은지 알 것 같았다.

"어쩌면 너희 아빠 엄마가 데리러 오셔서 아오바가 따라간 걸지도 몰라……. 아, 아니면 대문 쪽에 있을지도 모르잖아."

아키토는 두려워하고 있었다. 어떻게든 빨리 이곳을 나가고 싶은 마음에 이런저런 변명을 늘어놓는 것이리라. 아오바는 걱정도 되지 않는 걸까. 아니, 그보다 그에게 걱정할 이유도 없는 듯하다. 나는 그에게 다가가 토해내듯 말했다.

"넌 이대로 아오바가 없어지면 좋겠지?"

그의 낯빛이 싹 변한다.

"아니야……. 어떻게 그런……. 그럴 리가 없잖아!" 새된 목소리였다. "없어지면 좋겠다니 어떻게…… 그런 말을……."

불행한 사고를 계기로 아오바와 아키토는 '특별한 관계'가 됐다. 그녀의 얼굴에 상처가 계속 남아 있는 한, 이 관계는 끝나지 않는다. 다시 말해, 아키토는 절대로 아오바를 벗어나지 못한다. 그 애가 원하는 동안은 절대로.

"그러면 지금 맹세할 수 있어?"

"맹세라니, 뭘?"

"아오바를 꼭 찾아내겠다고. 끝까지 아오바를 찾아다니겠다고."

나는 아키토를 강압적으로 밀어붙였다. 그건 마치 화풀이 같았다. 아오바의 얼굴에 흉터를 남긴 일로 인해 그를 용서하지 못했던 건 사실 나였을지도 모른다. 나는 아키토가 미웠고, 아오바가 사라진 것에 대해 혼란스럽기도 했기에 이 자리에서 그를 비난했다.

그러나 아키토는 아무 대답도 하지 않았다. 결국 짜증이 치민 나는 이제 됐다는 말을 내뱉고 다시 걸음을 내디뎠다. 내 뒤를 아키토가 다급히 따라왔다.

대문을 통과해 밖으로 나간 나와 아키토는 그대로 왔던 길을 되돌아갔다. 아까는 셋이서 걸었던 길을 지금은 둘이서 걷고 있다. 서로 아무 말도 하지 않았다. 이야기조차 하고 싶지 않았다. 해 질 녘의 산은 싸늘한 데다 저 멀리서 정체를 알 수 없는 새 울음소리까지 들렸지만, 그다지 무섭지는 않았다. 바로 눈앞에서 사람이 사라지는 게 더더욱 무서웠다. 집으로 돌아가서 부모님께 뭐라고 말해야 하나 생각하니 그것도 두려웠다.

그렇지만 그보다 더 무서운 건 아오바가 사라지고 나서 신기하게 나 자신도 어깨의 짐을 내려놓은 듯한 기분이 들었다는 점이었다. 어떤 나쁜 감정을 그녀에게 다 떠넘긴 채로 사라져버린 듯한 느낌마저 들었다. 그런 식으로 느끼는 것도 두려웠고, 아오바와 함께 사라진 나의 감정은 대체 뭐였는지 떠올리는 것도 공포였다.

갑자기 형용할 수 없는 불안감이 엄습하는 바람에 나는 결국 걸음조차 옮길 수 없게 됐다. 무릎이 벌벌 떨려서 나는 그 자리에 주저앉고 말았다. 어떡하지? 아오바가 없으면 나는.

그때 갑자기 누군가의 온기가 내 몸에 와 닿았다.

"괜찮아." 아키토가 내 어깨를 가만히 감싸 안고 있었다. "약속할게. 내가 반드시 아오바를 찾아낼 테니까."

이게 그날 나와 아키토, 그리고 아오바에게 일어난 일이다. 그리고 마지막으로 이런 이야기의 단골 레퍼토리도 추가해 본다.

우리는 두 번 다시 그 집에 갈 수가 없었다. 사건이 일어난 이튿날 나와 아키토만 둘이서 얼른 그 집에 가봤지만 몇 번이나 그 길을 지나도, 건물은커녕 그 눈에 잘 띄던 문기둥마

저도 보이지 않았다. 아오바를 삼켜버린 것에 만족해서 집도 통째로 증발해 버렸다는 설명이 제일 설득력이 있을 정도다. 하지만 그럴 리는 없다.

그렇게 결국 아오바는 찾을 수 없었다. 물론 오늘까지도 그녀는 여전히 나타나지 않고 있다. 그녀는 완전히 사라져버렸다. 내 인생에서.

이 사건이 있은 지 몇 개월이 지났을 즈음, 아키토는 부모님의 직장 문제로 다른 현으로 이사하게 됐다. 그는 매우 안타까워했다. 아오바를 찾지 못한 채 마을을 떠나는 게 한이라면서. 한편 내 태도는 냉담하기만 했다. 그런 건 보나 마나 흉내일 게 뻔하다. 이 끔찍한 땅을 떠나게 되어서 속이 다 시원한 게 분명하다. 하지만 두 번 다시 만나지 않을지도 모를 사람에게 그런 소리를 하고 헤어지기에는 뒷맛이 찝찝해서 나는 아무 말도 하지 않았다. 그저 언제 또 보자, 라고만 말했다.

어떤 이야기든지 간에 패턴은 존재한다. 나는 그런 내용을 읽어내는 걸 잘한다. 동생이 사라지면서 남게 된 우리 두 사람은 그래도 앞을 보며 각자의 인생을 걷는다. 그런 이야기라면 나도 쉽게 상상할 수 있다.

하지만 이 이야기는 그런 종류의 것이 아니었다.

그날 산길을 따라 촌락까지 내려간 우리는 각자의 집으로 돌아갔다. 이제 날은 저물어서 주변은 완전히 어두웠다. 난 분명 혼날 거라는 생각에 집 현관문을 조심스럽게 열었다.

"다녀왔습니다."

내 목소리를 들은 부모님이 바로 달려 나와 어디 갔었느냐, 뭘 했느냐며 질문 공세를 쏟아붓기 시작했다. 불에 기름을 붓는 것 같아 마음이 내키지 않았지만, 그래도 동생을 잃어버렸다는 사실을 솔직히 전해야만 했다. 나는 각오를 다졌다.

"있잖아." 나는 고개를 숙인 채 말했다. "아오바가 없어졌어."

한바탕 난리가 날 줄 알았는데 부모님은 뜻밖에도 매우 조용했다. 아니, 어리둥절한 표정이었다. 내 말을 못 들은 줄 알고 다시 한번 말했다.

"아오바가 없어졌다고. 나랑 같이 있는 줄 알았는데, 정신을 차리고 보니 없어졌단 말이야."

부모님은 서로 얼굴만 쳐다보다가 고개만 갸웃거렸다. 곧 어머니가 불안한 어조로 말했다.

"누구를…… 말하는 거니?"

○ ○ ○

후지에다 교수님이 행방불명됐다.

그 말을 듣고 가장 먼저 떠오른 건 내 졸업논문은 어떻게 되는가 하는 생각이었다. 그 생각을 한 후, 나는 자기혐오에 빠졌다. 내가 봐도 너무 박정한 반응이었기 때문이다.

졸업논문 지도는 한동안 쉬게 되어, 한 교시 정도 시간이 비었다. 우리는 대학에서 만나기로 했다. 여기서 우리라는 건 후지에다 교수님이 졸업논문 지도를 담당하고 있는 세 명을 일컫는다. 나와 아즈사, 그리고 미오.

우리가 다니는 대학 캠퍼스는 전부 세 곳이다. 하나는 도코로자와에 있고, 다른 두 곳은 신주쿠에 있다. 내가 다니는 문학부 캠퍼스는 신주쿠에 있는 두 곳 중 하나로, 다른 학부가 있는 캠퍼스와는 조금 떨어져 있었다.

벌써 4년이나 다녀서 눈을 감고도 걸어 다닐 수 있다……고 할 수는 없다. 이 캠퍼스는 어찌 된 일인지 늘 어느 학사를 다시 지을 때가 많아서, 새 학기가 될 즈음이면 낯선 건물이나 통로가 몇 개씩 생기곤 했기 때문이다. 여름방학이 끝나고 일주일째인 오늘도 늘 지나다녔던 장소에 울타리가 생겨 하는 수 없이 건물 내부를 우회했다.

약속 장소는 캠퍼스 안쪽의 그리 눈에 띄지 않는 라운지였다. 먼저 와 있던 아즈사가 나를 알아보고 작게 손을 흔들었다. 내가 자리에 앉자마자 그녀의 입에서 말이 봇물 터지

듯 쏟아지기 시작했다.

"얘, 후지에다 교수님 소식, 뭐 아는 거 없어?"

나는 고개를 가로저으며 오늘 아침에 미오한테 들은 게 다라는 대답만 했다. 우리 둘에게 그 뉴스를 전한 사람이 바로 미오였다. 우연히 대학에 왔다가 마주친 다른 교수님한 테서 이야기를 들었다고 한다.

"행방불명이라고 그랬지? 그럼 집에 안 가셨다는 뜻?"

"그럴 거야."

"이게 바로 증발이라는 건가?"

"그뿐이겠어? 어쩌면 납치나 사고일 수도 있지."

"혹시 사랑의 도피라거나?"

아즈사는 태연하게 말했다. 그 때문에 내가 오히려 더 깜짝 놀랐다.

"교수님이? 누구랑?"

"나도 잘 모르지만 후지에다 교수님한테 그런 소문이 좀 많았던 것 같더라."

후지에다 교수님이 여학생을 건드렸다는 소문은 나도 들었다. 교수님은 올해 56세지만 지적이고 품위가 있는 분이어서 문학부에서도 숨은 인기가 제법 많다. 지금의 사모님도 예전에 제자였다는 이야기도 들었다. 그게 사실이라는 것도 나는 교수님한테서 직접 들어 알고 있었다.

"그러니까 어쩌면……."

"아, 미오가 왔네."

마침 그때 이쪽을 향해 걸어오는 미오가 보였다. 나는 큰 소리로 그녀를 불러 일부러 화제를 흐렸다.

"얘들아, 미안. 교수님께 질문을 드리느라 늦었어."

그렇게 말하며 미오는 비어 있는 의자에 앉았다. 작은 덩치에 어울리지 않는 큰 짐을 든 채, 방금 들은 강의를 마치고 바로 뛰어온 모양이다. 땀에 잔뜩 젖은 모습이었다.

나와 아즈사, 그리고 미오는 2학년 때부터 고전 강의를 통해 알게 됐다. 이 대학 문학부는 1학년까지는 공통이고, 2학년부터는 각각 전문 분야로 나뉜다. 거기서 학년이 올라갈수록 점점 전공이 좁혀져서, 졸업논문 주제가 겹칠 것 같은 학생은 3학년 후반 정도 가면 누구인지 짐작이 간다.

아즈사는 헤이안 시대의 문학 연구를 하고 싶어서 문학부에 들어왔단다. 2학년경부터 학생 자주 연구회에 참가했다고 한다. 그래서 대학원생 선배들과도 친하고, 귀여움도 많이 받았다. 성격도 서글서글하고 낯도 가리지 않으면서 소문도 참 좋아했다.

미오는 나와 마찬가지로 고전문학 공부의 관심보다 후지에다 교수님께 배우고 싶어서 전공을 선택했다고 한다. 성실하면서 걱정도 많은 성격이다. 항상 부산스럽게 주변을 신경 쓰는 모습은 아담한 키와 더해져서 마치 햄스터 같았다.

"미오는 뭐 들은 거 없어?"

"전혀. 아침에 너희한테 들은 게 다야. 후지에다 교수님 댁에서 대학으로 교수님 행방이 묘연하다는 연락이 갔다는데, 그 때문에 대학 쪽에서도 이런저런 대응 중인가 봐."

그렇다면 내 상상대로 교수님은 집에도 돌아가지 않았다는 뜻이다.

"역시 사고라도 당하신 게 아닐까? 걱정된다."

"응, 그러게……."

그걸로 대화는 끝났을 텐데도 미오는 아직 무슨 말을 좀 더 하고 싶은 눈치였다. 내 쪽을 보고 입을 벌렸다가 다물었다. 평소의 미오라면 단호한 태도로 할 말이 있으면 하고, 그렇지 않다면 굳이 말꼬리를 흐리는 일은 없다. 그런 그녀에게서는 좀처럼 찾아볼 수 없는 태도였다. 마음은 쓰였지만 어떻게 지적을 하면 좋을지 모르겠다. 망설이던 나 대신 아즈사가 먼저 입을 열었다.

"애, 뭐 들은 거 있으면 알려주라."

"어?" 설마 그런 요청을 받을 줄은 몰랐는지 미오는 깜짝 놀랐다. "아, 그냥 별 것 아니야. 아마 상관없는 일일 테니까."

"그냥 말해보기라도 해봐."

나까지 재촉하는데도 미오는 조금 망설이다가 마저 말을

이었다.

"사실 문학부에서 사람이 실종되는 거 처음이 아니래."

"……그게 무슨 소리야?"

미오는 고개를 가로저었다.

"나도 잘 모르겠어. 요코타 교수님이 다른 교수님과 대화하는 걸 들었을 뿐이니까……. 몇 년 전에도 교수 한 명이 사라졌다고 하더라고."

그런 이야기는 처음 듣는 것 같아 아즈사 쪽을 쳐다봤다. 연구실 선배들과 친한 그녀라면 뭔가 알고 있을지도 모른다. 그러자 예상대로 뭔가 생각이 났나 보다.

"그거 혹시 기요하라 씨 아니야?"

아즈사의 말에 의하면, 몇 년 전쯤에 기요하라라는 시간강사가 있었는데, 고전문학 강의를 맡고 있었다고 한다. 그런데 어찌 된 일인지 학기 중반부터 대학에 나오지 않게 되면서 연락이 끊겼단다.

"선배들 사이에서는 유명한 이야기야. 여러 가지로 소문이 있는 모양이더라. 후지에다 교수님의 갑질이 심해서 도망쳤다고도 하고……."

"설마."

내가 아는 후지에다 교수님은 아주 온화하신 분이다. 그런 짓을 할 사람은 아닌 것 같다. 물론 그 정도는 아즈사도 알고 있어서 농담이라며 웃었다.

"사실은 병 때문이라고 들었어. 무슨 걱정거리가 있었는지 고민이 많은 얼굴이었대."

"후지에다 교수님이 실종된 거랑 그 사람이 없어진 게 무슨 관련이 있나?"

"관련?" 아즈사가 말했다. "기요하라 씨가 없어졌기 때문에 후지에다 교수님이 실종됐다는 뜻이야?"

그럴 리는 없지, 하고 나는 마음속으로 답했다. 사람을 두 명이나 실종되게 하는 원인이 뭔지 금방 생각은 나지 않았다. 함께 산으로 가서 조난이라도 당했으면 모를까, 이 둘 사이에는 시간차가 있기 때문이다.

"그럼 나중에 우메모토 선배한테 한번 물어볼까?"

우메모토 선배는 박사 과정에 있는 선배로, 우리와 자주 어울려 논다. 소문에도 빠삭해서 어느 교수님과 어느 교수님끼리 사이가 안 좋다거나, 무슨 동아리에 이런 싸움이 났다더라 하는 이야기를 술자리에서 늘 떠들었다. 아즈사와 죽이 맞을 수밖에 없었다.

"그 기요하라 씨는 전문 분야가 뭐였는데?"

미오가 물었다. 고전문학 연구라고 해도 그 속에는 여러 분야가 있다. 시대만 따져도 나라 시대부터 에도 시대까지 있고, 모노가타리[1]나 일기 등의 산문이나 와카나 하이쿠 같은 운문, 우타모노가타리 같은 산문과 운문이 절충된 것도 있다. 그 책이 누구에 의해 언제 쓰였는지를 조사하는 전문가도 있는가 하면, 책 내용만을 연구하는 사람도 있다.

"기요하라 씨는 산일散佚된 모노가타리 연구가 전문이래."

낯선 단어였다.

"산일이라는 건 '소실됐다'라는 뜻이잖아. 현대까지 글로 내려오지 않고 행방불명이 되어버린 옛날이야기 말이야."

아즈사의 설명에 의하면, 그런 모노가타리는 제목만 전해진 것만으로도 그 양이 상당하다고 한다. 그렇다면 제목도 남지 않고 사라진 모노가타리는 더 많다는 뜻이다. 왜 제목이 전해지느냐면, 다른 모노가타리나 일기 등에서 언급되거나 후세의 시가집 등에서 인용되는 일이 많기 때문이다. 예를 들어, 『사라시나 일기更級日記』[2]에서는 주인공이 친척에게서 이야기책을 선물 받는 장면이 나오지만, 거기에 제목이 거론된 책 몇 개는 현존하지 않는다. 즉, 산일됐다는 말이다.

"그래서 기요하라 씨는 그런 모노가타리를 모아, 내용이

---

1 '이야기'라는 뜻이며, '모노가타리'는 일본 헤이안 시대에 발생한 문학 양식으로, 작자의 견문과 상상에 기초하여 인물과 사건에 대해 논하는 형식으로 서술한 산문문학 작품이다.

2 어느 중급 귀족의 딸이 쓴 자신의 회상록으로, 1060년경에 지어진 작품이다.

나 저자를 추정하거나 다른 모노가타리에 준 영향을 조사하셨대.”

“넌 그걸 어떻게 알았어?”

“아, 그게 전에 졸업논문 제목 짓는 데 고민하다가 교수님께 상의를 드렸더니 예전 논문을 참고해 보라고 하셨거든.”

그래서 아즈사는 우리 대학 국문학회가 발행하는 예전 학술 잡지를 읽었다고 한다. 매년 봄에 출간되는 호에는 전년도의 졸업논문이나 석사 논문 제목, 그걸 쓴 학생 이름 목록이 실려 있기 때문이다. 그러다가 거기서 우연히 기요하라라는 사람이 쓴 논문이 실려 있었단다.

“그럼 후지에다 교수님과는 전공 분야가 비슷했다는 거네?”

후지에다 교수님이 전문으로 하는 건 『겐지모노가타리源氏物語』나 『우쓰호모노가타리うつほ物語』[3] 등의 헤이안 시대 문학이다. 물론 전문 분야가 겹친다고 해서 실종되어도 이상할 게 없다고 보는 건 말도 안 되는 일이지만.

그 이후로도 우리는 후지에다 교수님의 실종에 대해 이런저런 무책임한 추리를 해댔다. 그러나 우리의 화제는 점차 앞으로의 일에 대한 것으로 바뀌었다. 듣자 하니 졸업논문

---

3 작가 미상의 작품으로, 헤이안 시대 중기에 쓰인 전 20권의 장편이다.

지도는 다른 교수님이 담당하게 되는 모양이다. 어느 교수님으로 정해질지는 아직 나오지 않았다고 한다. 고전문학을 전공으로 하는 교수님은 몇 명 더 있기도 하고, 졸업논문 주제를 보고 가까운 분야의 교수님 밑으로 들어가게 되지 않겠느냐며, 아즈사가 말했다.

"그럼 우리 서로 헤어지게 되겠네."

미오가 그렇게 나직이 중얼거렸다.

"음, 그렇긴 하네……" 아즈사가 장난스럽게 씩 웃었다. "미오, 혹시 외로워서 그래?"

미오는 그렇지 않다며 낯을 붉히면서 반박했다. 그 반응을 보니 외롭지 않다는 건 거짓말 같았지만, 나는 일부러 아무 말도 하지 않았다. 우리 셋은 어쩌다 보니 같이 있게 됐을 뿐이다. 그래도 나는 제법 이 관계가 좋았다. 이대로 우리 셋이 함께 졸업할 줄 알았다.

내 주변에는 자주 사람이 떠나가는 것 같다. 하지만 이번에는 그나마 기억이라도 할 수 있어 다행일지도 모른다.

o o o

후지에다 교수님의 실종 소식은 이윽고 전국적인 뉴스가 됐다. 하지만 현재로서는 사건과 연관성도 보이지 않고 특별한 속보도 없어서, 금방 화젯거리에서 벗어나고 말았다. 대학에서도 한동안 강의 시간에 지인과 마주칠 때마다 후지에다 교수님 소식에 대한 질문을 받곤 했다. 하지만 그마저도 금방 끝났다. 충격적인 사실도 거의 없어서 다들 흥미를 잃은 듯했다.

아즈사의 예상대로 우리 셋은 각자 다른 교수님에게 가게 됐다. 나의 졸업논문 주제는 『겐지모노가타리』여서, 와카를 전문으로 하는 요코다 교수님이 새로운 담당 지도교수가 됐다. 교수님은 내가 전에 만든 중간발표 자료를 미리 읽고 파악하셨는지, 참고할 만한 의견을 몇 가지 해주셨다. 친절하신 분임을 알고 나는 안심했다.

그래서 헤어지게 된 나와 아즈사, 미오는 오히려 더 자주 만나게 됐다. 아쉽기도 하고 서로 희한한 체험을 한 동료이기도 했기 때문이다. 그리고 아즈사는 거의 매일 선배들로부터 여러 정보를 얻어왔기 때문에 그걸 듣는 것 역시 목적이었다.

아무튼 후지에다 교수님이 돌아오길 바랐다. 그게 우리들의 공통된 바람이었다. 다른 두 사람은 어떨지 모르겠지만, 나한테는 매우 절실했다.

"기요하라 씨가 행방불명되기 얼마 전에 후지에다 교수님과 기요하라 씨는 자주 술자리를 함께했대."

아즈사가 스푼으로 꿀에 절은 한천을 휘휘 저으면서 말했다. 오늘은 셋이서 대학 근처에 있는 안미쓰[4] 파는 가게에 왔다. 녹색을 띤 말차 시럽이 눈에 선명했다.

"선배들이 그러는데, 후지에다 교수님이 무슨 일로 심각하게 고민하는 기요하라 씨를 위로한 게 아닌가 하더라."

"고민이라니 무슨?"

"그거야 이래저래 있겠지. 인생이나 연애 같은 거."

아즈사가 알아본 바에 의하면, 기요하라 씨의 실종 사건이 발생한 건 5년 전이라고 한다. 우리가 입학하기 전의 일이다.

"혹시 기요하라 씨의 고민을 들어주다가 어떤 부정적인 마음이 들어서……."

그렇다면 내가 아는 후지에다 교수님은 늘 그런 상태였다는 뜻이 된다. 절대로 그럴 리가 없다고 단언할 수는 없지만 역시 이상하다. 5년 내내 그런 심정으로 일하다가 갑자기 종적을 감추다니 부자연스러우니 말이다. 아무리 영향을 준 요인이라고 해도 직접적인 원인은 다른 데 있을 것 같다.

이런저런 이야기를 듣던 중, 기요하라 씨 사건과는 아무런 관계가 없다고 보는 게 가장 설득력이 있는 것처럼 느껴

---

4 일본 전통 디저트

졌다. 하지만 그러면 단서가 거의 없는 것과 마찬가지다.

"그렇지만 원인이 후지에다 교수님의 집안 사정 같은 거면 우리가 알 턱이 없잖아."

전에 아즈사가 그렇게 말한 적이 있다. 사실 그 말대로라고 생각한다. 세상에서 벌어지는 사건 대부분은 타인은 절대로 알 수 없는 혹은 당사자도 모르는 이유로 일어나고 있다. 그러나 그 상태로 뒀다가는 재미없어지니까 일부러 이야기 속에서는 독자들에게도 이해할 만한 명확한 이유를 만들어두지만.

그리고 나조차도 이유를 모른다. 우리 셋 중에서 후지에다 교수님과 제일 친했던 건 분명 나일 것이다. 그분에게 자살이나 실종의 전조 같은 느낌은 없었던 것…… 같다.

"한동안은 이 노선으로 알아볼게."

그렇게 아즈사는 마치 형사 드라마의 주인공 같은 말을 입에 올렸다. 그런 그녀를 미오는 싸늘하게 바라봤다.

"얘, 너무 교수님의 사생활을 캐내는 짓은 하지 않는 게 좋을 거야."

"뭘 새삼스럽게. 미오 너도 관심 많으면서."

"그, 그거야 교수님을 하루라도 빨리 찾을 실마리가 있으면 좋겠다 싶어서 그런 거지."

미오는 뺨을 부풀리며 반론했다. 불만스럽다고 정말로 뺨을 부풀리는 사람은 처음 봤다.

"그래도 괜히 재미 삼아 그러는 거라면 그냥 놔두는 게 좋을 것 같아."

"미오 말이 맞아." 나도 동의했다. "어쩌면 교수님도 무슨 사정이 있어서 집에 못 가시는 것일 수도 있잖아. 그렇다면."

"아, 그러고 보니. 그거 말인데."

아즈사가 갑자기 이상한 맞장구를 쳤다.

"그거라니, 어느 거?"

"무슨 사정이 있어서 집에 못 가는 거 아니냐는 그거. 실은 후지에다 교수님을 대학 근처에서 봤다는 사람이 있어."

"뭐?" 무슨 소리를 하는지 이해가 가지 않았다. "그럼 교수님은 행방불명되고 나서……."

"그래, 맞아. 행방불명 후에."

그 소식을 아즈사에게 알려준 이는 우메모토 선배였다. 우메모토 선배는 다른 연구실의 대학원생한테서 들었다고 한다. 그 일은 후지모토 교수님이 실종됐다는 뉴스가 퍼지고 나서 2, 3일 후 지났던 어느 날에 일어났다.

가을 학회를 위해 발표 자료를 준비하던 그 사람은 밤 10시 가까이 연구동에 남아 작업을 하던 참이었다. 이제 집에 가려고 그는 대학원생실을 나왔을 때 문득 복도 창문 밖이 신경 쓰였다.

그 시점에 이미 신문이나 텔레비전으로 교수님 행방불명 소식이 보도된 상태였다. 그러면서 캠퍼스 내에 기자라고 하는 낯선 이들이 종종 나타나 학생들에게 말을 거는 일이 빈번해졌다. 특히 후지에다 교수님의 사무실이 있는 연구동 주변에는 한밤중에도 그런 사람들이 몰래 들어오는 일이 많아서 교수님들은 잔뜩 경계하는 중이었다.

창가에 서서 아래를 내려다봤다. 연구동은 캠퍼스 제일 안쪽에 있어서, 그 뒤편은 대학 부지 밖이다. 복도 창문은 바로 그쪽을 향해 나 있었다. 대학 부지는 도로로 둘러싸여 있는데, 그 도로에 웬 사람 그림자가 보였다. 그 사람이 꼭 후지에다 교수님처럼 보였다는 것이다.

"어떻게 그게 후지에다 교수님이라는 걸 알았대?"

캠퍼스 뒤쪽 길은 연구동 창문에서도 잘 보이고, 학생 친목회를 마치고 돌아가는 길에 지나간 적도 있다. 학생 기숙사나 아파트, 그리고 예전부터 있던 주택이 늘어선 조용한 거리인 데다가 가로등도 거의 없다. 내려다볼 수 있기는커녕 옆에 서 있어도 얼굴을 알아볼 수 있을지 의문이다.

"그거야 키나 복장 때문에 알 수도 있지 않나?" 아즈사는 어물거리며 말했다. "그 부분은 자세히 못 들었어. 잘못 본 걸 수도 있고 아닐 수도 있고."

"만약 그 사람이 후지에다 교수님이라고 치면, 그분은 한밤중에 그런 곳에서 뭐 하러 오셨대?”

“어쩌면 대학 안으로 들어가려고 하셨을지도.”

내 의문에 이번에는 미오가 대답했다.

“연구동 뒤편이 야간 출입구에도 가깝잖아. 거길 통해서 안으로 들어가려 한 게 아닐까?”

“으음.”

그건 아닐 것 같다는 생각이 들었다. 야간 출입구는 낮에는 마음대로 드나들 수 있지만, 저녁 6시나 7시쯤에는 잠긴다. 그 이후 밖에서 문을 열려면 카드 키를 쓰거나 사무국에 연락해서 열어달라고 해야 한다. 당연히 출입 기록은 남는다.

“그렇게 했다면 후지에다 교수님이 왔다는 걸 대학에서도 알게 되잖아.”

“그래, 알고 있겠지. 그냥 우리한테 안 가르쳐줄 뿐이고.”

또 막히고 말았다. 애당초 그 목격 정보가 확실한지도 불분명하고, 확실하다고 해도 그게 무엇을 의미하는지도 알 수 없다.

아즈사는 조금 남아 있던 팥에 시럽을 뿌리고 나서 입에 쏙 넣었다. 잠시 우물거리며 생각에 잠기는 듯하더니 갑자기 입을 열었다.

“그럼 조사 좀 해볼까.”

무슨 방법이라도 있냐고 미오가 묻자 아즈사는 없지는 않지, 하고 대답했다. 나는 어쩐지 그 태도가 마음에 걸렸다. 위험한 다리라도 건너려는 것처럼 들렸기 때문이다.

미오도 같은 기분을 느낀 모양이다. 가게를 나와 헤어질 때 아즈사를 불러 세웠다.

"저기, 아까 그거 말인데."

"나도 알아. 사생활 침해는 하지 말라는 거잖아?"

아즈사는 명심하고 있다는 표정으로 답했다. 그러나 미오는 고개를 가로저었다.

"그것도 그렇지만…… 위험한 짓은 하지 마. 무슨 일이 있으면 우리한테 꼭 얘기하고."

그런 말을 들을 거라고는 예상하지 못했는지 아즈사는 깜짝 놀라 미오의 얼굴을 쳐다봤다. 손톱으로 뺨을 긁적이며 잠시 생각하는 모습을 보였다. 그러나 결국 비밀로 하기로 마음먹은 듯했다.

"그래, 알았어."

아즈사는 시원하게 웃는 얼굴로 그렇게 말한 후, 역을 향해 걸어갔다.

그 자리에 남게 된 나와 미오는 살짝 어색해했다.

"나는 이만 학교로 돌아갈 건데……"

미오에게 그렇게 말하자 그녀는 묵묵히 나를 따라왔다. 학생들로 떠들썩한 대학가를 둘이서 조용히 걷기만 했다.

미오는 아즈사를 진심으로 걱정하고 있나 보다. 그렇기에 오히려 하지 말라는 말은 안 하는 것이다. 그 심정은 이해가 간다.

"그 메일, 받았어?"

"교무과에서 온 거."

아아, 하며 미오는 뭔지 알겠다는 표정을 지었다. 후지에 다 교수님이 실종되고 졸업논문 지도반이 해산된 우리에게 대학 측에서 심리 상담 안내장을 보냈다. 희망한다면 우선으로 예약이 가능한 모양이다.

"근데 난 안 갈 거야. 취업 준비도 바쁘고." 메일을 받았느냐는 물음만 던진 것뿐인데 미오는 그렇게 대답했다. "제3지망 기업에 2차 면접까지 통과해서 이제 정말 중요한 시기거든."

알통이라도 만드는 것처럼 작게 팔을 굽히며 웃는다. 나도 그녀를 따라 미소를 지었다.

"나쓰히, 너는 졸업하면 어떻게 할 거야?"

"아직 결정 안 했어."

대개 4학년인 지금쯤이면 다들 어느 정도 진로를 결정한다. 아즈사는 대학원 추천에 합격해서 진학이 결정됐고, 아즈사는 출판사 입사를 목표로 취업 준비 중이다. 하지만 나는 아무것도 하지 않았다. 일부러 생각하지 않으려 했다.

돌이켜보면 그때부터다. 내 눈앞에서 아오바가 사라졌을 때 나는 내 인생의 일부를 놔버린 것 같은 기분이 들었다. 그리고 그건 여전히 돌아오지 않고 있다. 책장이 빠진 책처럼 덩그러니 만들어진 공백. 그곳에는 분명 뭔가 중요한 문장이 적혀 있을 텐데도 그걸 읽을 수 없는 탓에 나는 아직도 내 인생의 다음 이야기를 알지 못하고 있다.

○ ○ ○

첫인상은 아주 말을 잘하는 사람이라는 느낌이었다. 후지에다 교수님 말이다.

부모님의 강력한 권유로 도쿄에 있는 사립대에 입학한 나는 사실 공부 따위는 하고 싶지도 않았다. 고등학교 때 문과를 선택한 것도 화학을 못해서 그런 것뿐이고, 대학에서 문학부를 선택한 건 사회과가 싫어서였을 뿐이다. 메탄올 융점에도, 주식회사와 유한회사의 차이에도 별 관심이 없었다.

후지에다 교수님은 내 그런 이야기를 듣고 싶어 하셨다. 그리고 늘 기뻐하셨다.

"그러니까 넌 이야기가 되고 싶은 거구나."

"이야기요?"

"그래, 넌 네 인생이 언제 어디선가 깔끔하게 정리되길 바라는 거야. 메틸알코올은 네 인생의 복선은 되지 못하는 거지. 그건 단순한 사실일 뿐이니까.”

나는 베개에 한쪽 귀를 댄 채 교수님의 이야기를 멍하게 들었다. 평소처럼 교수님이 해주는 이야기 내용은 흥미로웠지만 나한테는 좀 어려웠다. 점점 잠이 온다.

“우키후네가 뭔지 아니?”

“놀리지 마세요.”

아무리 내가 불성실한 학생이라고 해도, 『겐지모노가타리』 정도는 읽었다. 우키후네는 마지막에 우지쥬죠라고 불리는 일련의 스토리 속 주인공 중 한 명이다.

니오우노미야, 그리고 가오루라는 두 귀공자로부터 모두 구혼을 받은 그녀는 심란해하며 괴로움에서 벗어나고자 모습을 감춘다. 그리고 어느 승려의 도움으로 숨어 살 수 있게 된다.

“그때 숨어 살게 된 집안의 친척이자 츄죠[5] 관직에 오른 한 남자가 나타나지. 그는 우키후네의 모습을 언뜻 보고 바로 사랑에 빠졌어.”

흔한 빠진 이야기다. 헤이안 시대에 귀족 여성의 모습은 남에게 보이는 것이 아니었다. 그런데 우연히 그 자태를 보

---

5   궁중과 천황의 호의를 맡은 관청인 ‘고노에후近衛府’의 차관직

이고, 그걸 본 남자가 첫눈에 반한다는 건 흔한 패턴이다. 방 안을 가리기 위해 '미스御簾'라는 발을 쳐두는데도, 이는 여러 이유로 걷혀 올라가곤 했다. 바람이 분다거나 고양이가 장난을 치거나 해서.

"길에서 쓰러져서 구해준 여자라는 사정을 듣고 그 츄죠는 이렇게 생각했지."

참으로 불쌍한 여인이로다. 어떤 집안의 여식일까. 세상살이가 힘들어서 그런 절에 들어가 숨어 있었던 게지. 마치 옛이야기 같구나…….

"그 사람, 혼자 들떠서 너무 좋아하는 거 아닌가요?"

이 남자는 우키후네의 관심을 끌려고 이런저런 일을 해보지만, 그녀는 계속 거절한다. 결국 우키후네는 출가하고 만다. 머리를 자르고 비구니가 됐던 것이다.

"그리고 『겐지모노가타리』의 마지막인 「유메노우키하시」 권에서는 이런 식으로 끝을 맺어."

우키후네가 살아 있다는 걸 안 가오루는 도성에서 사람을 보내 상황을 살피게 한다. 그러나 우키후네는 만나주지도 않고, 가오루의 편지에 답장도 하지 않는다. 사자는 빈손으로 귀성하고 만다.

"그 보고를 들은 가오루는 이렇게 생각했지. '어느 낯선 남자가 그녀를 숨기는 게 분명하다'라고. '나 역시 그녀를 그렇게 숨긴 적이 있으니까'라면서 말이야. 이게 바로 『겐지모노가타리』의 마지막 장면이지." 교수님은 웃었다. "참 멋지지 않니?"

남자들이 자기 좋을 대로 만들어낸 이야기 속에서 감춰진 여자의 일화. 마치 작자 자신이 원래 『겐지모노가타리』 자체가 그런 이야기였다고 자백하는 듯한 황당한 마무리.

"사람은 이야기의 형식 속에서만 세상을 이해할 수 있는 존재인 거지."

이해할 수 없는 것은 두렵다. 그러니까 이해하게끔 만든다. 예를 들어 신화. 하늘이 높은 건 사람이 건드리는 게 싫어서. 달이 밤에만 뜨고 지는 건 태양에게서 도망치고 있으니까. 바닷물이 짠 건 눈물로 되어 있으니까. 그런 식으로 세상을 이해한다. 사람은 이야기를 좋아한다. 이유가 있고, 해야 할 일이 있고, 결말이 있다. 성공하면 상을 받을 수 있고, 잘못하면 벌을 받는다.

"교수님이 원하는 건 상인가요?" 나는 물었다. "아니면 벌인가요?"

교수님은 아무 말도 하지 않고 위스키에 물을 넣어 미즈와리를 한 잔 더 만들었다. 그 행동을 보고 어쩐지 나와 닮았다는 기분이 들었다.

분명 교수님이 선택한 이야기는 마지막에 벌이 기다리는 쪽일 것이다.

○ ○ ○

후지에다 교수님이 사라진 지 벌써 한 달이 지났다. 나는 너무 바빠서 아즈사와 미오와 함께 교수님을 찾으려 했다는 것도 잊을 정도였다. 원래 내 졸업논문 진행은 다소 늦은 편이기도 했고, 이런 와중에 새로운 교수님과 상의하거나 알려주신 자료를 모아 읽어보는 등의 일을 하는 사이에 정신을 차리고 보니 그만큼 시간이 지난 후였다.

그날도 도서관에서 조사를 마치고 집에 돌아가려던 때, 저편에서 미오가 걸어오는 모습이 보였다. 그런데 어찌 된 일인지 어깨를 축 늘어뜨리고 고개를 푹 숙이고 걷는 듯했다.

"미오, 오랜만이야."

인사할 때까지 그녀는 내가 있는 줄도 몰랐던 모양이다. 화들짝 놀라면서 이쪽을 쳐다봤다. 그러나 상대방이 나라는 걸 알고 안심했는지 가볍게 미소를 지었다.

"아아, 나쓰히구나."

"왜 그렇게 기운이 없어?"

취업 준비가 잘되지 않아서 그러나 하는 의문이 들었다. 전에 만났을 때 분명 제3지망 기업의 면접 이야기를 했기에, 어쩌면 그 결과가 그리 좋지 않은 걸지도 모른다.

그러나 내 물음에 미오는 고개를 가로저었다.

"아니, 그것도 그렇지만…… 실은."

미오는 내 얼굴을 빤히 바라봤다. 무슨 할 말이 있지만 어떻게 말을 꺼내면 좋을지 망설이는 것 같았다. 내가 가만히 기다리고 있자, 그녀는 드디어 입을 열었다.

"요즘 아즈사가 수업에 안 나오나 봐."

"뭐?"

뜻밖의 소식이었다. 예전에는 일주일에 한 번, 졸업논문 지도 때문에 만나긴 했지만 이제는 그렇지 않다. 마지막으로 만난 건 우리 셋이서 안미쓰를 먹었던 그때였다.

"그때 걔가 이것저것 알아보겠다고 그랬잖아? 그래서 너무 걱정되어서……."

말꼬리를 흐려도 그녀가 무엇을 걱정하는지 바로 알아차렸다. 아즈사는 후지에다 교수님의 실종을 조사하고 있었다. 그 때문에 무슨 나쁜 일이 생긴 건 아닐까. 아즈사도 거기에 휘말리는 바람에.

"연락은 해봤어?"

"전화했는데 안 받더라. 문자도 안 봐."

"라인LINE 같은 건……."

"걔는 그런 거 안 해."

아즈사는 그런 쓸데없는 일에 시간을 빼앗기고 싶지 않다고 종종 말했다. 외형적인 분위기 때문에 다들 쉽게 착각하지만, 아즈사는 사실 그런 부분에 있어 매우 금욕적이었다. 1학년 때 잠깐 활동했던 동아리에서 불쾌한 일을 겪었다고 들었다. 그녀의 말에 의하면, 자기는 공부하려고 대학에 왔는데 남의 인생 뒤치다꺼리까지 떠맡는 건 질색이라나 뭐라나.

"그럼 다른 연락 방법은 없어?"

"집 주소는 알아. 전에 놀러 간 적이 있어서." 미오는 고개를 숙인 채 말했다. "으음, 어쩌지? 별일 아닐지도 모르는데……."

"그래도 학교에 안 오는 건 분명하잖아?"

예를 들어서 나 같은 평범한 학생이라면 강의를 빼먹는 일 정도는 있을지도 모른다. 그러나 아즈사가 그런 행동을 할 것 같지는 않았다. 실제로 그런 짓을 하는 것도 본 적이 없다.

"어쨌든 가보자. 그리고 그냥 감기 때문에 앓아누운 거라든가 그런 이유라고 해도 어쨌든 가보는 게 좋을 테니까."

내 말에 미오도 수긍한 눈치다. 이대로 둘이서 아즈사의 집을 찾아가기로 했다. 아즈사가 사는 아파트는 캠퍼스에서 걸어서 갈 수 있는 장소에 자리했다. 미오는 전에 회식으로 막차를 놓쳤을 때 아즈사에게 부탁해서 하루 묵은 적이 있단다. 무슨 프랑스어 이름이 붙은 2층짜리 흰색 아파트였다.

아즈사가 사는 곳은 바로 그 건물 2층이었다. 미오와 함께 아즈사가 사는 호실로 가서 인터폰을 눌렀다.

대답은 없었다.

나와 미오는 서로 얼굴만 마주 봤다. 집에 아무도 없는 것일까. 미오가 다시 한번 버튼을 눌렀다. 문 너머로 초인종 소리가 분명히 들렸다. 나는 별생각 없이 손으로 문손잡이를 쥐었다.

"어어?"

별다른 저항도 없이 문이 스르륵 열렸다. 예상조차 하지 못했던 일에 나는 당황하고 말았다.

"……어쩌지?"

"들어가 보자." 미오는 주저하지 않고 말했다. "아무도 없으면 그저 부주의로 끝날 일이지만, 혹시 집에 있는 거라면……."

나는 문을 열었다. 먼저 미오가, 그리고 뒤이어 내가 안으로 들어갔다. 가장 먼저 실내의 모습을 보고 나는 깜짝 놀랐다. 그곳은 현관에 바로 들어서자마자 이어지는 주방이었다. 거기가 엄청난 양의 책과 서류로 잔뜩 들어차 있었던 것이다.

대충 봐도 전부 일본 문학이나 고전문학에 관한 책과 논문인 듯했다. 아무튼 상당한 양이어서 바닥은 물론이요, 주방 가스레인지나 식기장, 게다가 일부는 싱크대 안까지 놓여 있었다. 기이한 상태였다. 아즈사가 공부하길 좋아한다는 건 짐작하고 있었지만, 이 정도였을 줄이야. 미오에게 물어보자 그녀는 고개를 저으며 부정했다.

"적어도 전에 왔을 때 이런 식은 아니었어."

산더미처럼 쌓인 책을 무너뜨리지 않도록 조심하면서 안쪽으로 나아갔다. 불투명한 유리가 끼워진 미닫이문을 열자 약 10평 넓이의 방이 나왔다. 커튼이 단단히 쳐져서 내부는 어두웠지만, 이곳도 주방과 마찬가지임을 알 수 있었다. 방구석에는 제법 큰 책장이 있었으나 그곳에서 넘쳐난 책이 바닥이란 바닥은 죄다 점령하여 침대나 옷장 안쪽까지 자리를 차지한 상태였다.

방 한가운데의 접이식 테이블 위에는 노트북이 펼쳐진 채로 놓여 있었다. 트랙 패드에 손을 대보니 바로 화면에 불이 들어온다. 슬립 상태였나 보다. 패스워드는 걸려 있지 않은지, 곧장 화면에 워드프로세서가 떴다.

"뭔가 작성 중이었던 모양이야. 가득 쌓인 책들 사이에서…… 그렇다면 이거 졸업논문 데이터 아닐까?”

“어디 봐봐…….”

미오와 나는 편집 중의 글을 들여다봤다. 그리고 미간을 찌푸렸다.

그건 졸업논문이 아니었다. 그보다 논문조차 아니었다. 아니, 그래도 서론은 논문 형식이긴 했다. 제목은 ‘모노가타리의 제목에 관해 ─「아사토호」를 중심으로─’였다.

그런데 ‘아사토호’가 뭔지 알 수가 없었다. 미오에게 물어봐도 그런 건 처음 들어본다고 했다. 이 논문 같은 글의 서문만 보건대 ‘아사토호’라는 건 모노가타리 작품의 제목으로, 사본조차 전해지는 게 없다고 한다. 각주가 몇 개나 붙은 것으로 보아, 아무래도 이 부분의 설명은 다른 곳에서 인용한 듯했다.

이 논문에서 그 ‘아사토호’라는 모노가타리의 제목에 관한 의문점을 입증하겠다고 적혀 있었다. 그런 문장 이후, 다음 장으로 넘어가 본론이 시작됐다.

우선 처음으로 주의해야 할 점은 「아사토호」라는 제목의 취급에 대해서다. 앞서 인용한 마쓰무라 ‘1949’에서는 이 문제가 교묘하게 회피되어 있다고 해도 좋다. 왜냐하면 같은 번각본에서 마쓰무라가 대본臺本으로 삼은 『고이와이기레小岩井切』는 그 이름 의미 그대로 단간斷簡[6]이며, 따라서 제첨題簽이나 표지 등이 존재하지 않기 때문이다. 마쓰무라는 이 제목이 『무묘조시無名草子』[7]에 언급되어 있다고 하며, 또한 『후요와카슈風葉和歌集』[8]에서 그 일부 문장을 찾아볼 수 있다고 한다.

필자는 이 논문을 집필하면서 그 관련 자료를 확인했다. 그리고 마쓰무라의 지적대로 두 작품 모두 「아사토호」라는 모노가타리에 대해 언급하고 있었다.

우선 『무묘조시』에서 이 「아사토호」를 '예스러운 문체로 애써 표현하려 했으나 어색하기 이를 데 없고'라고 그 문체에 대해 낮은 평가를 내리는 한편, 작품에 쓰인 소재는 '결말이 기대되며', '마치 『겐지모노가타리』가 이 시대에 다시 등장한 듯하다'며 높이 평가하고 있다.

또한 『후요와카슈』에서는 '아사토호의 나이다이진內大臣[9]'이 지은 와카로 '신보다 뛰어난 아사토호는 이름은 없으나 이렇게 존재하고 있노라ちはやぶる神にもまさるあさとほは名こそなけれどかくおはしけれ'라는 한 수가 기록되어 있다. 여기에 첨부된 와카의 머리말

---

6 떨어지거나 빠져서 완전하지 못한 글이나 책.

7 가마쿠라 시대에 나온 것으로, 일본 산문 작품에 대한 문예 평론서로 가장 오래된 것이다.

8 가마쿠라 시대 중기에 편찬된 와카집이다.

9 옥새 및 국새를 보관하고 천황의 사무를 돕는 일을 맡았던 대신이다.

에 의하면, 이 나이다이진은 마음을 두었던 죽은 후지쓰보노뇨고故藤壺女御의 모습을 그리며 그 딸인 온나니노미야女二宮를 사모하여 앞서 소개한 시가를 '히히나노텐ひひなの殿[10]'과 함께 보냈다.

이처럼 「아사토호」라는 모노가타리가 예부터 알려졌다는 건 명확하며, 이 장 서두에서 언급한 제목에 관한 문제는 존재하지 않는다.

이어서 「아사토호」의 내용에 대해 검토하고자 한다.

마쓰무라 '1955'에 의하면 「아사토호」는 반 정丁[11] 십 행으로, 열한 정의 길이였으니 대략 단편이라고 해도 좋다. 마쓰무라가 입수한 미야자와 가본家本[12]에는 제첨이 붙어 있었고, 거기에는 '아사토호'라는 문자가 명확히 기재되어 있었으므로 제목 문제는 처음부터 존재하지 않았다.

어쨌든 이 모노가타리에서 '아사토호'라는 단어가 빈번하게 등장한다. 앞서 인용한 작중 시가에서도 '아사토호'라는 단어가 보인다. 즉, 읽어보면 이것이 「아사토호」에 관한 내용임을 확실히 알 수 있다. 제목 문제가 있다는 건 오류라 할 수 있다.

또한 마쓰무라 '1957'은 「아사토호」의 현존 사본을 본문 계통

---

10 히나 인형을 장식하고 가지고 노는 데 쓰는 장난감 인형 집 같은 것이다.

11 '정丁'은 (동양식 재래 제본법에서) 책의 장수.

12 이미 발간된 책에서 선택 및 참조하여 저자의 판단으로 새로 저술한 정본.

에 따라 분류하여 공통점 및 차이점을 비교하고 있다. 동시에 각각의 필사 연대를 고찰하고, 가장 오래된 사본은 가마쿠라 시대 후기까지 거슬러 올라간다는 사실을 밝힌다. 이는 분에이 文永 8년(1271년)에 성립한 『후요와카슈』속 작중 시가에 담겨 있다는 점과 모순되지 않는다. 즉, 「아사토호」는 여러 사본이 존재하고, 그 본문은 아무리 늦어도 분에이 시대까지는 성립됐다는 뜻이 된다.

이처럼 「아사토호」라는 모노가타리는 틀림없이 이 세상에 존재했다. 물론 그 제목도 예부터 전해 내려온 것이다. 그러면 왜 필자는 처음에 의문이 있다고 했는가. 일본의 문학학자 모두가 착각하는 게 아닌 한, 이는 필자의 지적 능력에 문제가 있다고밖에 볼 수 없다.

애당초 필자에게는 연구자를 목표로 할 정도의 자질이 있는 것일까? 필자가 보기에 연구자에게 요구되는 자질이란 호기심과 자존심인데, 필자에게는 그 두 가지 모두가 결여되어 있다. 필자의 용모는 추악하고 재미가 없고, 그 누구에게서도 사랑받지 못하는 존재다. 그런 사람이 자존심을 갖고 있을 리가 없다. 또한 성격은 비굴하고 조금 공부를 잘한다면서 성적이 나쁜 친구를 속으로 깔봤다. 나는 다른 사람과 다르다는 거만함을 가지고 그걸 과시하기 위해서 연구자를 목표로 하고 있었을 뿐이지, 사실 고전문학 연구에는 아무런 관심도 흥미도 없었다.

그래서 필자는 이런 논문을 쓸 자격도 없다. 졸업논문도 어디서 읽은 내용을 짜깁기해서 그럴싸한 형식으로 갖춰놓긴 했지만, 새로운 시점이나 독자적 고찰은 조금도 없는 무가치한 문장을 모아놓은 것에 불과했다. 그런 필자의 얄팍한 인간성을 주변 사람들이 알아차리지 못할 리가 없다. 미오도, 나쓰히도 필자를 경멸했을 게 분명하다.

"아니야…… 아니라고!" 미오가 외쳤다. "그렇지 않아, 아즈사……."

처음에는 같이 노트북을 들여다보며 스크롤 하면서 문장을 읽고 있었지만, 미오는 중간부터 오열하면서 결국 화면에서 눈을 돌리고 말았다. 솔직히 나도 더는 읽고 싶지 않았고 읽으면 안 된다는 생각이 들었지만, 아즈사가 이런 상태가 된 단서가 뭔가 더 적혀 있을지도 모른다.

그래서 열심히 글을 살폈지만, 그다음부터는 거의 제대로 된 문장이 나오지 않았다. 나와 미오, 후지에다 교수님과 우메모토 선배 등 주변 사람들 이름을 한 차례 써놓고, 다들 아즈사를 경멸한다며 단정 짓더니 마지막에는 이런 성격이 된 이유는 부모님에게 있다고 적어뒀다.

이 글을 그대로 받아들인다면, 아즈사는 부모님으로부터 심리적인 학대를 받았던 것으로 보인다. 어릴 때부터 인격을 부정당하는 폭언을 주기적으로 듣는 사이에 언젠가 타인의 낯빛만 살피게 되어 그 누구에게도 마음을 열 수 없는 사람이 됐다고 적혀 있었다.

그 이후부터는 의미를 알 수 없는 문학 용어의 나열, 그리고 '죄송합니다'라는 말의 반복뿐이었다. 그러다 갑자기 스크롤 할 수 없다는 걸 알아차렸다. 문장이 갑자기 뚝 끊어져 있었던 것이다.

나는 비척거리며 일어났다. 머릿속에 둔탁한 고통이 지나갔다. 현실과 동떨어진 상황과 문장을 계속 읽고 있어서 그런가 보다. 미오는 아직도 울면서 바닥에 이리저리 흩어진 책과 종잇조각을 천천히 정리하고 있다.

목이 말랐다. 물이라도 마시려 했지만 주방 싱크대는 이미 책으로 막힌 상태였다. 욕실 수도라면 쓸 수 있지 않을까. 그렇게 생각하고 욕실로 이어지는 것으로 보이는 문을 벌컥 여는 동시에 불을 켰다.

그 안에 아즈사가 있었다.

상황이 잘 이해되지 않았다. 욕조는 적갈색 물로 가득 채워져 있고, 그 안에 옷을 입은 채 아즈사가 잠겨 있다. 새하얘진 얼굴이 따뜻한 색 계열의 조명 아래에서 푸르스름하게 보였다. 변기도 욕조도 다른 장소와 마찬가지로 책과 종이가 가득했고, 그것들은 아즈사의 몸과 같이 젖어 둥둥 떠다니는 중이었다.

나는 그 모습을 아무 말 없이 가만히 바라만 봤다. 갑자기 내 것이라고는 상상도 할 수 없을 정도의 새된 비명이 터져 나오면서 나는 뒤로 쓰러져버렸다. 등을 세게 부딪치면서 그대로 주저앉았다.

"왜 그래, 나쓰히? 괜찮아?"

"오지 마!"

그렇게 외쳤지만 이미 늦었다. 미오는 이미 내 옆에 와서 욕실로 머리를 쏙 넣었다가, 아마도 나와 같은 것을 시야에 담고 말았다.

아즈사의 시신.

미오는 반걸음 물러나 심한 구토를 하며 웅크린 채로 움직이지 못했다. 내 팔다리도 좀처럼 말을 듣지 않았지만, 간신히 주머니에 있던 스마트폰을 꺼냈다. 굳어버린 손가락으로 간신히 세 자리 숫자를 눌렀다. 이럴 때는 110으로 경찰에 연락해야 하나 아니면 119에 전화를 해야 하나. 아무튼 먼저 머릿속에 떠오른 번호를 눌렀다.

교환원인 듯한 사람이 전화를 받더니 나와 두세 마디 대화를 나눈 후에 주소가 어딘지 물었다. 안타깝게도 난 여기가 어딘지 몰랐다. 옆을 보니 미오는 주방 냉장고에 기대어 공중만 노려보고 있다. 나는 그녀를 쿡 찔렀다. 주소, 주소.

미오는 정신을 차리며 냉장고에 붙어 있던 아무 종이와 펜을 집어 들고 메모를 적어 나에게 넘겨줬다.

그 이후 일은 어떻게 됐는지 기억나지 않는다. 다음에 정신이 들었을 때 나는 병원의 환자 대기실 같은 장소에 있었다.

여전히 내 곁에 있던 미오는 어깨에 담요를 뒤집어쓰고 부들부들 몸을 떨었다. 나는 그녀를 끌어안고 숨이 막힐 정도로 펑펑 울었다.

◦ ◦ ◦

원통형 재떨이가 덩그러니 놓인 장례식장 주차장 구석이 흡연 구역이었다. 아즈사의 친척들이 모이는 장례식장에 다시 돌아가고 싶지 않았다. 그렇다고 해서 집에 돌아갈 마음도 들지 않았다. 네 개비째 담배에 불을 붙였다. 캐스터 화이트 3밀리그램. 오후의 햇살이 조금 눈부셨다.

"나쓰히, 아직 여기 있었구나."

목소리가 들린 쪽으로 고개를 돌려보니 주차장을 가로지르듯 미오가 이쪽으로 걸어오는 중이었다. 검은 원피스 위에 검은 볼레로를 걸친 차림이다. 복장은 깔끔했지만 피붓결은 엉망이고 제대로 묶지 못한 머리카락 다발이 목덜미에 축 늘어져 있다. 그 표정은 매우 피곤해 보였다. 아마 나 역시 남이 보면 똑같은 꼴로 보일 것이다.

그날 우리는 집에서 사망해 있던 아즈사를 발견했다. 최초 발견자였기에 경찰서에서 몇 번 정도 조사를 받았지만, 자살임이 밝혀지자 우리를 금방 보내줬다. 아즈사의 사인은 왼쪽 손목을 그은 것으로 인한 실혈사로, 물속에 있었던 그녀의 다른 한 손에는 페티 나이프가 쥐어져 있었다고 한다.

그녀의 컴퓨터를 조사한 결과 '자살을 암시하는 문장'이 몇 개나 발견됐다고, 신문에서 읽었다. 우리가 본 것 이외에도 비슷한 문장이 몇 개나 더 있었나 보다. 방에 어지럽게 널려 있던 책과 서류는 대부분 학술서와 논문의 사본이었다. 졸업논문이 마음처럼 써지지 않고, 장래의 진로를 비관하다가 정신적으로 내몰린 끝에 자살. 기사로는 그렇게 나와 있었다.

내 옆까지 온 미오는 그 자리에 쪼그려 앉아 핸드백에서 가열식 담배를 꺼내 피우기 시작했다.

"몸에 안 좋다고 하지 않았어?"

"뭐 어때서 그래. 오늘 정도는 피우게 해줘."

그녀는 그렇게 답한 후, 시끄럽다는 듯 연기를 토해냈다.

"……아즈사가 자살이라니." 나는 재를 떨구었다. "우리한테 고민이라도 털어놓으면 좋았을걸."

그러자 미오는 고개를 들며 나를 날카롭게 째려봤다.

"그걸 믿는 거야?"

"그거라니?"

"아즈사가 자살했다는 거 말이야."

"믿고 뭐고 간에."

그 집에서 직접 봤잖아. 나는 그렇게 말하고 싶었지만 차마 말이 나오지 않았다. 다시는 떠올리고 싶지 않은 광경이었다.

"그러면 미오 넌 어떻게 생각하는데?"

"자살이 아닐지도 몰라."

자살이 아니라면 뭐란 말인가. 병사나 사고사로는 보이지 않았다. 옷을 입은 채로 욕조에 들어가 손목을 그었는데도 자살이 아니라고 한다면.

"……살해당했을지도."

"누구한테?"

나도 모르게 되물었지만 입에 올린 후 냉정히 생각해 보니 참으로 기묘한 질문이었다. 오히려 어떻게 살해했느냐고 물어야 했다.

"몰라. 하지만 아즈사가 죽은 거랑 후지에다 교수님 실종에는 무슨 관련이 있는 것 같아."

그 생각은 나도 했다. 아즈사는 후지에다 교수님의 실종을 조사하고 있었고, 마지막으로 만났을 때도 짐작 가는 곳을 알아보겠다는 식으로 말했다. 그 시기를 경계로 그녀의 상태가 이상해진 거라면? 후지에다 교수님에 대해 어떤 사실을 알게 되어서 그 충격으로 정신이 이상해졌다거나.

혹은 아즈사와 같은 원인으로 후지에다 교수님도 마음의 병을 얻어 모습을 감춘 게 아닐까. 그런 생각도 들었다.

"미오, 네 말이 맞을지도 몰라. 하지만 이제 어쩔 도리가 없잖아. 아즈사는 이미."

"아즈사의 죽음에 어떤 이유가 있고, 그게 누군가의 짓이라면 어떡해?"

미오는 옆을 돌아본 채 또 연기를 뿜었다. 가열식 담배 특유의 후끈한 향이 코에 닿았다.

"난 절대로 그 사람을 용서하지 않을 거야."

"미오." 나도 모르게 미오의 어깨에 손을 얹었다. "무슨 생각을 하는지 모르겠지만 그런 짓 하면 안 돼."

"아직 아무것도 안 했어."

미오는 그런 식으로 모른 척했지만, 나한테서 시선을 돌리고 있다.

"아즈사한테 무슨 일이 있었는지 알아볼 거지? 그거 하지 마. 어떤 이유나 원인이 있다고 해도…… 아니, 이유나 원인이 있다면 더욱 손대면 안 돼. 그렇게 했다가는 너까지."

똑같은 꼴을 당한다. 실제로 아즈사가 그렇게 됐으니까.

잘 생각해 보면 내 말에는 아무런 근거가 없다. 후지에다 교수님의 실종과 아즈사의 죽음에는 무슨 관계가 있는 게 아닐까 하는 정도는 경찰도 의심하고 있겠지만, 이 사건을 조사했다가 똑같은 신세가 될지도 모른다니 그야말로 망상이다. 무슨 서스펜스 소설도 아니고.

그러나 나는 예전부터 세상을 그런 식으로 바라보며 살았다. 이게 이야기라면 다음에는 어떻게 될까. 큰 사건 전에는 작은 전조 현상이 있다. 위험은 서서히 다가오고, 최악의 상상은 대부분 실현된다. 그건 내 나름의 경험적 법칙이나 징크스 같은 것이다. 그러나 나의 그런 예감은 어릴 때부터 신기하게도 다 적중했다.

"후지에다 교수님, 아즈사, 그리고 미오까지 없어지면 나는 정말……"

"알았어."

미오는 내 손등 위로 가만히 자기 손바닥을 포갰다.

"미안해. 갑자기 여러 가지 일이 생겨서 나도 좀 이상해졌나 봐……. 진짜로 복수를 생각하는 건 아니니까."

그녀의 말에 나는 고개를 끄덕이며 그 어깨에서 손을 뗐다. 손가락에 미오의 몸을 건드린 감각이 남았다.

그 순간 내 안에서 옛 기억이 되살아났다. 나는 계곡으로 이어지는 언덕길을 오르고 있다. 가늘고 급한 내리막길에는 차가 거의 다니지 않는다. 길 끝의 어둠을 가만히 응시하면서 올해는 반딧불이가 벌써 나왔을까 하는 생각을 한다. 계곡 근처에서 녹색 빛이 천천히 깜박이며 떠다니는 풍경은 잊을 수 없을 정도이니 말이다.

그때 어디선가 샤아악, 하는 기계적인 소리가 들려온다. 나는 뒤를 돌아본다. 언덕 위에서 작고 검은 덩어리가 엄청난 속도로 달려온다. 그게 라이트를 켜지 않은 자전거라는 걸 안 순간, 이미 그건 내 눈앞에 와 있었다.

그녀는 아직 모른다.

위험해! 그렇게 외치며 나는 그녀의 어깨 부근을 꽉 붙들었다. 그러나 이미 때는 늦어, 그녀와 자전거는 뒤엉키듯이.

"……아오바."

"뭐? 누구?"

그 물음에 문득 정신을 차리고 보니, 미오가 걱정스러운 표정으로 내 얼굴을 바라보고 있었다.

"괜찮아? 왜 그렇게 멍하게 있어?"

"아무것도 아니야. 생각 좀 하느라."

그 말을 들은 미오가 숨을 후우, 하고 내뱉었다.

"그래, 나쓰히 너도 힘들 텐데 괜한 걱정을 하게 했네." 그녀는 고개를 꾸벅 숙였다. "정말 미안해."

설마 그렇게까지 정중하게 사과할 줄은 몰라서 나는 오히려 당황했다.

"아니, 아니야. 너 때문에 그런 거 아닌데. 그냥 어린 시절 일이 떠올랐을 뿐이야."

쌍둥이 여동생에 대해서. 그렇게 말하려던 순간, 미간에 찌릿한 고통이 지나갔다. 나도 모르게 그곳에 손을 댔다. 여러 리듬이 조금씩 무너지는 듯해서 속이 울렁거렸다.

"아주 옛날 일이니까 신경 쓸 것 없어. 그냥 좀 그래서."

"혹시."

"응?"

"옛날에…… 친구가 세상을 떠나기라도 한 거야?"

내가 어리둥절해하자 미오는 손을 내저으며 말을 덧붙였다.

"아니, 그냥 그런가 해서 물어본 거야. 난 친구 장례식에 참석한 건 이게 처음이지만…… 혹시 나쓰히는 그런 경험이 있나 싶어서."

글쎄, 하고 나는 대답했다. 친구라고 하기는 애매하고 딱히 세상을 떠난 것도 아니지만, 그래도.

"그래, 그런 비슷한 생각을 했어."

그러고 나서 우리는 묵묵히 담배만 피웠다. 장례식장 쪽을 멍하게 바라보고 있는데, 또 다른 무리가 나와 주차장으로 향했다. 그와 교대라도 하는 것처럼 새로운 차가 들어와 멈췄다. 뒷좌석에는 심하게 허리가 굽은 할머니가 타고 있었는데,

운전석에서 나온 손녀뻘쯤 되는 여자가 차에서 내리는 걸 도
왔다.

"아즈사의 논문에 적혀 있던 거, 정말일까?"

미오가 말했다. 그날 아즈사의 집에 있던 노트북에서 본
문장을 우리는 그렇게 불렀다. 아마 경찰이나 세간에서는
그걸 '유서'라고 칭하는 것 같지만, 우리는 그런 단어를 쓰고
싶지 않았다.

"그렇지 않을까. 아주 절박하게 쓴 것 같았고, 본인이 그
렇게 기록한 거니까 거짓말은 아닐 것 같아."

"난 그분들 얼굴도 제대로 볼 수 없었어."

"그분들이라니, 혹시 아즈사의 부모님?"

그러는 것도 당연하다. 아까 장례식장에서 보고 몇 마디
나눈 아즈사의 부모님은 어디에나 있는 평범한 중년 부부로
보였다. 물론 겉은 멀쩡해도 뒤에서는 자녀를 학대하는 부
모가 세상에는 얼마든지 있긴 하지만.

내가 그렇게 말하자 아즈사는 조금 민망하다는 표정을 지
었다.

"아아, 나쓰히는 못 들은 모양이구나."

"못 들었다니?"

"전에 아즈사네 집에서 둘이 술 마실 때 들었거든. 아즈사
는 아무한테도 말하지 말라고 했지만…… 너라면 괜찮을 것

같아.”

미오의 설명에 의하면, 아즈사는 대학 진학을 할 때 부모님과 심하게 다퉜다고 한다. 그녀의 부모님은 여자가 대학에 뭐 하러 가느냐는 사고방식을 가진 사람들이었단다. 격렬한 말다툼 끝에 아즈사는 부모님으로부터 한 푼도 경제적 지원을 받지 않겠다는 조건으로 대학 입시를 준비해 합격했다. 아르바이트나 장학금으로 학비를 충당하여 대학원까지 진학하려고 했다.

“그래서 더욱 부담이 컸을 거야.”

만에 하나 졸업논문을 쓰지 못해 유급이라도 당하면 학비 부담은 그대로 자신이 짊어지게 된다. 그런 일이 없다고 하더라도 대학원 연구를 잘 따라갈 수 있을지, 그보다 연구자의 길이 자신한테 맞는지 등 고민거리가 많았을 것이다. 그렇다고 해서 좌절하면 역시 여자한테 학문은 가당치 않다는 점을 인정하는 꼴이 된다. 부모님 앞에서 큰소리를 친 이상, 포기할 수도 없다.

그런 식으로 퇴로를 막아버리면 이제 남는 건.

“……나 이만 갈게.”

나는 필터까지 아슬아슬하게 탄 꽁초를 재떨이에 휙 던져넣으며 말했다. 더는 견딜 수가 없었다. 쓸데없는 생각까지 할 것만 같았다.

미오는 좀 더 여기서 쉬었다가 돌아가겠다고 했다. 그것도 괜찮을 듯하다. 우리는 좀 더 상황을 받아들일 시간이 필요했다.

"그럼 갈게, 미오." 나는 그녀의 눈을 보며 말했다. "너도 조심히 가."

그저 평범한 인사 같기도 한 모호한 말투였지만, 미오는 크게 고개를 끄덕였다. 아즈사한테는 미안하지만 떠나간 그녀보다 아직 여기에 있는 사람이 더 소중하다. 나는 늘 그렇게 살아왔다. 그리고 그게 옳은 방법이었을 거고.

장례식장을 나와 역이 어느 방향이었나 하고 주위를 둘러보는데, 큰길 반대편에 누군가가 서 있었다. 검은 복장. 조문객일까? 별 뜻 없이 그쪽으로 시선을 줬다.

문득 시선이 부딪쳤다. 젊은 남자였다. 그도 나를 보고 있다.

어색해서 눈길을 돌려 그쪽을 보지 않도록 하며 그 자리를 떠났다. 걸으면서 방금 그는 누구였을까, 혹시 내가 아는 사람이었나 하고 생각했다. 같은 대학 학생이라면 인사라도 할 걸 그랬다. 아까 내 태도는 너무 무뚝뚝했다.

그런 상념에 잠겨 있는데, 점점 그 얼굴이 낯익다는 느낌이 들었다. 다시금 장례식장으로 돌아갔지만 그의 모습은 이미 없었다.

어쩔 수 없지. 다시 만날 일도 없을 테니까. 그러면서 돌아가려고 할 때.

"나쓰히."

내 이름을 부르는 소리에 돌아보다가 깜짝 놀랐다. 어느새 내 등 뒤에 그가 서 있었다.

어떻게 내 이름을 알지? 어디서 만난 적이 있나? 역시 내가 아는 학생인가? 온갖 의문이 빙글빙글 맴돌았다. 그런 내 속을 알아차렸는지, 그는 가볍게 웃었다. 그 미소는 그에게서 풍기는 불길한 분위기와는 어울리지 않을 정도로 천진해서 마치 어린아이 같았다.

그리고 어쩐지 그리움도 느껴졌다.

"역시 나쓰히 맞네. 여기서 만나다니 잘됐다."

정말 누구지? 그는 나보다 연하로 보였다. 목에 매단 은색 액세서리가 석양을 반사하여 반짝반짝 빛난다. 십자가를 짜 맞춘 듯한 싸구려 펜던트. 그걸 보고 나는 깨달았다.

"약속했잖아." 그가 말했다. "아오바를 꼭 찾아내겠다고."

아키토였다.

나는 너무 놀라 아무 말도 하지 못했다. 그가 이사 가고 나서 한 번도 만난 적이 없다. 그러고 지난 세월이 10년이 넘는다. 기억 속의 아키토는 아주 작은 소년이었지만, 지금 눈앞에 서 있는 이는 나보다 키도 크고 어깨 폭도 넓은 성인 남자였다. 그러나 표정에는 분명 예전 그의 얼굴이 남아 있었다.

언제나 상대의 낯빛을 어딘지 모르게 살피는 듯한 느낌이.

잠시 침묵을 지키고 있었다는 사실을 알아차린 나는 얼른 무난한 인사를 건넸다.

"오랜만이네. 그…… 잘 지냈어?"

"그렇지 뭐."

그렇게 말한 그는 머리를 긁적였다. 변성기를 거친 그 목소리는 옛날과 전혀 달랐다.

"나쓰히 넌?"

"나도 그냥 비슷하지."

따분한 대화. 이제 와서 아키토와 어떤 말을 하면 좋을까. 나는 오랫동안 아키토에 대해 마음속 깊이 밀어 넣고 뚜껑을 닫아둔 채로 살았다. 아니, 아키토라기보다 옛날 일, 더 자세히 말하자면 아오바에 대해서.

"이제 집에 가던 참이야?"

아키토가 말했다. 그제야 나는 내가 역으로 가려 했다는 것을 기억해 냈다. 그와 동시에 어떤 의문도 샘솟았다. 왜 아키토가 여기에 있는 걸까. 우연일 리가 없다. 내가 여기 있다는 걸 어떻게 알았을까.

그렇게 묻자 그는 걸으면서 이야기하자고 했다. 나도 그러는 편이 좋다고 여겼다. 그의 얼굴을 보지 않는 게 조금 대화를 나누기도 편할 테니 말이다.

우리는 나란히 서서 역까지 이어지는 길을 걸었다. 그가 어떻게 나를 찾아냈는지 이야기하는 사이에 서서히 깨닫게 됐다. 오랫동안 연락 두절이 됐던 이유도.

"사실은 더 일찍 만나고 싶었어. 하지만 내가 아는 건 네 본가 전화번호뿐이었고, 전화해 봤자 연락하게 해주지 않을 것 같았지."

"왜?"

"그거야 나와 너 사이에 접점이 없잖아. 아니, 없는 게 됐지. 그날 이후부터."

그날. 즉, 아오바가 사라진 날부터.

"너와 나 둘 다 아는 지인도 없으니 어디 사는지 알 수가 없었어."

고향에 살 때부터 알고 지내면서, 지금도 나와 교류하는 사람은 얼마 되지 않는다. 게다가 그 대부분이 중학교와 고등학교 반 친구들이어서 내가 초등학교 때 이사를 간 아키토를 아는 이가 있을 턱이 없었다.

"그러면 어떻게 날 만나러 온 거야?"

그렇게 묻자 그는 조금 머뭇거리다가 입을 열었다.

"그 아즈사라는 사람, 네 친구였지?"

"그런데 왜." 석연치 않은 기분이 들었다. "그걸 어떻게 알아?"

“나중에 설명할게. 아무튼 장례식 때 분명 네가 올 것 같았지. 그래서 밖에서 기다렸던 거야.”

“대체 왜?”

“왜냐니……. 그거야 물론 아오바 때문에 그렇지.”

그는 아오바를 찾아내겠다고 나에게 맹세했다. 아오바가 사라졌을 때 그런 약속을 했던 것마저 나는 까맣게 잊고 있었다. 마음 한구석에서는 아키토도 그런 약속은 예전에 잊었을 거라고 믿었다.

솔직히 그런 약속을 한 것마저도 사실은 현실이 아니지 않을까 의구심이 들었다. 아니, 기리노 아키토라는 사람도 아오바처럼 내 기억 속에서만 존재했던 게 아닐까 하는 의심까지 하면서.

갑자기 입을 꾹 다문 나를 보고 아키토가 고개를 갸웃거렸다.

“내가 무슨 이상한 말이라도 했어?”

“아니야……. 그건 아닌데 좀 놀라서 그래. 넌 아오바를 기억하고 있구나.”

나의 그런 대답을 아키토는 알아서 이해한 모양이다.

“아아, 이제 알겠네. 나도 아오바를 잊은 게 아닐까 싶었던 거구나? 다른 사람들처럼 말이야. 아니면 혹시 아오바는 자기가 만들어낸 공상 속 인물이 아닐까 의심했거나.”

내 생각을 그대로 알아맞히는 바람에 나는 아무 말도 할 수 없었다. 설령 그렇다고 해도 그리 이상한 일도 아니다. 한마디로 아키토 역시 이 십수 년 동안 나와 같은 마음을 품고 살았다는 것뿐이다. 그걸 깨닫고 나는 조금 안도했다.

"설마 아오바를 찾은 거야?"

아키토는 고개를 가로저었다. 내 기대처럼 그렇게 상황 전개가 잘 풀릴 리가 없다.

"아직이야. 하지만 계속 찾고 있었어. 그거야."

"나랑 약속했으니까, 라고 말하려는 거지?"

나는 발걸음을 멈췄지만 아키토는 그걸 알아차리지 못한 채 몇 걸음 더 나아갔다가 뒤를 돌았다.

"아주 오래전에 어릴 때 한 그런 약속을 언제까지고……."

"그 약속을 하게 한 건 나쓰히 너잖아."

"물론 그렇지만 그건."

나도 어린애였기 때문이다. 그리고 그때 아키토를 비난했던 때의 나는 아직 아오바의 존재를 현실이라고 믿고 있었다. 소중한 여동생이 있었지만, 그녀가 사라졌다고. 하지만 지금은 다르다.

"솔직히 좀 반신반의야. 아오바가 정말로 있었던 건지, 아니면 그저 내 망상에 불과했던 건지."

"망상이 아니야. 나도 기억하고 있잖아."

"그럼 우리 둘의 망상이겠네."

"망상을 둘이서?" 아키토가 웃었다. "그럴 리가 없지."

나는 웃지 않았다. 솔직히 사람이 그 관련 기억과 함께 싹 사라질 수 있다고 여기는 것보다 훨씬 현실적인 답이었으니까.

그 상태로 우리는 서로를 노려봤다. 자전거가 한 대 우리 옆을 지나갔다. 아무 말도 하지 않고 마주 보기만 하는 우리를 자전거에 탄 아저씨가 의아하게 바라보며 달려갔다. 나는 후우, 하고 숨을 토해냈다.

"……연락처 정도는 알려줘. 지금은 바쁘지만 좀 진정되면 천천히 얘기하자."

"물론이지."

그는 그렇게 말하더니 재킷 안쪽 주머니에서 익숙한 손놀림으로 명함 한 장을 꺼냈다. 바텐더 일이라도 하는 걸까? 받아든 명함을 살펴보니 이상한 내용이 눈에 들어왔다.

"영매사 기리노 아키토……?"

"아차."

아키토는 재빨리 그 명함을 빼앗아 다시 주머니 속에 숨겨버렸다.

"잠깐만, 다른 데 적어줄 테니까."

"얼버무리려 하지 마. 지금 그 명함은 뭐야?"

"아니, 요즘 내가 여러 가지 일을 하느라."

"영매사라니, 무슨 종교 같은 거야?"

"그런 건 아니야. 난 프리랜서거든. ……자, 난 이 가게에 있으니까."

그렇게 말하며 아키토가 나한테 건넨 건 주유소 영수증이었다. 뒷장에는 '아도니스'라는 무슨 상호 같은 이름과 무사시노시의 주소가 적혀 있었다.

"그럼 난 이만 갈게."

도망치려는 아키토의 팔을 나는 서둘러 붙잡았다. 아직도 마음에 걸리는 게 남아 있다.

"저기 말이야, 아즈사의 장례식에 내가 올 줄 알았다고 그랬지? 그래서 여기서 기다렸다고."

"아, 응, 그렇지."

"그걸 어떻게 알았는지에 대해 아직 답을 못 들었어."

아키토는 이리저리 시선을 옮기면서 마치 변명을 생각하는 눈치였다. 내가 계속 쳐다보고 있자 결국 포기했는지 이쪽으로 몸을 돌려 대답했다.

"가능하면 순서대로 설명하고 싶은데."

"괜찮아. 어서 설명이나 해."

그러자 아키토는 마지못해 설명을 시작했다.

"아즈사라는 사람, 자살한 거지? 자기가 사는 아파트에서?"

나는 고개를 끄덕였다. 그가 그걸 안다는 사실은 그다지 부자연스러운 일도 아니다. 변사 사건임이 분명하고, 다소 뉴스가 됐기도 했을 테니까 말이다.

"사실 내 지인 중에 사고 물건 관련 사이트를 운영하는 사람이 있거든."

"으…… 으응?"

"도내에서 자살이나 변사 사건이 일어난 집이 있으면 그 관련 거주지 정보를 정리해 사이트에 올려. 다만 거짓 정보가 워낙 많아서 동업자에게 물어서 근거를 확보하지. 그렇게 하면 한 건당 얼마 정도의 사례금을 받을 수 있어. 특히 신주쿠 근처에는 그런 기회가 많아서 정보 갱신이 있을 때마다 살펴보곤 해."

"자, 잠깐만. 그 일은 또 뭐야? 네가 하는 게 그런 일이야?"

영매사 다음에는 사고 물건 마니아의 어시스턴트라니. 내가 어이가 없다는 식으로 말하자 아키토는 황급히 부정했다.

"그게 아니라 이것도 부업 중 하나라고 해야 하나……. 아무튼 신주쿠의 학생 아파트에서 자살한 사람이 있다는 소문을 듣고 조사하다가…… 우연히 네가 얽혔다는 사실을 알고……."

"이제 됐어. 더는 듣고 싶지 않아"

나는 말했다.

그가 이끄는 대로 이야기를 들어준 것을 새삼 후회했다.

헤어지고 나서 오늘까지 그가 어디서 무엇을 했는지 난 전혀 모른다. 그렇게 생각하니 그의 차림새도 수상하게 느껴졌다. 목에 걸린 십자가 모양 펜던트는 그렇다 치고, 팔에 감은 염주는 또 뭔지. 한쪽만 끼고 있는 피어스도.

"나 이제 가봐야겠다."

"잠깐만." 걸음을 내디디려는 내 앞을 그가 막아섰다. "한 가지 확인하고 싶은 게 있어. 그것만 말해주면 돼."

"확인하고 싶은 게 뭔데?"

"그때 네가 그랬잖아. 아오바가 사라지면 내가 좋아할 거라고."

내 머릿속이 싸늘하게 식는 것을 느꼈다. 분명 나는 그렇게 말했다.

"지금도 그렇게 생각해?"

"……왜 그런 걸 물어?"

아키토는 부주의한 실수로 아오바를 다치게 했다. 평생 남을 상처. 그래서 아키토는 그녀에게 속죄해야만 했다. 그러나 아오바는 사라졌다. 그것도 그 기억과 통째로. 아키토는 진정한 의미에서 아오바로부터 자유로워졌다.

"솔직히 지금도 좀." 목이 말랐다. "의심하고 있어. 그 일은 전부 아키토 네가 원했던 게 아닐까 하고."

내 말을 듣고 그는 순간 멈칫했다. 그곳에는 분명 그의 옛 얼굴이 남아 있었다. 자신이 지은 죄의 무게를 두려워하면서 항상 아오바의 안색을 살피던 그 시절의 아키토.

"하지만 걱정 마. 나도 그런 일은 말도 안 된다는 걸 잘 아니까. 어떻게 사람이 기억에서까지 사라지겠어?"

그러니까 그건 분명 우리의 망상이다. 그렇게 여기는 편이 훨씬 이해가 간단해진다. 한 사람이 이 세상에서 사라졌다고 생각하는 것보다 낫다. 페이지 번호가 날아가도 내용물이 잘 갖춰져 있다면 그건 페이지가 누락된 책이 아니라 번호가 잘못 매겨진 책일 뿐이다.

"아오바는 없었어"

나는 그렇게 생각하기로 했다. 실제로 그렇게 하는 편이 받아들이기 쉬웠다.

"처음부터 쌍둥이 여동생은 없었던 거야. 내 기억이 혼란스러워서 그런 것뿐이지. 아주 어릴 때 일이어서 공상과 현실이 뒤엉키는 바람에 있지도 않은 경험을 했다고 착각한 거라고."

아키토는 뭔가 확인하려는 것처럼 나를 바라봤다. 그는 조용히 말했다.

"하지만 난 아오바를 기억하고 있어"

그렇다. 오늘 아키토를 만나기 전까지만 해도 내 스토리는 완벽했다. 나한테 쌍둥이 여동생이 있었다는 객관적인 증거는 없었다.

그러나 지금은 다르다.

"난 아오바를 기억해. 어릴 때부터 늘 함께였어. 사라진 날의 일도 생생히 기억나. 셋이서 놀러 나갔을 때나 불꽃놀이를 구경하던 것, 그리고 그 일도." 순간적으로 그의 표정이 굳어졌다. "너도 그렇잖아?"

나는 묵묵히 그의 옆을 지나쳤다. 손을 붙잡아 나를 막을 수도 있었을 텐데도 아키토는 아무 짓도 하지 않았다. 그저 다시 한번 내 이름을 불렀다.

"이유나 원인이 뭐든 상관없어. 그저 내 안에 있는 이게 뭔지 알고 싶을 뿐이라고."

대답하지 않았다. 나는 돌아보지도 않고 발길을 재촉했다. 그러나 마치 마음속에 있던 뚜껑이 열린 것처럼 나는 머릿속으로 아오바를 떠올렸다. 그런 일까지 잊지 않았냐고 할 정도로 세세한 기억까지 선명히 드러났다가 사라졌다.

아오바는 그 사고를 운명이라고 했다. 두 사람이 특별한 사이가 되기 위한, 이야기에 꼭 따라와야 하는 사건이라고. 그 일은 정말 그랬을지도 모른다. 그렇게만 되지 않았더라면 우리와 아키토는 서로 얽히지도 않았을 것이다. 그건 아오바가 기억에서 사라진 것으로 인해 실제로 그렇게 됐다. 지금 우리 부모님마저도 아키토를 어렴풋이 기억할 뿐이다.

그런 가족이 이웃에 인근에 살고 있었다는 사실마저 거의 잊고 있다.

아오바는 병원에서 머리를 숙이는 아키토를 용서했다. 적어도 아오바는 그렇게 자신과 아키토가 친근한 사이가 될 줄 알았다. 하지만 그렇지 않았다. 퇴원하고 나서 함께 놀면서부터 그걸 깨달았다.

우리와 같이 있을 때의 아키토는 표면적으로는 밝고 솔직한 소년이었다. 나와 아오바 모두를 천진한 얼굴로 대했고 때로는 놀리기도, 장난을 치기도 했다. 하지만 때때로 문득 표정이 사라지는 순간이 있었다. 가끔 아오바가 토라지거나 화를 내면 혹은 그녀가 얼굴에 난 상처를 만지기라도 하면, 아키토는 말이 없어지면서 채찍을 무서워하는 망아지처럼 아오바의 행동을 가만히 지켜봤다.

아아, 아오바와 아키토는 진짜로 특별한 사이가 됐다고 나는 생각했다. 그러나 둘은 결코 아오바가 원했던 관계는 될 수 없었다. 단 한 번의 사고로 인해.

거기까지 기억을 떠올렸다가 문득 현실로 돌아온 나는 내가 어느새 벌써 역 앞까지 와 있다는 걸 알아차렸다. 이대로 개찰구를 빠져나가 전철을 타면 모두 끝이다. 아키토와 또 만날 일도 없다. 그리고 아오바의 기억도 두 번 다시 떠올릴 필요도 없을 터였다.

그런데 한편으로 나는 망설이기도 했다. 만약 내 기억대로 아오바라는 사람이 존재했고 그 흔적을 그저 나와 아키토만 가지고 있는 거라면, 그와 이대로 헤어지는 것은 아오바와의 추억을 모두 버리는 것과 똑같이 느껴졌다.

그제야 나는 내 손 안에 뭔가 쥐고 있다는 걸 깨달았다. 손을 펴보니 그건 아까 아키토한테 받았던 영수증이었다. 뒤에 적힌 글자는 이미 손바닥 땀에 젖어 번져 있었다.

나는 그걸 곱게 접어 지갑에 넣은 후, 개찰구로 향했다.

○ ○ ○

후지에다 교수님께 아내가 있다는 건 알고 있었다. 그건 본인 입에서 직접 들을 필요도 없이 항상 손가락에 끼고 다니는 묵직한 은반지를 보면 충분히 알 만한 사실이었다.

소문에 의하면, 교수님은 10년도 훨씬 넘은 예전에 학생이었던 지금 아내를 만났다고 한다. 대학에서 오래 일하신 교수님 중에서는 아직도 그걸 기억하는 사람도 있는 듯하다. 제자에게 손을 대다니 선생 실격이다, 또 그런 짓을 저지를지도 모른다고 하면서 말이다. 물론 그 걱정은 딱 맞아떨어지긴 했지만.

"무라사키 시키부 일기에 이런 내용이 있어."

요즘 낙서한 종이는 모두 찢거나 태워서 없어졌고, 올봄에는 히나 인형 집을 만드는 데 쓰느라 남들한테서 받은 편지도 없다.

"무슨 뜻이에요?"

"이 대목 앞부분을 읽어보면 무라사키 시키부 일기의 작자는 자기가 쓴 글을 남이 보는 걸 두려워했음을 알 수 있어. 실제로 일기에도 남의 험담이 잔뜩 적혀 있거든."

무라사키 시키부 일기를 보면 예를 들어 세이쇼나곤清少納言[13] 같은 인물에 대해서는 온갖 비방을 다 늘어놓았다. 잘난 척하면서 한자를 줄줄이 늘어놓지만 부족한 부분이 많다는 식으로 말이다. 후세까지 전해진 것만 봐도 이 정도인데 본인이 작정하고 처분한 낙서에는 어떤 글이 적혀 있었을까.

"그래서 가능하면 낡은 종이를 쓰고 싶지만 남들한테 받은 편지까지 히나 인형 집을 만드는 데 쓰느라 새 종이에 글을 쓸 수밖에 없다고 핑계를 대고 있는 거지?"

"히나 인형 집이라뇨?"

나는 본가에 있던 히나 인형을 머릿속으로 떠올렸다. 인형을 위한 수레나 도구는 많았지만, 집은 없었던 것 같다. 나

---

13   헤이안 시대 중기의 여류 작가이자 가인歌人이다. 그녀의 수필 『마쿠라소시枕草子』는 헤이안 문학 대표작 중 하나이다.

의 소박한 질문에도 교수님은 웃지 않고 대답해 주셨다.

"헤이안 시대에 히나 인형은 종이로 만들었다고 해. 집이나 마을도 만들었는데, 요즘 식으로 따지자면 소꿉놀이 같은 걸 했던 모양이야."

예를 들어, 『겐지모노가타리』의 「노와키」 권에는 노와키, 다시 말해 태풍의 피해를 궁금해하면서 히히나노텐은 괜찮냐고 묻는 장면이 나온다. 약간의 바람에도 휙 날아가 버리는 종이 집이 태풍을 맞으면 굳이 괜찮냐고 물어볼 필요도 없다. 그런 식의 농담을 담은 내용인 듯하다.

"『겐지모노가타리』에는 히나 인형에 대한 예시가 인상적으로 나온 장면이 또 있어. 아카시노히메기미明石の姫君[14]가 입은 하카마기, 그러니까 성인식의 모습이 마치 히나 인형을 가지고 노는 것처럼 재미있었다는 내용이지."

"……그게 칭찬이에요?"

"글쎄, 어떨까. 아카시노히메기미는 히카루 겐지의 딸인데, 나중에 천황의 비가 되지. 인형 놀이를 하는 것 같았다는 비유는 그렇게 소녀를 정치 도구로 쓰는 모습을 비꼬는 표현이라고 하는 사람도 있어."

자신이 입맛대로 꾸며진 방에서 원하는 장식품들을 놓고,

---

14 히카루 겐지의 딸로, 『겐지모노가타리』 속 등장인물 중 한 명이다.

원하는 대로 의식을 행한다. 거기에 한 소녀를 세운다. 그게 바로 인형 놀이 같다고 한다. 인형에는 아무런 의사가 없다. 미리 정해진 움직임을 그대로 따라갈 뿐이다.

"자기 인생의 시나리오가 처음부터 다 정해져 있다면 어떤 기분이 들까요?"

내가 중얼거리자 교수님은 웃었다. 연구자는 누구든지 가정된 상황에 대해 많든 적든 검토하길 좋아한다. 교수님도 마찬가지였다.

"그게 재미있는 시나리오라면 즐거울 테고, 괴로운 내용의 시나리오라면 고통스러운 기분이 들지 않을까?"

그 생각에는 절반밖에 찬성할 수 없었다. 소원이 이루어지거나 연애가 성사되거나 하는 즐거운 시나리오라면 대환영임이 분명하다. 하지만 설령 그렇지 않다고 해도, 그게 미리 다 정해져 있는 것이라면 그다지 고통스럽지 않을 것 같다.

아무리 힘든 일이라도 이야기 속에서는 다 의미가 있다. 연인의 죽음 등이 그 전형적인 예다. 밝은 결말이든 어두운 결말이든 아무튼 어떤 끝맺음을 향해 그 사건은 일어난다. 절대로 무의미하게 죽고 그대로 잊히는 일은 없다. 그래서 나는 설령 괴로운 시나리오라고 해도 상관없다. 그 앞에 제대로 된 끝이 있다면.

그렇게 내 생각을 전하자, 교수님은 또다시 흥미롭다는

듯 미소를 짓다가 말했다.

"과연 그럴까. 속수무책의 결말이 따라올 바에야…… 차라리 계속 안 끝나는 편이 좋을 수도 있지."

∘ ∘ ∘

미오가 점심을 같이 먹자고 했다. 그런 일이 잘 없었기에 의외로 느껴졌다. 지금까지는 주로 아즈사가 우리 둘에게 점심 권유를 했기 때문이다. 하지만 아즈사는 이제 없다. 바로 지난주에 장례식에 참석했는데도 이미 모든 게 옛날 일 같다.

약속 장소는 대학 근처 역 앞에 있는 로터리였다. 이곳은 주말 밤만 되면 술에 잔뜩 취한 대학생들로 넘쳐나기로 소문난 곳이다. 캠퍼스에서 만나도 됐을 텐데, 하는 생각을 하며 기다리고 있자니 역 쪽에서 정장 차림의 미오가 다가왔다. 그 덕분에 만날 장소가 이곳이 된 이유도 알았다.

"미오, 좀 마른 것 같아."

나도 모르게 그런 말이 튀어나왔다. 아즈사의 장례식 때도 얼굴을 봤지만, 그때보다 미오는 더 마른 것처럼 보였다. 복장을 보니 면접을 마치고 돌아오는 길인가 보다. 억지로 뒤로 바짝 묶어 고정한 머리도 그녀에게 잘 어울리지 않았다.

"별일 아니야. 솔직히 여러 가지 일이 있었잖아"

안 그래도 졸업논문과 취업 준비에 끼어서 바쁜데, 후지에다 교수님 실종이나 아즈사의 자살까지. 이런 상황에서 건강하게 사는 게 더 어려울지도 모른다. 일단 오늘은 영양가 있는 것을 충분히 먹기로 하고 우리는 역 근처의 러시아 요리점으로 들어갔다.

그곳에서 피로시키와 보르시를 실컷 맛본 우리는 식후 디저트로 잼이 들어간 홍차를 마시며 서로의 근황을 나눴다.

미오의 구직 활동은 아직도 진행 중인 모양이었다. 오늘은 제6지망 기업의 2차 면접이었다고 한다. 전에 들었던 것보다 지망하는 기업이 세 곳이나 더 늘었다. 취업 준비를 안 하는 내가 봐도 상황이 그리 좋지 않다는 걸 알 수 있었다.

그 이야기가 나왔을 때 미오가 갑자기 물었다.

"나쓰히, 넌 왜 문학부에 들어간 거야?"

"어? 나?"

그냥 소거법으로 정했다고 말할 수는 없었다. 굳이 따지자면 환경 때문이었을지도 모른다. 본가 근처에 유명한 시인이 살았다는 공원이 있는데, 초등학교 소풍 목적지가 그곳이었다. 공원 안에는 헤이안 시대의 시가를 새긴 비석도 있고, 수혈식 주거 공간이 재현되어 있기도 해서 나는 그곳에서 처음으로 고전문학의 존재와 에도 시대보다 훨씬 옛날

이 있음을 배웠다.

"역사나 문학에 관심이 있어서 그렇지 뭐……"

내 대답에 미오는 실망한 어조로 역시 그렇겠지, 하고 중얼거렸다. 그녀가 무슨 말을 하고 싶은 건지 잘 알 수가 없었다.

"가는 회사마다 그걸 묻더라고. 지금 너처럼 대답하면 아, 그래요? 하고 반쯤 웃고 말아." 미오는 입술을 깨물었다. "그것 외에 또 뭐가 있다는 거야? 당연히 문학 공부를 하고 싶어서지. 당연한 거 아니야?"

"아아, 그런 질문이 정말로 있구나."

소위 말하는 압박 면접이라는 걸까. 나는 취업 준비를 할 계획도 없고 아르바이트도 거의 해본 적 없어서 미오를 딱하게 여기면서도 내 일처럼 느끼지는 못했다.

"근데 다른 사람은 다들 여러 가지로 대답하는 거 있지. '어릴 때부터 책이 좋아서 커서 편집자가 되고 싶었다' '힘들 때 귀사의 책을 접했다' '문학 동아리에서 문제를 해결한 경험 덕분이다' 등등. 나한테 그런 적이 있어야 말이지…… 아니, 대개 그런 일이 있겠어? 소설이나 드라마도 아니고 그때 겪은 경험이 사실은 이랬다는 게 말이 되냐고."

"그럼 너도 대충 그럴싸한 이야기를 만들면 되잖아."

나는 드라마나 만화에서 자주 보는 장면을 떠올렸다. 새로 산 남색 정장을 입은 젊은이가 인도에서 나를 찾는 여행을 했다느니 윤활유 같은 존재가 어떻다느니 하는 말을 술술 쏟아낸다. 그렇지만 미오는 고개를 저었다.

"난 그런 거 싫어. 거짓말하고 회사에 입사하면 그 이후로 난 매일 거짓된 모습만 연기해야 하잖아. 난 절대로 못 견뎌."

그녀의 대답이 아주 진지했기에 아무 조언이나 던진 나 자신이 부끄러웠다. 그렇지만 미오도 다소 기분전환이 된 모양이다. 살짝 미소를 보였다.

"나쓰히 너나 취업 준비할 때 그런 식으로 대답해."

"내가?"

"응, 넌 이야기 만들기 잘하는 것 같으니까."

나도 절로 웃음이 났다. 그럴지도 모른다. 생각해 보니 나는 늘 그럴듯한 이야기를 만들기 위해 살아온 걸지도 모른다. 나와 동생에게 있었던 일을 전하려 할 때 눈살을 찌푸리지 않을 수 없는 이야기를.

"그리고…… 솔직히 취업 준비에 집중을 못 하겠어."

그녀는 그렇게 말하며 반쯤 남은 홍차를 스푼으로 계속 저었다.

"잠을 자려고 이불에 들어가도 계속 아즈사 생각이 나서."

나는 고개를 끄덕였다. 사실 나도 그랬기 때문이다.

"나쓰히도 그랬잖아. 더는 생각하지 말라고. 그런데 안 하려고 해도 자꾸 생각이 나. 왜, 그런 이야기 있잖아? 무슨 색의 무엇을 생각하지 마라, 하는 그런 거.”

“아아, 맞아. 아마 분홍색 코끼리였던가?”

아니면 보라색 거울이었나? 어쩌면 거북이나 돌고래였을지도 모른다. 아무튼 그런 식의 문구였던 것 같다. 생각하지 말라고 하면 더 잊을 수 없게 되는 것 말이다.

“근데 나는 생각하지 말라고는 안 했어. 그 두 사람에게 일어난 일을 조사하지 않는 게 좋다고 그랬지.”

“응, 알아. 나도 안다고. 하지만.”

미오는 아무것도 하지 않고 그냥 받아들이기만 하는 게 괴롭다고 말했다. 후지에다 교수님께 무슨 일이 일어났는지, 아즈사는 왜 죽게 됐는지. 그 이유를 알고 싶어서 견딜 수가 없다고 한다. 컴퓨터로 이력서를 쓰면서도 정신을 차리고 보면 인터넷을 켜고 사건을 조사하려고 한단다.

“어제도「아사토호」에 대해 계속 알아보다가 어느새 밤 2시가 넘었지 뭐야……”

“「아사토호」라니?”

“왜 그거 있잖아. 아즈사의 집에 들어갔을 때.”

그 말을 듣자 나도 생각이 났다. 아즈사의 컴퓨터에 남아 있던 논문 같기도 하고 유서 같은, 영문을 알 수 없는 문장. 그 내용은「아사토호」라는 모노가타리에 대한 것이었다.

“어쩐지 그 제목이 계속 머릿속을 떠나지 않는단 말이지.

그런데 위키피디아 같은 곳에는 기사가 없길래, 국립정보학
연구소나 재패널리지[15] 같은 곳도 살펴봤는데……"

우리 대학의 포털 사이트로 로그인하면 여러 가지 유료
데이터베이스 서비스를 자유롭게 사용할 수 있다. 나도 리
포트를 쓸 때 자주 활용한다.

"그래서 뭐 알아낸 거라도 있어?"

"아니, 별로. 그리 주목받지 못하는 작품 같아. 제대로 된
해설서도 없고, 잡지에 실린 논문만 몇 편 있을 뿐이야. 그것
도 다 옛날 잡지니까 대학 도서관의 귀중 도서 보관고에 가
야 할지도 몰라."

미오도 당장 거기까지 할 기력은 없다고 했다.

"아즈사의 글에도 적혀 있었지만, 옛날부터 '아사토호'라
는 제목만 전해지고 있더라. 그리고 그 내용은 산일된 것으
로 추정한대."

전에 산일된 모노가타리 작품에 대해 아즈사한테서 설명
을 들었던 기억이 난다. 뭐라고 했더라, 하고 생각하다가 머
릿속에 번뜩 떠올랐다. 분명 아즈사는 예전에 실종됐던 기
요하라라는 시간 강사가 산일된 모노가타리를 연구했다고

---

15 재패널리지Japan Knowledge는 유료회원제 지식 검색 사이트로, 인터넷 백과
사전의 일종이다.

말했다.

어어? 하는 의문이 들었다. 어쩌면 기요하라 씨도 「아사토호」에 대해 뭔가 알고 있었던 걸까. 어쩌면 아즈사도 그걸 조사하다가 '아사토호'라는 제목에 도달했을지도 모른다.

"그래서 「아사토호」라는 모노가타리가 어떤 건지는 계속 알 수가 없었대. 그게 전후戰後에 어떤 사본이 발견된 덕분에 내용을 알 수 있게 됐다고 하더라고. 그래서 그 후 십몇 년은 연구가 이어졌지만."

"이어졌지만?"

"지금은 그 사본이 없는 것 같아. 「아사토호」를 계속 연구하던 학자가 있었는데, 그 사람과 같이 행방불명이 됐다…… 라고 적힌 책이 있었어."

나는 입으로 가져가려던 홍차 컵을 나도 모르게 내려놓았다. 째애앵, 하고 큰 소리가 울렸다. 미오는 다급히 고개를 내저었다.

"아니, 아무리 그래도 그건 우연일 거야."

원래 같으면 나도 그렇게 생각할 것이다. 하지만 이 상황에 대해서는 과연 어떨지. 그보다 우연치고는 너무나도 겹치는 게 많다. 지금 아는 것만 해도, 후지에다 교수님 말고도 기요하라라는 사람도 사라졌다고 한다. 거기에 그 연구자까지 더하면 세 명이다. 등산가나 모험가라면 모를까, 그저 국문학자밖에 안 되는 사람들이 그리 몇 명이나 실종될 수 있는 걸까.

게다가 「아사토호」라는 작품의 존재도 있다. 이건 아즈사의 자살과 관련된다. 아니, 그녀가 「아사토호」에 대한 문장을 남겨뒀다고 해서 이게 원인인지는 알 수가 없다. 그렇지만 그 문장은 너무나도 이상했다. 만약 일련의 사건이 모두 이 「아사토호」라는 모노가타리 주변에서 일어난다고 한다면.

"나쓰히?"

"아, 미안해. 좀 놀라서."

나는 미오에게 우연이라고 해도 너무나도 불길한 일치가 아니냐고 말했다. 그녀도 고개를 끄덕였다. 그러더니 이상하게 안절부절못하는 태도로 입을 열었다.

"있잖아, 내 생각이 지나친 걸지도 모르는데……. 어쩌면 이 「아사토호」라는 책이 원인이 아닐까?"

"원인이라니?"

"그러니까 교수님이 실종되고 아즈사가 그렇게 된 거 말이야. 이게 전부 「아사토호」에 대해 조사한 탓이 아닐까 해서"

"그럼 예를 들어 무슨 저주가 아니냐는 뜻이야?"

미오의 말은 바로 지금 내가 머릿속으로 생각한 그것이었다. 그러나 대개는 오래된 작품을 조사한 것 정도로는 이런 사건이 일어날 리가 없다.

"그럴지도 모르고, 무슨 비밀 조직 같은 게 있어서 조사하는 사람을 없앤다…… 거나."

"에이, 설마."

그런 의견을 입에 올린 미오 자신도 그렇게까지는 믿지 않는 듯했다. 나도 그런 비현실적인 생각을 긍정할 마음은 들지 않았다. 그런 짓을 해서 얻을 이득이 있을 것 같지도 않았고, 금방 발견할 수 있는 모순점도 있기 때문이다.

"아무리 「아사토호」가 주목받을 만한 작품이 아니라고 해도, 나름대로 연구도 됐고 논문 목록도 있다면서. 우연히 그 이름을 알고 조사한 사람도 제법 있을 것 같은데?"

정말 그렇다면 고전문학 전공 학생이나 연구자는 다들 목숨을 잃어도 이상할 게 없다. 그러나 고전문학 연구가 그렇게 위험하다는 소리는 들어보지도 못했다.

"가볍게 조사하는 것 정도는 괜찮을지도 몰라. 하지만 예를 들어 아주 깊게 본문까지 파고든다면……."

"사본이 없어졌는데도?"

"번각 본문이 잡지에 실려 있어. 그건 지금도 읽어볼 수 있을 거야."

번각이란, 이체자異體字로 적힌 사본의 문자를 읽어내 오늘날에도 사용되는 한자나 히라가나로 고쳐 쓰는 작업을 의미한다. 「아사토호」는 사본이 발견된 후에 그 작업이 실행되어, 잡지에도 발표됐다고 한다. 즉, 사본이 없어도 내용 자체는 지금도 읽어볼 수 있다는 뜻이다.

"잡지에 실렸다는 건 교열한 사람이 있다는 거잖아. 학술 잡지니까 내용 검토도 할 거고. 그럼 그 사람들은 어떻게 됐어?"

"그 사람들한테까지 무슨 일이 일어났는지는 모르지. 우리가 알지 못하는 것뿐이겠지만."

"그러니까 깊이 알려고 덤비면 위험하다는 뜻이네."

참 잘 짜인 구조가 아닐 수 없다. 자세한 건 알아보지 않으면 모르겠지만, 내용을 상세히 조사한 사람은 입막음을 당한다. 이 트릭만 사용하면 그 누구도 반증할 수 없는 완벽한 설을 만들 수 있다. 분명 세상에 있는 도시 전설이라는 건 이런 식으로 태어나는 것이리라.

일반적으로 볼 때 그런 게 근처에 있다면, 그저 건드리지 않으면 될 일이다. 과학적으로 따지기 어려운 건 조사할 필요도 없고, 만약 정말로 위험한 비밀이 잠들어 있다면 더더욱 알아보지 않는 편이 좋다.

아오바에 대한 나의 태도도 마찬가지였다. 내 안에 있는 현실의 이미지를 일그러트리기 무서워서 못 본 척했다. 세상 모두가 거짓말을 한다고 여기기보다 내가 잘못됐다고 생각하는 편이 더 쉽다. 바이어스라는 심리학 단어를 꺼내 들

필요도 없다. 나는 겁을 먹고 늘 도망쳤다.

건드리면 위험할지도 모르는 금기가 있고 그걸 알아보는 행위에 불이익밖에 없다고 하더라도 조사하고 싶어 견딜 수 없는 사람이 있다고 한다면 그는 어떻게 할까. 누구도 반증할 수 없는 설을 반증하겠다고 마음먹는다면.

홍차 잔 바닥에는 단맛을 잃고 살짝 하얗게 변한 잼 조각이 쌓여 있다. 나는 스푼으로 그걸 휘저어 마셨다. 꼭 모든 진리를 증명할 필요는 없다. 오직 필요한 건 내가 납득할 것인지 아닌지뿐이다.

문득 머릿속에 아키토가 떠올랐다. 헤어질 때 그도 그런 말을 했다. 자기 안에 있는 아오바에 대한 기억. 그게 뭔지 그저 알고 싶을 뿐이라고.

"아무튼 전에도 말했지만" 나는 빈 컵을 이번에는 가만히 내려놓았다. "넌 이 일에 끼어들지 않는 게 좋겠어."

"하지만."

"뭐가 하지만이야? 보나 마나 조사해 봤자 아무것도 알 수 없을 거야. 그보다 중요한 건 교수님이나 아즈사가 떠나간 사실을 받아들일 수 있느냐 아니겠어?"

내가 그렇게 말하자 미오는 그러네, 하고 작게 대꾸했다. 참으로 어려운 일이다. 나 역시 그걸 받아들일 자신이 없다.

하지만 그라면.

미오와 나는 가게를 나왔다. 대학으로 가겠다는 그녀와 갑자기 기치조지에 갈 일이 생긴 나는 역 앞에서 헤어졌다. 떠나기 전 미오는 살짝 망설이는 태도를 보이면서도 나에게 말했다.

"그래도 저주 때문이라고 여기는 편이 난 더 받아들이기 쉬울 것 같아."

。。。

척 봐도 수상한 가게임이 분명했다.

아키토가 건네준 메모 속 장소를 스트리트 뷰로 살펴보니, 그곳에는 3층짜리 낡은 건물이 있고 1층에는 꽃집이 들어서 있었다. 그가 왜 이런 곳에 가게를 두고 있는지, 아니 그보다 어떤 가게인지 궁금증은 끊이지 않았지만 어쨌든 가 보기로 했다.

오히려 문제는 아키토였다. 기리노 아키토라는 이름과 영매사라는 키워드를 넣어 검색해 봤지만 별다른 정보는 나오지 않았다. 다만 오컬트 분야와 관련된 인물로 보이는 몇 명이 SNS에서 그를 언급하고 있었다. 가구라자카에 다소 괴짜 같은 사장이 운영하는 이자카야 주점이 있는데, 최근에 그 사장이 자기가 외계인에게 납치될 거라면서 겁을 먹었다고 한다. 그때 그의 고민을 들어준 이가 바로 아키토란다. 그리고 결과적으로 어떻게 됐는지까지는 적혀 있지 않았다.

영매사가 외계인의 스토킹 문제도 해결해 주는 걸까. 나는 이해가 가지 않았다. 우연히 눈에 들어온 게 이거라는 것뿐이지, 실제로는 어떤 고민 상담이 오가는지 알 턱이 없다.

기치조지역에서 내린 나는 메모에 적힌 주소를 보며 가게를 찾아다녔다. 선로드 상점가를 빠져나와 무사시노하치만구 신사 앞을 지나간다. 역 근처의 떠들썩한 소리가 멀어지면서 어둑하고 조용한 주택가에 들어섰을 때 그 건물을 발견했다. 사진에서 봤던 대로 1층은 꽃집이었다.

가게 이름이 아도니스라고 했는데. 간판을 보고 나는 깜짝 놀랐다. 1층에 꽃집이 있는 게 아니라 그 꽃집이 아도니스였다.

그러고 보니 아도니스는 아네모네 꽃과 인연이 깊은 단어다. 그리고 상상했던 것과는 전혀 달랐다. 정말로 이런 곳에서 영매사 알선을 하는 걸까. 마음을 굳게 먹고 안으로 들어갔다. 그 순간, 수많은 꽃의 향기에 둘러싸이면서 어떤 다른 세계의 문을 통과한 듯한 기분이 들었다. 나도 모르게 발걸음을 멈추고 있는데, 안쪽에서 녹색 앞치마를 두른 청년이 얼굴을 내밀었다.

"어서 오세…… 아!"

안에서 나온 사람은 아키토였다. 나는 또다시 깜짝 놀라고 말았다. 앞치마에는 귀엽게 장식된 글자로 가게 이름이 수놓아져 있다. 더더욱 상상했던 모습과 달랐다.

"정말로 올 줄은 몰랐네."

"나도 올 생각은 없었어. 보통 수상해 보였어야지."

솔직히 대답했다. 가게를 찾아온 것 가지고 내가 마음을 허락했다는 뜻으로 보이기 싫었다. 그런 생각으로 말했는데 아키토는 오히려 기쁘게 웃었다. 나는 의아했다.

"왜 웃어?"

"안심했거든. 넌 예전 그대로인 것 같아서……. 쭉 만나지 못했던 사이에 딴사람이 됐으면 어쩌나 했지."

그거야말로 내가 할 소리라는 말을 하고 싶었지만, 아마 부질없는 짓이리라. 그냥 포기하고 가게 안을 둘러봤다. 잘린 꽃가지가 양동이에 담겨 빼곡하게 늘어서 있고, 안쪽 선반에는 관엽 식물이나 프리저브드 플라워도 놓여 있다. 작지만 따뜻함이 느껴지는 좋은 가게였다.

"여기는 대체 무슨 가게야?"

"무슨 가게라니 보면 알잖아. 꽃집이야."

"네 가게야?"

"아니, 우리 할머니 가게. 근데 할머니는 건강이 안 좋으셔서 내가 주로 가게를 봐."

어릴 때 아키토는 부모님과 함께 셋이서 살았던 것 같다. 그럼 이곳에 아버지나 어머니 쪽 본가가 있는 걸까. 내 그런 생각을 읽었다는 듯 아키토가 말하기 시작했다.

"내가 중학생 때부터 부모님과 자주 싸웠거든. 중학교만 졸업하면 이런 집에서 나가겠다고 하고 나서 정말로 집을 나왔지."

물론 처음 듣는 이야기다. 아키토가 지금까지 어떻게 살았는지 나는 하나도 모른다. 전에 만났을 때 그런 말은 거의 듣지 못했다.

"힘들었겠네. 그런데도 잘 생활할 수 있었나 봐?"

"아니, 전혀. 중졸의 미성년자는 누가 채용하겠어? 한때는 롯폰기에서 돈 많은 아저씨와 같이 살기도 했지."

심상치 않은 내용이 나왔다. 내가 멈칫거리는 걸 알아차렸는지 그는 그 일에 대해 깊게 설명하지 않았지만.

"아무튼 그러고 사는데 할머니한테서 편지를 받았어. 집에 돌아갈 마음은 없었지만, 할머니는 좋아했으니까 여기서 살기로 한 거야."

그렇게 지금에 이르게 됐다고 한다. 그 말을 듣고 나는 아키토를 새삼 다른 눈으로 보게 됐다. 그는 나름대로 열심히 잘 살아가고 있는 듯하다. 어쩌면 내가 지나치게 경계했던 걸지도 모른다.

"미안해. 내가 널 잘못 본 것 같아."

"잘못 보다니?"

"아니, 갑자기 수상한 명함을 주고, 사고 물건이 어떻다느니 하니까 난 또 네가 이상한 데 손을 댄 줄 알고……."

그렇게 말했을 때 다른 누군가가 가게에 들어와서 나는 깜짝 놀라 입을 다물었다. 붉은 코트를 입고 긴 머리를 한 여자가 입구 근처에 서 있었다.

"어서 오세요."

아키토가 인사했다. 그러자 그 여자는 어깨를 흠칫 떨더니 아키토를 살피는 눈초리로 쳐다봤다. 뭔가 이상하다는 기분이 들었다. 꽃을 사러 온 분위기가 아니었다.

"저어." 여자가 가느다란 목소리로 말했다. "여기에 아키토 씨 계시나요?"

"제가 아키토인데요."

"……당신이요?"

그녀는 늘어트린 앞머리 사이로 의심스러운 듯 아키토를 바라봤다.

"전 다른 사람의 소개를 받고……. 이 가게로 오면 고민 상담을 해준다고 해서……."

"혹시 아다치 씨세요?"

그에게 이름을 불린 순간 그녀는 눈을 휘둥그렇게 떴다.

아직 자기가 누군지 밝히지도 않았는데 이름을 불린 게 뜻밖이었나 보다. 그 모습을 본 아키토는 계속 말을 이었다.

"솔직히 말씀드려서 어서 이사하시는 게 좋을 거예요. 당신 집 뒤편에 넓은 빈터가 있죠? 구석에는 큰 공양탑이 있고요."

아다치라고 불린 그 여자는 이제 입을 떡 벌렸다. 그리고 넋을 놓은 것처럼 아키토를 가만히 보기만 했다.

"지금 그 장소는 아무것도 없지만 아주 옛날에 큰 재해가 발생한 곳이에요. 공양탑은 거기서 목숨을 잃은 사람들을 위한 것이고요. 게다가 보니 물의 흐름도 안 좋아요. 좋지 않은 환경이죠. 당신에게도, 그리고 아이에게도요."

아키토가 그렇게 말한 순간, 그녀가 얼른 한 손을 배에 가져다 대는 모습이 내 눈에도 들어왔다. 그러고 나서 그녀는 잠시 고개를 숙이고 있다가 곧 앞머리를 쓸어올리더니 앞쪽으로 얼굴을 들었다. 눈은 눈물로 젖어 발갛게 부어 있었지만, 그 표정은 시원해 보였다.

"감사합니다. 그렇게 할게요."

"감사합니다."

여자는 가방에서 약간 두툼한 봉투를 꺼내 아키토에게 건네려 했다. 하지만 그는 받지 않았다.

"꼭 그러시고 싶다면 꽃이라도 사 가세요."

그 말을 들은 그녀는 고집을 부리지 않고, 가게 앞에 있던 작은 화분을 사서 돌아갔다. 떠나가는 그 뒷모습을 배웅한 후, 나는 아키토에게 물었다.

“지금 그건 뭐야?”

아키토는 웃으며 꽃값을 계산대 안에 넣으며 대답했다.

“그게 내 일이야.”

나는 미간을 찌푸렸다. 그 명함에 적혀 있던 직함이 머릿속을 스쳤다.

“그러니까…… 영매사 일 말이지?”

“그렇게 대단한 건 아니야. 그냥 평범한 사람한테 털어놓기 곤란한 고민을 대신 들어주는 것뿐이지.”

“털어놓기 곤란한 고민이라니.”

“예를 들어서 지금 그 사람은 새로 산 집에 유령이 나온다고 힘들어했거든.”

“뭐라고?”

또 수상쩍은 단어가 나왔다. 순간 내 입에서는 욕지거리가 나올 뻔했지만, 아키토는 개의치 않고 설명했다.

그 아다치라는 여자는 결혼하면서 중고로 나온 단독주택을 구입해서 그곳으로 이사했다. 그런데 그 집에서는 이상한 현상이 연이어 일어났다. 아무도 없는 복도에서 발소리가 나기도 하고 이야기 소리도 들렸다. 그녀는 남편에게 말했지만, 그는 제대로 귀를 기울이지 않았다. 그래도 괴기한 현상은 줄곧 이어져서 이제는 아예 노이로제에 걸리기 직전이었다고 한다.

"그래서 나를 찾아왔다는 거지. 그리고 살짝 영시靈視를 해서……."

"알았어. 됐으니까 그만해." 나는 그렇게 말하며 그에게서 등을 돌렸다. "믿으려 했던 내가 바보였네."

내가 그렇게 말하자 아키토는 당황했다.

"자, 잠깐만. 믿으려 했다니 그게 무슨 소리야?"

"말 그대로의 뜻이야. 너만큼은 예전 그대로일 줄 알았어. 아오바를 기억하면서, 나를 제외하고 유일하게 제대로 된 사람이라고. 하지만 그게 아닌 것 같아. 유령이니 영시니 엉뚱한 소리나 하고."

"아……." 아키토는 신음하면서 두 손으로 머리를 벅벅 쥐어뜯었다. "그게 아니라 내가 말하고 싶었던 건 패턴의 문제야."

패턴. 그 말이 묘하게 귀에 남았다.

"패턴이라니?"

"이야기의 패턴 말이야. 왜 그런 말 있잖아. 지장보살상을 걸어찼더니 병에 걸렸다느니 그 지장보살상 앞에 머리를 숙이고 공물을 바쳤더니 병이 나았다느니 하는 거."

나는 고개를 끄덕였다. 그런 식의 이야기라면 나 역시 짐작 가는 게 수도 없이 많았다. 아니, 그건 예전부터 내가 아오바에게 반복적으로 했던 말이기도 했다. 나는 그런 이야기의 패턴을 읽는 걸 잘했다. 아키토도 아오바와 어울리면서, 알지 못하는 사이에 그런 사고방식에 영향을 받았던 걸지도 모른다.

사람의 뇌는 무슨 일이든 패턴을 발견하려는 습성이 있다. 심령사진이 그 전형적인 예다. 검은 점 개가 늘어서 있을 뿐인데도 사람의 눈을 통하면 그건 불길한 기운을 뿜는 얼굴처럼 보인다.

"내가 하는 일은 바로 그런 점을 이용해서 사람들은 안심시키는 거야."

기도사, 영매사, 탐정, 고스트 헌터. 아키토는 호칭이 뭐든 상관없다고 말했다. 이름 역시 결국 패턴 중 하나이기에, 상대가 어떻게 부르고 싶은지가 더 중요하다면서.

"그러니까 영능력 같은 건 아니네?"

"당연하지."

그는 예전에 롯폰기에서 돈 많은 아저씨와 함께 살 때 그 일을 시작했다고 한다.

"그 아저씨는 텔레비전이나 출판업계 쪽으로 연줄이 있는 사람이었는데, 내가 괴담이나 초자연적 현상에 관심이 있다고 하니까 이래저래 소개를 해줬거든."

그래서 아키토는 일본에서도 손꼽히는 오컬트 전문가들과 매주 만나서 대화를 나누는 사이가 됐다. 총리대신에게도 정책을 지시한 적이 있다고 호언장담하는 점성술사, 사카모토 료마의 영혼과 접신해서 사람의 마음을 휘어잡는 기술을 배웠다는 종교가, 괴담에 나오는 저주나 재앙을 직접 시험해 보려고 했던 괴담가 등등.

"근데 그런 사람들은 왜 만난 거야?"

내가 묻자 뭘 새삼스럽게 그러냐며 아키토는 어이가 없다는 듯 한숨을 내쉬었다.

"그거야 아오바를 찾기 위해서지."

12년 전, 우리 앞에서 아오바는 사라졌다. 그리고 얼마 가지 않아 아키토는 가족과 함께 이사했지만, 아오바를 찾아내겠다는 나와의 약속은 잊지 않았다.

게다가 아오바는 그냥 종적을 감춘 게 아니다. 마을 사람들도, 친구도, 가족까지 아오바를 기억하지 못했다. 심지어 아오바가 있었던 흔적까지 싹 사라지고 없었다. 그날 밤, 집으로 돌아온 내가 우리 방으로 들어가 보니 2층 침대는 한 단이 사라진 평범한 침대가 되어 있었고, 늘 두 개씩 있던 교과서도, 책가방도, 책상도, 게임 세이브 데이터도, 기둥에 새긴 흔적까지도 아오바와의 추억이 얽힌 물건이 전부 2분의 1이 되어 있었다. 마치 그런 아이는 처음부터 없었던 것처럼.

“우리 부모님한테도 물어봤지만, 두 분 모두 오하시 씨네 딸은 하나뿐이라고 지금도 그래. 내가 저지른 그.”

아키토가 자전거로 아오바를 친 그 사건도 없었던 일이 됐다. 내 부모님한테 물어도 다들 어리둥절한 표정을 지을 뿐이다. 나는 병원에서 아키토의 부모님께 따지던 우리 어머니 모습을 여전히 기억하고 있고, 매일 밤 거실에서 실력 좋은 성형외과 팸플릿을 늘어놓으며 이런저런 상의를 하던 아버지 어머니의 모습도 아직도 뇌리에 생생했다. 그게 없었던 일이 됐다니, 마치 내가 가짜 세계로 빨려들어 간 것 같아 좀처럼 불안한 마음이 진정되지 않았다.

아오바는 사라지고 현실은 새롭게 변했다. 이렇게 되기 전의 세상을 기억하는 건 나와 아키토 둘뿐이다.

“그러니까 평범한 방법으로는 안 돼. 찾아보니까 나왔더라 하는 식의 간단한 게 아니니까. 이건 그런 유형의 패턴이 아니야.”

아키토는 오컬트에 점점 심취했다. 그것 역시 부모님과의 사이가 나빠지게 된 원인 중 하나라고 그는 말했다. 하나뿐인 아들이 이상한 마법이니 낡은 책을 잔뜩 사서, 향을 피운 방에 틀어박혀 개구리나 거미를 키운다면 세상의 부모 대부분은 혼란스러워할 게 분명하다. 결국 그는 가출하게 됐고, 그러다 그 롯폰기의 후원자를 만났다.

점술사나 영능력자라고 불리는 사람들을 만나면서 그도 곧 그런 일로 용돈 벌이를 하게 됐다. 고민을 듣고, 조사하고, 조언을 해줬다.

"그럼 영시라는 건……."

내가 묻자 아키토는 자리에서 일어나 계산대 쪽으로 가, 카운터 뒤편에서 어떤 노트 하나를 꺼내어 돌아왔다.

"이게 내 마술서야."

페이지 사이에는 수많은 복사물과 스크랩 자료가 끼워져 있어서, 옆에서 봐도 두껍게 잔뜩 부풀어 있었다. 아키토는 그걸 팔락팔락 넘기며 해당 페이지를 찾아냈다.

"내 지인 중에 나가미네 씨라는 사람이 있는데, 아까 그 아다치 씨는 그 사람한테서 소개를 받아 나한테 온 거야. 그리고 나가미네 씨가 상담받고 싶은 내용이나 주소와 성명 등을 미리 다 물어봐 놓았던 거고."

핫 리딩hot reading이라는 수법이다. 점술사가 마치 딱 그 자리에서 상대방의 머릿속을 읽어낸 것처럼 보이게끔 행동하지만, 이는 사실 사전에 조사를 다 해둔 덕에 가능한 방법이다.

"최근에 새로운 집으로 이사했는데 거기서 생기는 괴기한 현상에 고민이 많다는 말까지는 들었어. 그 주소로 가보니까 뒤편에 이상한 빈터가 있더라고."

"알아보니까 거기가 큰 재해가 난 곳이었다는 거네?"

아까 아키토가 본인 입으로 직접 꺼낸 말이다. 그런데 그는 재미있다는 듯 웃었다.

"아니, 조사는 해봤는데 뭐가 뭔지 하나도 모르겠더라. 공양탑의 유래도 전혀 알 수 없고."

"그럼 왜 그런 말을."

"그거야 지금 탑도 세워져 있고…… 그럼 어쨌든 공양해야 할 뭔가가 있었다는 거니까……."

다시 말해, 모든 게 조작이었다는 뜻이다. 이렇게 허술한 수법이라니.

"그렇게 하면 결국 진짜 원인이 뭔지 알 수 없게 되잖아."

"진짜 원인을 내가 어떻게 알겠어? 하지만 이해할 수 있게는 해주잖아. 태아의 영혼 같은 건 괴담에 자주 나오니까. 게다가 그 사람은 임신까지 했고."

"그것도 미리 들어서 안 거야?"

"아니."

아키토는 쓴웃음을 지으며 노트를 탁 닫고 가게 안으로 들어갔다. 아무래도 그쪽은 주거 공간인 모양이다. 아키토와 할머니는 거기서 생활하는 듯하다. 노트를 두고 나온 그는 대신 주스가 담긴 페트병 두 개를 들고 와, 한 병을 나한테 휙 던져주며 말했다.

"신혼부부가 굳이 교외에 있는 단독주택을 산다면, 당연히 출산 예정이 있다는 것쯤은 상상이 되잖아? 그냥 슬쩍 떠봤는데 딱 맞아떨어졌지. 솔직히 틀려도 되긴 해. '그거참 다행입니다. 만약 임신이라도 하셨으면 큰일이었어요'라는 식으로 둘러대면 되니까."

"그것도 순전히 허풍이었다는 거네."

"그 표현은 듣기 좀 그러네. 원인이 중요한 게 아니야. 그 사람은 힘들어했고, 그 집에서 도망치고 싶었던 거니까. 난 거기에 이유를 붙여서 등을 떠밀어준 것뿐이야."

아하, 이게 바로 아키토가 일하는 방식이구나, 하는 생각이 들었다. 아니, 내가 몰라서 그렇지 아키토와 같은 일을 하는 사람은 다들 이런 식일지도 모른다. 괴기 현상 그 자체를 어떻게 해주는 게 아니라 설명을 붙이고 이해시키고 다음 행동을 지시한다. 지진이 일어나는 메커니즘은 몰라도, 그게 무서운 거라고 알려주면 당장 도망칠 수 있다. 그런 것과 마찬가지다.

내가 뚜껑을 따서 주스를 마시자, 갑자기 아키토가 말했다.

"도와주지 않겠어?"

"뭘?"

"그 아즈사라는 사람이 왜 자살했는지 궁금하잖아."

그걸 어떻게, 하고 물으려다 그만뒀다. 방금 설명을 다 들었으니까.

"아아, 그런 식으로 상대방을 떠보는구나?"

"그리 대단한 건 아니야. 넌 여기에 올 마음이 없었는데도 굳이 찾아왔잖아. 오컬트에 푹 빠진 수상한 소꿉친구가 있는 곳으로. 그렇다면 그 사건과 관련한 목적이 있는 게 뻔하지."

어서 얘기해 봐, 하고 그는 말했다. 상담료는 안 받을 테니까, 라는 말도 덧붙이면서. 나는 그의 요청을 순순히 따라 이제까지 있었던 일을 털어놓았다. 상담료 따위는 아무래도 좋다. 설령 청구하더라도 낼 생각은 없었다.

후지에다 교수님이 행방불명된 것.

그리고 얼마 가지 않아 아즈사가 죽은 것.

그녀의 집에 이상한 글이 남아 있었고, 거기에는 「아사토호」라는 모노가타리를 언급했다는 것.

"「아사토호」라는 건 처음 들어보네."

"나 역시 금시초문이었으니 당연히 그렇겠지."

"그래서 그게 사건의 원인이라고 보는 거네? 「아사토호」의 저주라거나."

"아니, 뭐 그렇게까지는……"

"하지만 지금 말투는 딱 그런 식이었어. 예를 들어 이게 추리소설이라면 대사 위에 방점을 찍어 강조한 듯한 말투였다고."

나는 깜짝 놀랐다. 내 딴에는 냉정하고 객관적으로 설명할 셈이었는데, 정신을 차리고 보니 모든 원인이 「아사토호」에 있다고 하는 듯, 마치 그 작품이 중요한 마지막 복선이라는 듯, 그런 어조로 말했던 모양이다.

"넌 그 「아사토호」라는 게 아즈사라는 사람의 사건이나 다른 여러 사건과 관련이 있다고 보는 거네."

"그렇지."

"그럼 간단하네. 내가 거기에 납득할 수 있을 만한 설명을 붙여줄 테니까."

납득. 바로 그게 중요하다. 사실이나 진실이 어떠하냐가 아니다. 앞뒤가 딱 맞는 것. 복선이 깔끔하게 회수되고, 단서들의 의미가 명확해지는 것.

"그럼 난 뭘 하면 돼?"

"응?"

"이건 돕는 게 아니고 거래잖아. 네가 나를 돕는 대신, 나는 널 돕는 거 아니야?"

그러자 아키토는 내 눈을 보고 순간 복잡한 표정을 지었다. 하지만 곧 원래의 뻔뻔스러운 얼굴로 돌아와 말했다.

"만약 내가 네 친구가 죽은 이유나 사라진 교수님을 찾아내면…… 그다음에는 내가 아오바를 찾는 걸 도와줘."

그가 그런 대답을 할 건 어느 정도 예상했다. 재회한 후부터 그 이야기는 몇 번이나 들었으니까. 아오바를 찾는 것, 그게 바로 약속이라고. 물론 그날 내가 그런 약속을 하게 한 건 사실일지도 모른다. 그렇지만 그건 이미 한참 예전의 일이다.

"아오바는 없어." 나는 나 자신을 향해 대답했다. "난 그렇게 납득하고 있으니까."

"난 그렇지 않아."

"넌 점술도, 천리안도 안 믿잖아. 사람이 흔적도 없이 사라지다니 넌 그걸 믿어?"

"……나도 잘 모르겠어."

아키토는 손가락으로 은색 펜던트를 흔들었다. 아오바가 그에게 선물한 싸구려 액세서리. 그때 문득 나는 깨달았다. 아오바의 흔적은 모두 사라졌을 터. 그런데 저 펜던트는 여전히 존재한다.

말도 안 된다고 생각했다. 이 넓은 세상에서 저 작은 십자가만이 아오바의 존재를 주장하고 있다. 그리고 그건 그의 가슴에 남은 죄책감일지도 모른다는 느낌이 들었다. 속죄하지 못한 채 사라져버린 과거의 죄가 남긴 흔적이라고.

나는 그의 입에서 나올 다음 말을 끈기 있게 기다렸다. 가게에 진열된 꽃들의 향기 속에서 마시는 오렌지 주스는 어쩐지 남국의 정취가 느껴져서 이 자리의 분위기와는 전혀 어울리지 않았다.

"하지만 나는 아직 못 들었으니까."

"뭐?"

"아직 납득할 만한 답을 못 들었어. 그러니까 그게 뭐였는지 알아낼 때까지 난 찾을 뿐이야."

그게 뭐였는지.

결국 그곳에 도달하는 것일지도 모른다. 나 자신이나 다른 소중한 사람에게 생긴 일이 뭐였는지. 그걸 알고 싶다. 그건 해결과는 조금 다르다. 이해가 가는 답이면 족하다. 어차피 진실은 알 수 없다. 아오바가 사라진 이유도, 아즈사가 죽음을 선택한 이유도.

답을 마련해 주면 좋겠다. 내 안의 세상을 지키기 위해. 내가 믿어온 것이나 소중하게 여긴 것. 그래서 답을 알고 싶다. 지금까지의 너는 틀리지 않았다는 걸 누군가로부터 증명받고 싶으니까.

"알았어."

나는 무릎을 탁 치며 일어나, 충동적으로 그렇게 말했다. 아키토는 불안한 얼굴로 나를 올려다본다. 어린아이가 뭔가를 조르는 듯한 눈빛. 나도 모르게 순간적으로 가슴이 쿵 뛰었다. 예전에 함께 놀 때도 그가 종종 이런 눈을 했던 게 기억난다. 그 모습이 마치 천진한 새끼 고양이와 비슷해서 가슴이 꽉 옥죄는 듯한 기분이 들었다. 그 순간 아오바가 그에게 반한 이유도 어쩐지 알 것 같았다.

"그 답이라면 나도 같이 찾을게. 하지만 아오바를 찾아내 겠다는 뜻은 아니니까?"

"괜찮아. 그거면 충분해."

그는 가볍게 미소를 지었다. 그 얼굴도 어쩐지 배부른 길 고양이처럼 보였다. 문득 고양이 같은 그의 머리를 쓰다듬 고 싶다는 마음이 들었지만, 그걸 진짜로 행동으로 옮기지 는 않았다.

◦ ◦ ◦

약속한 이상, 아키토를 돕지 않을 수는 없다. 그렇지만 아 오바를 찾는 건 나중으로 미뤘다. 우선 「아사토호」에 대해 조사하고 그게 끝나면, 다음에는 아오바를 찾는 일을 돕겠 다. 그런 순서로 정했다.

미오의 말대로 인터넷상에는 별다른 정보가 없었다. 대학 포털 사이트를 통해 논문 및 고전 서적 데이터베이스에 접 속해서 자세히 검색했다. 그렇게까지 하고 나서야 겨우 정 보 몇 가지가 걸려 나왔다.

아즈사가 남긴 그 문장 속 내용은 나도 어렴풋이만 기억 하고 있었지만, 검색한 정보를 살펴보니 대략 큰 차이는 없 었다. 「아사토호」라는 건 헤이안 시대 후기에 집필된 것으로 추정되는 단편 작품으로, 그 제목은 『무묘조시』나 『후요와카슈』 등에 남아 있다. 오랫동안 산일된 것으로 여겨졌으나, 전후가 되어 사본이 발견됐다. 그 사본을 가지고 다소 연구는 진행됐으나 곧 그 사본마저 행방불명되고 말았다.

사본을 발견한 이는 마쓰무라 가나에라는 인물이라고 한다. 고전문학 연구자라고 하는데 자세한 건 알 수 없다. 그리고 「아사토호」와 관련된 주요 논문 저자는 거의 이 사람으로 나와 있었다. 그러고 보니 아즈사가 쓴 글에도 몇 번 인용됐던 것 같다. 어쩌면 이 사람이 사본을 독점하는 바람에 다른 사람은 연구할 수 없었던 걸지도 모른다. 현대에도 사본 소유자가 개인이면 자기 기분에 따라 보여주지 않을 때도 있다. 언젠가 서지학 교수님이 강의 중에 그렇게 투덜거린 적이 있었다.

그 마쓰무라라는 사람이 쓴 글을 읽어보고 싶었지만, 이것 역시 미오의 말대로 오래된 잡지나 처음 들어보는 잡지에만 논문이 실렸다. 우리 대학 도서관에 있긴 하지만, 내용까지 보려면 서고에 출입하기 위한 절차가 필요해서 좀 귀찮기도 했다.

인터넷에서 좀 더 정보를 찾을 수 없을까 해서 끈질기게 검색했다. 그러자 어느 대학 연구실이 운영하는 블로그 기사가 나왔다. 군마현에 있는 어느 인문계 대학인 것 같다. 제목은 '수수께끼에 싸인 모노가타리 「아사토호」의 매력'이었다.

갑작스러운 질문이지만, 여러분은 헤이안 시대에 집필된 모노가타리 작품이 몇 개인지 아십니까?

도서관의 고전문학 코너를 보면 『겐지모노가타리』나 『다케토리모노가타리竹取物語』[16], 『이세모노가타리伊勢物語』[17], 『오치쿠보모노가타리落窪物語』[18] 등의 작품이 몇 권이나 진열되어 있지요. 하지만 사실 그곳에 있는 작품들은 '어쩌다 운이 좋았던' 책들뿐입니다. 헤이안 시대에는 더 많은 모노가타리 작품이 집필됐지요. 그 대부분은 잊히거나 책을 분실해서 지금은 읽을 수 없습니다.

산일 모노가타리라는 단어가 있습니다. '산일'이라는 건 사라졌다는 뜻이지요. 당시에는 종이도 매우 귀했고, 인쇄 기술도 없어서 책을 더 만들어내려면 스스로 필사할 수밖에 없었습니다. 『겐지모노가타리』나 『이세모노가타리』처럼 인기가 있는 작품은 많은 이들이 옮겨 적은 덕분에 후세까지 전해졌으나, 그렇지 않은 작품은 필사하는 사람도 적어 곧 산일됐을 겁니다.

---

16 일본에서 가장 오래된 전래동화이며, '가구야 공주 이야기'라고도 불린다.

17 일본의 시가인 와카를 중심으로 125개의 이야기를 담은 책으로, 한 몰락한 남자 황족의 일대기다.

18 작자 미상의 작품으로, 계모에 의한 의붓자식 학대에 대한 내용이다.

덴기天喜 3년(1055년)에 바이시 내친왕이라는 인물의 살롱에서 '모노가타리 대회'라는 이벤트가 열린 적이 있습니다. 이게 무엇인가에 대해 여러 설이 있지만, 통설로는 바이시 내친왕 가문을 모시는 궁녀들이 자신이 지은 모노가타리를 가지고 와 우열을 겨뤘다고 합니다. 그러나 여기에 제출된 이야기 대부분은 현재까지 전해지지 않고 있습니다. 하지만 이 점을 통해 모노가타리를 짓는 행위가 결코 일부 재능 있는 사람만 허락된 특별한 일이 아님을 알 수 있지요. 『겐지모노가타리』를 쓴 무라사키 시키부는 유명한 인물이지만, 그 이외에도 직접 모노가타리를 짓고자 실행에 옮긴 이들이 많은 것도 명확한 사실입니다.

아마도 그런 사람들에 의해 지어진 단편 모노가타리 중 「아사토호」라는 작품이 있습니다. 이는 오랫동안 산일된 것으로 여겨졌으나 쇼와 24년(1949년)에 마쓰무라 가나에라는 국문학자에 의해 일부가 발견됐습니다. 그 후, 마쓰무라는 완전한 사본 발견에도 성공하여 이 「아사토호」라는 작품을 오늘날 되살려 냈습니다.

이러한 재발견 경위와 마찬가지로 「아사토호」라는 작품은 매우 수수께끼에 휩싸인 매력을 갖고 있습니다. 이야기는 나이다 이진이라는 남자 주인공이 온나니노미야라고 불리는 황녀를 사모하는 장면에서 시작됩니다. 이 두 사람은 부모 자식만큼의 나이 차이가 있었음에도 연애 관계를 맺게 되지만, 둘이 주고

받는 행위는 서로 엇갈리기만 합니다. 나이다이진은 온나니노미야에게 호화스러운 히나 인형 세트를 선물하지만, 온나니노미야는 그걸 보고 어이없어합니다. 아무리 자기가 어리다고는 히나 인형을 가지고 놀 나이도 아닌데, 나이다이진은 그런 것도 모르냐면서요.

이야기가 점차 진행되며 또 한 명의 인물, 고故 후지쓰보노뇨고라는 여성의 존재가 드러납니다. 이 사람은 이야기가 시작되기 전부터 이미 사망한 상태지요. 그런데 이 여성과 나이다이진은 비도덕적인 애정 관계에 있었습니다. 후지쓰보노뇨고는 온나니노미야의 어머니이자, 나이다이진은 그녀를 그리워한 나머지 그 딸에게 구혼했다는 사실이 밝혀지지요. 후지쓰보노뇨고가 어떤 여인이고, 나이다이진과 어떤 식으로 교제했는지에 대한 상세한 내용은 작품 속에 드러나지 않습니다. 아마도 이 부분은 흔한 이야기라서 생략한 것으로 보입니다.

그리고 나이다이진과 온나니노미야가 각자 이 등장조차 하지 않은 여성의 그림자에 휘둘리다가 어떤 사실이 밝혀집니다. 지금까지의 흐름을 완전히 깨버리는 것처럼 이 작품은 갑작스럽게 끝나고 말기 때문입니다. 참으로 신기하고 기묘하게 끝맛이 남는 모노가타리가 아닐 수 없습니다.

이 기사 다음에는 「아사토호」와 관련이 있는 것으로 여겨

지는 다른 몇 가지 모노가타리 작품을 소개하고 있었다. 그 소개문에 의하면, 『겐지모노가타리』나 『사고로모모노가타리狹衣物語』[19], 『고이지유카시키다이쇼恋路ゆかしき大将』[20] 같은 작품과 비슷한 모티브가 등장한다고 한다.

일단 작품의 줄거리는 알 수 있어서 다행이다. 어떤 사실이라는 대목이 좀 의문이었지만 그건 직접 확인하라는 뜻일지도 모른다. 해설 부분을 빠르게 살펴보면서 페이지를 스크롤 한다. 이 기사를 쓴 작성자의 소개가 제일 아래 적혀 있었다. 그때 내 손가락이 딱 멈췄다.

기요하라 쇼헤이. 시간 강사.

그걸 본 순간 나도 모르게 소리를 질렀다. 그는 아즈사가 들었다던 소문 속 그 인물이 아닐까. 우리 대학 문학부에서 후지에다 교수님 이전에 똑같이 행방불명된 사람이 있다고 했다. 그게 기요하라라는 성씨를 가진 이였고, 게다가 아즈사는 그가 산일 모노가타리에 대한 연구를 했다고 말했다.

키보드를 두드려 성명을 검색했다. 연구자 데이터베이스에 기요하라 씨의 간단한 경력이 게재되어 있었다. 그 내용

---

19 헤이안 시대 후기의 모노가타리 작품으로, 4권으로 이루어져 있다.

20 가마쿠라 시대에 성립한 기코모노가타리擬古物語 작품으로 작자 불명이며 5권으로 이루어져 있다.

에 의하면 그의 출신 대학은 나와 같았다. 이후 다른 대학의 대학원으로 진학해서 박사 학위를 땄다. 대학 몇 곳의 시간 강사로 일한 것 같았는데, 그 이력은 우리 대학 이름에서 끝난 상태였다.

나는 혹시 몰라서 그 페이지를 프린터기로 출력해 뒀다. 그러고 나서 컴퓨터 전원을 끄고 머리를 감싸 쥐었다. 아키토는 분명 「아사토호」의 저주라고 했고, 미오도 비슷한 말을 했다. 쉽사리 웃어넘길 일이 아니라는 기분이 들었다.

다음 날 나는 아침 일찍 집을 나서 대학으로 향했다. 도서관의 귀중 도서 보관고를 찾아가려는 목적 때문이다. 마쓰무라라는 인물이 「아사토호」에 대해 기록한 논문 중, 특히 중요한 게 세 편이 있다. 그걸 모두 볼 생각이었다. 이 세 편의 논문은 아즈사가 썼던 문장에서도 인용된 것이었다. 즉, 아즈사는 이걸 봤을 가능성이 크다. 어쩌면 그녀의 방에 방치되어 있던 논문 사본을 잘 살펴보면 이 논문들도 섞여 있을지도 모른다. 하지만 그랬다고 해도 이미 그녀의 가족들이 자료를 다 처분했을 것이다.

열람 신청은 생각보다 복잡하지 않았다. 서고에 들어가 미리 메모해 온 청구 기호를 더듬어 찾아가며 가죽 표지가 붙은 책을 발견했다. 잡지 본래의 표지가 손상되지 않도록 바깥에 이를 씌워둔 모양이다. 나는 그걸 빼내어 열람실로 가져갔다.

누렇게 변한 페이지는 낡아서 조금이라도 힘을 주면 파삭파삭 부서질 것 같은 느낌이 들었다. 한 장씩 신중히 넘겨 목적했던 논문을 찾기 시작했다.

첫 번째는 '고이와이기레'라는 단간에 대해 고찰한 논문이었다. 마쓰무라가 최초로 발견했던 「아사토호」 사본의 일부로, 그 이름대로 고이와이 가문이라는 오래된 집안에 보관됐던 것이라고 한다. 이 집에 감정이 되지 않은 '고히쓰기레古筆切れ'가 있다는 말을 들은 마쓰무라가 그 내용을 조사해 보니, 이게 바로 「아사토호」의 일부분임을 알게 됐다. 고히쓰기레라는 건 모노가타리나 가집 등의 책을 잘라낸 것으로, 쉽게 말하자면 잘게 쪼개서 나눠 판 문서라는 뜻이다. 발견된 부분은 몇 행뿐이었지만, 마쓰무라는 고유명사 등을 통해 이게 바로 산일됐던 「아사토호」의 일부임을 알아차렸다고 한다.

두 번째 논문 역시 마쓰무라가 발견한 「아사토호」의 사본에 대한 고찰이었다. 여기에 미야자와 가본이라는 제목이 붙어 있는 것으로 보아 아무래도 미야자와 가문이라는 다른 집안에서 발견된 듯했다. 이 논문은 매우 짧은 것으로, 발견 경위 등이 간단히 적혀 있었지만 「아사토호」의 내용에 대한 언급은 거의 없었다.

그리고 마지막은 마쓰무라가 발견한 사본의 본문끼리 비교한 논문이었다. 앞서 논문에 있던 미야자와 가본에서는 개요밖에 알 수 없었지만, 여기서는 본문 전체가 번각되어 있었다. 이걸 읽어보면 「아사토호」가 어떤 이야기인지 분명히 알 수 있다. 거기에 고이와이기레 등의 알려지지 않은 문장을 대조해서 본문의 차이를 고찰하는 것이 이 논문의 취지였다. 이에 의하면 「아사토호」의 본문에는 큰 차이가 없고 거의 한 계통으로 봐도 좋다고 한다.

사실 이는 크게 놀랄 만한 일도 아니다. 예를 들어, 『겐지 모노가타리』는 수많은 사람이 몇백 년 동안 글을 옮겨 적었기 때문에 문장이 조금씩 달라졌거나 통째로 삭제된 경우가 흔하다. 각각의 차이를 비교해 보면 어느 책이 어느 책을 보고 옮겨 적은 것인지를 알 수 있다. 하지만 「아사토호」는 그렇게 많이 옮겨 적었을 리가 없다. 아마 기껏해야 한두 권 정도 만들어진 책이 계속 남아 있었을 테니 본문에 차이가 없는 것도 당연하다.

논문에는 「아사토호」의 현대어 번역 등이 적혀 있지 않아서 내 지식으로는 거의 이해할 수 없었다. 그렇지만 그 내용은 대략 어제 봤던 블로그 기사에 실린 줄거리와 차이가 없는 것처럼 보였다.

그러고 보니 그 줄거리에는 이야기의 마지막 부분이 확실히 드러나지 않았다. 나는 궁금한 마음에 그 대목만 고어 사전을 펼쳐놓고 겨우겨우 읽었다. 그건 대체로 이러한 내용이었다.

이윽고 천황의 허락이 떨어져, 온나니노미야의 결혼이 결정됐다. 당연하게도 그녀는 나이다이진에게 시집을 가게 된다. 그토록 바라던 염원이 이루어진 나이다이진은 그녀와 함께 밤을 보낸다. 그런데 아침이 되고 나서 문득 옆을 보니 그곳에 잠든 이는 동경하던 그 죽은 후지쓰보노뇨고와는 조금도 닮지 않은 추녀였다. 그렇게 놀라는 나이다이진은 세간의 웃음거리가 되고 말았다…….

이게 뭐지?

헤이안 시대의 연애는 기본적으로 선을 넘을 때까지 남자는 여자의 얼굴을 볼 수 없다. 그래서 첫날밤이 지난 아침이 되어서야 깜짝 놀라고 말았다는 이야기는 제법 많다. 『겐지모노가타리』에 나오는 스에쓰무하나末摘花라는 여성의 이야기나, 『쓰쓰미추나곤모노가타리堤中納言物語[21]』에 실린 「하나자쿠라오루츄죠花桜折る中将[22]」라는 이야기 등도 분명 그런 식

---

21   헤이안 시대 후기 이후에 성립된 단편 모노가타리집.

22   이야기의 줄거리는 주인공인 츄죠는 한 아름다운 귀족 여인을 보고 사랑에 빠졌고, 그녀가 궁중에 들어가기 전에 몰래 데리고 나오려는 마음을 품었으나, 실수로 그녀의 조모를 데리고 나온다는 내용이다.

이었다.

그래도 그렇지 이 결말은 좀 너무한 것 같다. 지금까지 늘어놓은 안타까운 사랑 이야기를 단번에 망치고, 친딸인 온나니노미야의 얼굴이 그 어머니와 닮지 않았다는 것도 좀 부자연스럽다. 우스꽝스러운 결말로 마무리하려다가 죄다 엉망이 된 느낌밖에 들지 않았다.

하긴 이럴 수밖에 없다는 생각도 들었다. 아무도 글을 옮기지 않고 사라지고 만 이야기니까. 꼭 완성도가 높은 것이라고 할 수는 없다. 자취를 감춘 이야기라고 하니까 신비한 느낌이 들었을 뿐이지, 결국은 이 정도 수준의 별것도 아닌 이야기인 모양이다.

나는 열람실의 복사기로 세 편의 논문을 복사했다. 갓 인쇄한 따듯한 용지를 손으로 모으면서, 어쩌면 아즈사도 여기서 나처럼 복사한 게 아닐까 하고 생각했다. 만약 미오나 아키토의 말대로 이 책 자체에 어떤 저주가 걸려 있다면 나 역시 분명 거기에 발을 들인 꼴이다.

잡지를 카운터에 되돌려놓고 도서관을 나섰다. 마침 강의가 끝나서 캠퍼스는 학생들로 넘쳐나는 시간대다. 큰 소리로 떠드는 남녀 그룹과 지나쳤다. 평소 같으면 시끄럽게만 느껴졌지만, 정체를 알 수 없는 책에 손을 대어버린 지금은 아무 안심이 되는 광경이었다.

이제 몇 가지는 확실해졌다. 「아사토호」라는 게 어떤 이야기고, 어떤 식으로 연구됐는가. 기요하라 씨는 예전부터 이 이야기를 잘 알고 있었던 것 같고, 후지에다 교수님도 물론 알고 있었을 것이다. 아즈사는 후지에다 교수님을 통해 알게 된 것일까, 아니면 기요하라 씨에 대해 직접 조사하다가 이 이야기의 존재에 도달하게 된 것일까.

그리고 뭐가 뭔지 알 수 없게 된 것도 그만큼 생겼다. 내가 읽어보기에는 너무나도 완성도가 낮은 이 이야기가 왜 사건의 중심에 있는 것인지. 아니면 이미 이 자체가 모두 나의 지나친 생각, 그러니까 인간 특유의 뭐든지 패턴으로 파악하려는 착각에 불과한 게 아닐까.

생각하면서 걷다 보니 길을 잘못 들고 말았다. 문학부의 캠퍼스는 복잡하게 꼬여 있는 데다가 거의 매년 공사 중이다. 내가 걷고 있던 곳은 3학년 때 자주 다녔던 통로였지만, 이제 올봄부터는 통행금지다. 막다른 길임을 알리는 간판도 있는데도 아무 생각 없이 지나가려던 내가 잘못이다. 하는 수 없이 길을 되돌아가기로 했다.

그런데 그때 저편에서 다른 여자가 다가왔다. 그리고 나를 보자마자 뭔가를 알아차린 듯 말을 걸었다.

"저어, 실례합니다. 길 좀 묻고 싶은데요."

그 사람은 학생으로 보이지 않았다. 적어도 나보다 열 살은 많을 것 같다. 하지만 차분한 분위기에, 이상한 느낌은 들지 않는 사람이어서 나도 안심하고 대답했다.

"네, 어디를 가시려고요?"

"새 연구동이 지어졌다고 들었는데."

"네, 여기 안쪽에요." 그러면서 나는 물었다. "혹시 졸업생이세요?"

새 연구동이라는 단어가 마음에 걸렸기 때문이다. 교수님들의 연구실이 있는 연구동은 최근에 다시 지어졌다고 들었는데, 그것도 내가 입학하기 전의 일이다.

"네, 예전에 여기 학생이었어요. 벌써 10년도 넘은 옛날 일이지만. 오랜만에 왔더니 캠퍼스가 싹 달라져서 깜짝 놀랐지 뭐예요."

"연구동이라면 제가 안내해 드릴게요. 같이 가요."

그녀는 미소 지으면서 가볍게 감사 인사를 했다. 그래서 우리는 나란히 걷기 시작했다. 10년도 넘은 예전에 졸업한 이 사람이 대학에 어떤 용건으로 왔는지 좀 궁금했다. 옛 추억에 사로잡혀 문득 대학을 방문한 것 같지는 않은데.

통로를 조금 되돌아가서 학교 건물로 들어간 후에 복도를 지나 반대쪽으로 나가자 눈앞에 연구동이 나타났다.

"입구는 저쪽이에요."

"고마워요."

감사를 표한 그녀는 걷기 시작했다. 그런데 곧 멈춰 서더니 다시 내 쪽으로 몸을 돌렸다.

"죄송한데, 몇 층으로 가면 좋을지 모르겠네요. 연구실 호수를 메모한다는 걸 깜박해서……"

하긴 그럴 수밖에 없겠다. 원래 외부인이 출입할 건물도 아니라서 안내판 같은 것도 세워져 있지 않기 때문이다. 나는 친절하게 대답했다.

"어느 교수님과 약속이라도 하신 모양이네요. 교수님 성함을 말씀해 주시면 알아볼 수 있을 것 같은데."

학생 포털 사이트에는 교직원 명부가 게재되어 있어서 연구실 위치도 알 수 있다. 스마트폰으로 살펴보면 금방이다. 그래서 그렇게 말한 건데, 그녀가 꺼낸 이름은 뜻밖의 것이었다.

"그럼 후지에다 준이치 교수님을 아세요?"

나는 허를 찔려 어떻게 대답하면 좋을지 망설이고 말았다. 하지만 그녀는 나의 그런 반응을 예상했던 것일지도 모른다. 그녀는 질문을 던지면서 가방에서 지갑을 꺼냈다. 그곳에 끼어 있던 운전면허증을 빼내더니 가느다란 두 손가락으로 그걸 능숙하게 집어, 내 눈앞에 쑥 내밀었다.

후지에다 미나미라고 적혀 있다.

"혹시 후지에다 교수님의 사모님이세요?"

"네."

나는 간신히 마음을 추슬렀지만, 사실 당장이라도 새된 목소리가 튀어나올 것만 같았다. 후지에다 교수님의 아내라면 이 대학 졸업생이고, 한때는 교수님의 제자였다. 재학 중에 교제가 발각되어 당시 대학에서는 상당히 큰 문제가 됐다고 한다. 그 일에 대해서도 나는 교수님 본인한테서 직접 들었다. 그런데 설마 사모님과 이렇게 직접 대면하게 될 줄이야.

나는 동요하는 모습을 들키고 싶지 않아서 고개를 돌리고 연구동 쪽으로 가려 했다.

"그럼 이쪽으로 오세요. 교수님 연구실은……."

"잠깐만요."

몸을 돌리자, 미나미 씨는 면허증을 가방에 넣던 참이었다. 그 행동이 끝나자 그녀는 다시 내 쪽을 향하더니 이를 드러내며 웃었다.

"이름 좀 가르쳐줄래요?"

"오하시…… 나쓰히, 예요."

"학년은요?"

"4학년입니다."

"어머나, 그럼 졸업논문 쓸 시기겠네. 지도 담당 교수님은 누구죠?"

"요코다 교수님입니다."

나오는 질문에 차례로 대답하고 말았다. 그녀의 말투는 아까부터 평온했지만, 어째서인지 내가 자꾸 머뭇거리게 될 정도의 박력이 있었다.

"요코다 교수님이라면, 학생은 와카가 전공이겠네요?"

"아뇨, 사실." 나는 입을 열었다. "처음에는 후지에다 교수님이셨지만."

딱히 숨기려던 건 아니었다. 하지만 일부러 말하지 않고 넘어가려 했던 것을 이 사람으로 인해 털어놓고 말았다. 딱 그런 느낌이었다.

후지에다 교수님이라는 이름을 듣고, 그녀의 표정이 갑자기 싹 바뀌었다. 마치 내가 그렇게 대답할 것을 예상했던 것처럼. 나는 어쩐지 꾸중이라도 듣는 기분이 들어 목을 움츠렸다. 그런데 그녀는, 뜻밖에도 내 앞에 허리를 굽히며 깊이 고개를 숙였다.

"미안해요. 남편이 폐를 끼쳤군요."

근처를 걷던 남녀 학생이 마치 신기한 것을 보듯 이쪽을 바라본다. 나는 당황했다.

"저, 저어, 이러지 않으셔도 돼요."

그녀는 내 재촉에 얼굴을 들었다. 그 표정은 아까와 달리 힘없이 보였다. 아니, 오히려 내가 괜히 겁을 먹었던 것일지도 모른다. 나는 긴장을 풀고 밝은 목소리로 물었다.

"오늘은 어떤 일로 오신 건가요?"

"대학에서 연구실에 놓아둔 개인 소지품을 가지고 가라고 연락을 받았거든요. 하지만 그것도 좀 이상하죠?"

그 말대로 정말 이상한 것 같다. 교수님이 대학에 나오지 않는 건 사실이지만, 그렇다고 아직 사건인지 사고인지 잘 밝혀지지 않은 상태이기 때문이다. 그런데 벌써 대학에서는 연구실 정리를 하고 있다니, 마치 교수님이 완전히 대학을 떠난 것이 기정사실화된 느낌이었다.

"그렇다고 가만히 있는 것도 미안해서, 그냥 처분해 버리면 곤란한 물건만이라도 가지고 오려고요."

우리는 함께 엘리베이터에 탔다. 교수님의 연구실은 연구동 4층에 있었다.

"그런데 처분해 버리면 곤란한 물건이 뭔데요?"

"음, 말하기 부끄럽지만…… 우리 사진이라거나."

그렇게 말하며 그녀는 입가에 손을 대고 웃었다. 참 그림 같은 분위기의 사모님이라는 생각이 들었다. 드라마에 나올 듯한 부잣집 부인 같은 말투였다. 그렇지만 대학교수님 사모님이기도 하니 원래 다 이런 것일지도 모른다.

엘리베이터의 문이 열렸다. 녹색 문이 늘어서 있는 복도를 지나 후지에다 교수님의 연구실을 찾았다. 문은 닫혀 있었지만, 잠겨 있지는 않았다. 어쩌면 미나미 씨가 올 것을 알고 대학 직원이 일부러 문을 열어둔 것일까? 문득 안에서 그리운 향기가 풍겨 와서 나는 가슴이 아팠다. 그건 분명 후지에다 교수님의 냄새였다.

경찰이 연구실을 뒤졌다는 소문도 돌았지만, 보기에는 전에 왔던 때와 별다른 차이가 없었다. 방 좌우에 있는 책장에는 고전에 관한 여러 책이 잔뜩 꽂혀 있고, 그중 몇 권은 책상 위에 내던져진 채였다. 갑자기 외출해서 그대로 돌아오지 않은 분위기다.

미나미 씨는 책장에는 전혀 눈길도 주지 않은 채 책상 서랍이나 안쪽의 캐비닛 등 교수님의 소지품이 있을 것으로 보이는 곳만 살피는 중이었다. 나는 소파에 앉았다. 연구실을 찾아온 학생은 대부분 여기에 앉았고, 교수님이 한가할 때는 인스턴트커피를 얻어먹곤 했다.

그렇다. 나는 여기서 후지에다 교수님과.

"아아, 그래, 맞아."

등 뒤에서 들린 목소리에 나는 몸을 떨었다. 몸을 비틀듯 뒤로 돌리자, 미나미 씨가 문고본 한 권을 손에 쥐고 일어나던 참이었다.

"왜 그러세요?"

"음?" 그녀는 신기하다는 듯 이쪽을 쳐다봤다. "아, 미안해요. 그냥 혼잣말이었어요.”

그러면서 그녀는 가지고 있던 책의 표지를 이쪽으로 향했다. 가도카와 소피아 문고에서 나온 『이즈미 시키부 일기和泉式部日記』[23]다. 서랍 안에 들어 있었던 모양이다.

“내 대학 시절, 졸업논문 주제가 이즈미 시키부 일기였거든요.”

그녀는 흐뭇한 미소를 짓고 있다.

“문학부 학생이셨군요.”

말을 꺼내려면 지금이라고 생각한 나는 얼른 그 화제로 전환했다.

“네, 맞아요. 그럼 당신에게는 대선배가 되겠네요.”

그렇다고 해서 학술적인 질문은 하지 말아요, 라며 그녀는 웃었다. 졸업하고 나서 고전은 아예 읽지도 않았다면서.

“그럼 후지에다 교수님과는.”

“그이는 여기 교원이었어요. 그때는 아직 조교수 임용도 안 된 상태였지만……. 아, 조교수라는 건 요즘 말로 준교수예요.”

“네, 알고 있어요.”

---

23 여류 시인 이즈미 시키부에 의해 기록된 일기이며, 여류 일기문학의 대표적 작품이다.

“그런 와중에 학생한테 손을 댔으니 참 너무한 사람이죠.”

미나미 씨는 교수님의 책상에 기댄 채 한쪽 다리를 흔들며 웃는 얼굴로 말했다. 즐거워 보이는 모습이었지만, 나는 그 미소가 좀 무서웠다.

“너무하다니, 교수님은 좋은 분이세요.”

내 말에 그녀는 다리 흔들기를 멈췄다.

“그래서 계속 신기했어요. 그이가 왜 나를 좋아하게 됐는지.” 미나미 씨는 나를 향해 고개를 돌렸다. “이유가 뭘까요?”

“그건.”

내가 우물거리고 있자 그녀는 책상 곁을 떠나 내가 앉은 소파 뒤편으로 천천히 걸어와, 내 양어깨에 손을 턱 하고 얹었다. 그 순간 전기라도 통한 것 같은 감각이 등을 타고 기어올라왔다. 나는 그 자세 그대로 꼼짝할 수가 없었다. 그녀는 내 귓가에 얼굴을 가까이 가져갔다.

“그이는 학창 시절에 미래를 약속한 연인이 있었어요. 하지만 그 사람이 사고로 세상을 떠나서……. 그런데 내가 그 사람과 닮았대요. 그래서 좋아하게 됐다고.”

“교수님이 그렇게 말씀하셨어요?”

“설마요.”

뺨에 숨결이 닿았다. 왜 이 사람은 나한테 이런 이야기를 하는 걸까. 설마 나와 후지에다 교수님 사이를 알아차린 게 아닐까. 하지만 그럴 리가 없는데.

하지만 가만히 생각해 보니 아까 만났을 때부터 좀 이상했다. 막다른 통로를 다시 돌아 나오려던 찰나에 마주치다니. 나처럼 전부터 그 길로 다니다가 실수로 잘못 들어선 게 아니라면 그녀는 내 뒤를 계속 밟았다는 뜻이 된다.

"그래서 깨달았어요. 그이는 '학생 연인'을 원하는 거라고. 그런데 살아 있는 사람은 조금씩 나이를 먹게 되니까…… 그러니까 죽은 사람한테는 절대로 못 이기는 거겠죠."

그 말만 남긴 그녀는 마침내 내 어깨에서 손을 뗐다. 그리 강한 힘도 아니었는데 닿았던 부분이 얼얼하게 열이 감도는 듯한 느낌이 들었다. 나는 살짝 숨을 토해냈다.

"당신도 그런 남자를 조심해요."

네, 하고 대답하려 했지만 목이 바짝 말라서 목소리가 나오지 않았다. 미나미 씨는 책상 서랍에서 손수건 같은 걸 꺼내더니 그걸로 아까 그 『이즈미 시키부 일기』와 몇 가지 다른 책을 싸서 가방 안에 넣었다. 그러고 나서 갑자기 환한 미소를 지으며 나를 쳐다봤다. 마치 어린아이가 새로운 장난을 생각해 낸 것 같은 표정이었다.

"저기요, 연락처 교환하지 않겠어요?"

"네? 왜요?"

나도 모르게 거절처럼 들릴 법한 말을 꺼내고 말았다. 미나미 씨가 불쾌해할 줄 알았지만, 오히려 즐겁게 웃으며 가방에서 자기 스마트폰을 꺼냈다.

"그래도 우리가 선후배 사이잖아요? 우리 그이 일로 뭔가 알게 되면 당신한테도 알려줄게요."

"그건."

아주 매력적인 제안이었다. 하지만.

"왜, 싫어서 그래요?"

"아, 아뇨, 괜찮습니다."

나는 어색한 분위기를 무마하려는 것처럼 그렇게 대답한 후, 내 스마트폰에 미나미 씨의 연락처를 입력했다. 떨리는 손가락을 들키지 않으려 얼마나 애를 썼는지 모른다. 그게 끝나자 미나미 씨는 내 어깨를 툭 두드렸다.

"여기까지 안내해 줘서 고마워요. ……이제 됐어요."

나는 비척거리며 자리에서 일어나 가볍게 인사를 하고 연구실을 나왔다. 창문에서 새어 들어오는 햇살이 유난히 눈부시다. 마치 지하실에서 빠져나온 것만 같은 기분이었다.

머릿속에서는 아까 들었던 미나미 씨의 말이 소용돌이처럼 빙빙 맴돌고 있었다.

내가 그 사람과 닮았대요. 그래서 좋아하게 됐다고.

미나미 씨는 나와 후지에다 교수님의 관계도 알까? 안다면 어디까지 아는 걸까? 그보다 내가 생각하는 우리의 관계가 교수님이 생각하는 그것은 같은 종류였을까? 알 수 없다. 그리고 주머니 안에는 미나미 씨의 연락처를 입력한 스마트폰이 마치 이물질처럼 묵직했다.

어쩐지 지치고 말았다. 오후 강의를 들을 생각도 들지 않았다. 오늘은 이만 돌아가자. 대학 정문은 나서자 바로 옆에 오토바이 한 대가 서 있었다. 헬멧을 뒤집어써서 얼굴을 알아볼 수 없는 남자가 팔짱을 낀 채 그 위에 앉아 있다. 누굴 기다리는 건가. 고등학교라면 모를까, 대학에 오토바이를 타고 등교하는 사람은 그리 많지 않다. 나는 무시하고 그 옆을 지나치려 했다.

"나쓰히."

갑자기 내 이름을 부르는 소리에 깜짝 놀랐다. 헬멧을 쓴 그 남자가 바이저를 올리며 내 쪽을 봤다. 아키토였다.

"마침 전화하려던 참이었어. 어서 타."

"타라니."

그는 또 다른 헬멧을 나한테 던져 건넸다. 오토바이에 둘이 올라타긴 처음이다. 싫다고 대답하려 했다.

"「아사토호」에 대해 더 알고 싶지 않아?"

내가 입을 열기도 전에 아키토가 그렇게 말했다. 나는 잠시 망설였지만 곧 고개를 끄덕이고 헬멧을 썼다.

$$\circ \ \circ \ \circ$$

2학년 강의 선택을 할 때 무심코 후지에다 교수님의 강의를 골랐다. 그게 나와 교수님의 관계가 시작된 계기였다.

원래부터 고전문학에 큰 관심이 있었던 건 아니었다. 고등학생 때도 고전과 한문은 별로 좋아하지도 않았고, 헤이안 시대나 가마쿠라 시대도 일본사 수업 때 가볍게 공부한 정도로밖에 아는 게 없었다. 국풍 문화, 정토 신앙, 원정院政[24], 사무라이의 대두, 고온御恩과 호코奉公[25].

그래서 후지에다 교수님의 강의도 학점 따기가 쉽다는 이유에서 고른 것뿐이었다. 필수 과목 강의 사이의 시간 때우기로 쓰면 된다는 정도의 생각밖에 없었다.

그러나 막상 강의를 듣고 보니 교수님의 수업은 재미있었다.

"오늘날 우리는 일기문학과 모노가타리 문학을 구분하고 있지. 즉, 일기라는 건 사실을 기록한 것이고, 모노가타리라는 건 창작해서 쓴 글이라는 식으로 말이야. 하지만 헤이안 시대에는 그렇지 않았어."

---

24 일본의 독특한 정치 형태로, 상왕 정치를 일컫는다.

25 쇼군과 그 신하라 할 수 있는 고케닌은 '고온'과 '호코'라는 계약 관계에 있다. 쇼군이 고케닌의 영지 인정 및 보호해 주는 것을 '고온', 고케닌이 전시에 군사로 동원되거나 자금 및 노동력 제공하는 것을 '호코'라고 한다.

예를 들어서 『이세모노가타리』에는 '아리와라노 나리히라의 일기'在原業平の日記라는 별명도 있다. 『이세모노가타리』의 내용은 거의 픽션이지만, 이걸 아리와라노 나리히라라는 실재했던 가인歌人의 일대기라고 보고 이런 이름이 붙었다고 한다. 마찬가지로 오노노 다카무라라는 사람을 주인공으로 삼은 『다카무라모노가타리』라는 우타모노가타리는 사본에 따라서 '다카무라 일기'나 '오노노 다카무라집'이라고 불릴 때도 있다.

『도사 일기土佐日記』[26]는 실재하지 않은 여성의 일인칭 시점으로 기록되어 있지만, 그 내용은 기노 쓰라유키의 체험으로 되어 있다. 이즈미 시키부 일기는 이즈미 시키부로 보이는 여자 주인공과 고귀한 남성의 연애를 그린 일기지만, 주인공은 분명 알 수 없을 터인 남자와 정실부인의 대화 내용까지 적혀 있곤 한다.

"이처럼 일기문학과 모노가타리 문학의 경계는 애매하지. 아니, 아예 구분할 생각도 없었을지도 몰라. 지금도 그렇지 않나? 말머리에 '이건 실재했던 사건입니다'라는 문구를 붙이느냐 안 붙이느냐에 따라서 듣는 사람의 태도는 달라질

---

26 기노 쓰라유키가 도사노쿠니에서 교토로 귀경하는 중에 겪은 일을 쓴 글로, 화자를 여성으로 삼았다.

지 모르지만, 이야기의 내용 자체가 달라지는 건 아니니까.”

즉, 당시 사람들은 인간이 객관적인 사실을 있는 그대로 전할 수 있다고는 믿지 않았던 게 아닐까. 문장이라는 건 모두 쓴 사람의 주관이 그대로 반영된 것으로, 그 안에는 사실이 짙게 녹아 있는 부분이 있는가 하면, 창작성이 짙은 부분도 있다. 그 정도로만 받아들인 게 아닐까.

“하지만 그게 더 성실한 태도일지도 몰라. 나는 강의 중에 종종 내 아내 이야기를 하는데, 사실 그런 사람은 아예 존재하지 않을지도 모르지. 자네들은 내 아내를 만난 적도 없으니까, 안 그래?” 앞자리에 앉은 학생 몇몇이 웃음을 터트렸다. “결국 인간이란 그 정도의 모호함 속에서 사는 거야. 다만 그걸 일일이 의심하지 않을 뿐이지. 그렇다면 문학도 이와 같은 것일지도 몰라. 픽션인지 논픽션인지 같은 구별은 없고, 종이에 적어 넣은 환상을 작가와 독자가 공유하는 거지. 그 환상에 어떤 라벨을 붙일까 하는…… 어이쿠.”

그러다 교수님은 손목시계를 봤다. 그 몸짓에 이끌려서 나도 내 시계를 살폈다. 강의 종료 시각을 벌써 3분이나 넘겼다.

“미안하군. 오늘은 여기까지.”

강의실 내부는 바로 잡담으로 휩싸였다. 몇 명은 교수님보다 더 빨리 짐을 정리해서 밖으로 나갔다. 나는 잠시 가만히 있었다.

마지막으로 교수님은 환상을 공유한다, 그게 바로 이야기다, 라고 말했다. 그 의미를 더 자세히 알고 싶었다. 왜냐하면 그건 전부터 내가 품고 있던 의문에 대한 답처럼 들렸기 때문이다. 저 사람과 좀 더 이야기를 나누고 싶었다. 그러면 내가 가진 불안을 누그러뜨릴 수 있을 것만 같았다.

큰 강의실에서 말을 걸 용기가 없어 메일을 쓰기로 했다. 대학 포털 사이트에 있는 강의 계획표 안으로 들어가면, 강의 담당 교원에게 메시지를 보낼 수 있게 되어 있다. 나는 그걸로 후지에다 교수님께 내 뜻을 전했다. 그에 대한 회신은 생각보다 짧았다. 연구동의 연구실 번호가 적혀 있고, 자세한 이야기를 나누고 싶으니까 언제든 시간 나면 오라고 적혀 있었다. 마음의 준비를 하느라 며칠이 지나고 나서 나는 마침내 연구실로 갔다.

"자네가 보낸 감상은 잘 읽었네. 특히 여동생의 기억에 관한 이야기가 제일 흥미로웠어."

교수님은 나를 위해 우유를 넣은 커피를 타준 후 그렇게 말했다. 나는 수줍게 대답했다.

"정말 이상해요. 저는 여동생이 없었을 텐데 왜 이렇게 많은 기억이 남아 있는지."

나는 교수님께 메시지를 보내면서 아오바의 이야기도 적

었다. 내 기억 속에는 그런 이름을 가진 여동생이 있었지만, 나 이외의 다른 가족들은 그 애의 존재를 전혀 기억하지 못한다는 점까지. 그게 강의의 감상으로 적절하지는 않았지만, 어째서인지 그때 나는 그 일을 언급하지 않을 수 없었다.

교수님은 크게 기지개를 켜며 일어나, 열어둔 채였던 연구실 문을 닫았다. 그리고 이번에는 창문으로 걸어가 가슴 주머니에서 담뱃갑을 꺼냈다. 캐스터 화이트 3밀리그램. 그때 난 담배에 대해 잘 알지도 못해서 상표명도 몰랐다.

교수님은 상자에서 담배 한 개비를 꺼내 입에 물었지만, 불은 붙이지 않고 있다가 그대로 다시 가슴 주머니 안에 다시 넣었다. 무슨 의식이라도 되나 하고 지켜봤는데, 교수님은 몸을 돌려 부끄럽다는 듯 웃었다.

"이 건물이 금연이라는 걸 아직도 종종 잊는다니까. 10년이나 지났는데."

그러고 나서 교수님은 창가에 선 채로 이야기를 시작했다.

"사실은 고전 연구자들 사이에 이런 괴담이 있거든."

"괴담이요?"

"그래. 음, 좀 흔한 거긴 한데……. 읽어서는 안 되는 이야기가 있다고 해. 그 이야기의 사본을 읽거나 조사하거나 하면 꼭 이상한 일이 일어난다고 하지."

"대체 어떤 책인데요?"

"……글쎄, 제목은 잊었어. 사실 그것 자체는 그냥 농담일 거야. 신경 안 써도 돼." 하지만, 하고 교수님은 말을 이었다. "만약 그런 이야기가 이 세상에 있다면 무슨 일이 생길까. 그런 걸 계속 생각했던 시기가 있었거든."

교수님은 그렇게 말하고 나서 가슴 주머니에서 아까 그 담배를 꺼내며 나를 봤다.

"예를 들어 이것도 그래. 나는 무의식적으로 꺼내서 이걸 입에 물었어. 근데 여기가 금연 구역이니까 피우지 않았지. 하지만 만약 이곳이 금연이 아니라면?"

"그러면 그냥 피우면 되지 않을까요."

내 대답을 들은 교수님은 만족스럽게 고개를 끄덕였다.

"그렇지. 그렇게 하면 나는 내가 무의식적으로 담배를 피우려 했던 것조차 알아차리지 못할지도 몰라. 그리고 한 대 피우고 난 후에 '좀 답답해서 담배를 피우고 싶었다'라는 식의 이유를 붙이겠지. ……그럼 이게 만약 담배에 국한된 상황이 아니라고 한다면? 식사도, 잠도, 이렇게 자네와 이야기하는 것까지 사실은 무의식적으로 하는 행위라면?"

갑자기 무슨 소리를 하는 걸까. 그런 의문에 나는 고개를 갸웃거렸다.

"그렇지 않은 것 같은데요. 저는 지금도 제 의지로 말하고 있으니까요."

"사실은 순서가 반대라면 어떨까. 내 의지로 말하는 게 아니라, 무의식적으로 말한 내용을 뒤에 가서 '방금 이건 이런 의도에서 한 이야기다'라는 식으로 인식하고 있는 거라면?"

"그건……."

"만약 그렇다면 인간의 의식이라는 것 자체가 사실은 하나의 이야기일지도 몰라. 차례차례 일어나는 무의식의 행위에 일일이 이유를 붙여, 의미 있는 형태로 늘어세우는 거지. 그게 의식의 진정한 작용이라면?"

나는 입을 다물고 교수님이 한 말뜻을 이해하려고 했다. 예를 들어, 내가 차 조수석에 앉아 있다고 하자. 눈앞에는 빨간 신호가 보이고, 차가 정차한다. 나는 신호등에 빨간 불이 들어왔으니까 차가 멈췄다고 생각한다. 하지만 사실은 단순히 차가 고장 나서 그런 것일지도 모른다. 혹은 풍경이 아름다워서 운전자가 차를 세웠다거나 액셀을 밟던 다리가 지쳤다거나 운전자가 화장실에 가고 싶어서일 수도 있다. 그 어느 것이 정답인지 조수석에 앉은 나로서는 알 길이 없다.

"그러니까 교수님은 인간이 무의식에 지배되고 있다고 말씀하시려는 건가요? 의식은 그저 장식에 불과하다고."

"그건 아니야. 내 생각에는 의식, 다시 말해 이야기라는 건 짜임새 같은 것이지. 제약이라고 불러도 좋아."

"제약이요?"

"아까 담배의 예를 가지고 말하자면, 무의식적으로 피우기 시작한 후에 '답답해서 그랬다'라는 이유를 붙였잖아? 하지만 그저 '재밌어서 피웠다'라는 이유도 가능하지. 결국 내가 답답했는지 어땠는지는 내가 만든 이야기에 따라 결정된다는 뜻이야."

자동차가 잠시 정차한 이유는 얼마든지 생각해 볼 수 있다. 쓸 만한 이유가 늘어나면 늘어날수록 무의식의 영역은 좁아지고 내 행위는 내 의지와 서서히 일치한다.

"그래서 제약이고, 짜임새라고 하신 거군요."

"그래, 내 안에 어떤 이야기가 있느냐에 따라 내 행동은 물론이요, 원래 있던 동기마저 달라지지. 그러니까 그런 식으로 사람의 의식을 지배하는 이야기나 책이 있다고 하더라도 난 이상할 게 전혀 없다고 봐."

만약 누군가가 나한테 그 차는 망가졌다는 의미를 불어넣는다면, 나는 무슨 일이든 고장 탓으로 돌릴 게 분명하다. 이야기는 그 정도의 힘이 있다. 인간의 의지는 가볍게 일그러뜨릴 정도의 힘이.

"제 동생…… 아오바와의 추억은 지어낸 것이라고 보기 어려울 정도로 현실감도 있고 소중한 느낌도 들어요." 내 말을 교수님은 미소를 지으며 들었다. "이런 기억이 어떻게 꾸며낸 것이겠어요? 분명 의미가 있을 거예요. 전 아오바가 사라진 이유를 알고 싶어서, 원인 불명의 실종이나 사람이 사라지는 이야기 같은 걸 수없이 조사했어요.”

그렇게 모은 이야기가 내 머릿속에 파고들어 내 사고를 침식했다면? 아오바는 존재했고 사라졌다. 그런 이야기를 나는 어느 틈에 마음속에 만들어냈다. 이야기라면 제대로 된 결말이 존재한다. 왕자님의 입맞춤으로 공주님이 눈을 뜨는 것처럼 언젠가 극적인 어떤 일이 일어나서 아오바도, 나도 모두 원래대로 돌아갈 것이라고.

교수님이 손수건을 꺼내는 모습을 보고 처음으로 나는 내가 울고 있다는 사실을 깨달았다. 아아, 이것도 이야기다. 울고 있는 여학생을 교수님이 다정하게 위로한다.

다시 말해, 내가 원했던 것은 바로 그런 종류의 답이었다.

∘ ∘ ∘

다른 사람이 운전하는 오토바이 뒤에 매달려 앉아 있는 게 어떤 느낌일까, 전부터 궁금했지만 실제로 해보니 별로 기분 좋은 일이 아니었다. 커브로 몸이 기울 때마다 이제 끝장이라는 생각이 들었다. 계속 긴장만 한 탓에 목적지에 도착했을 때는 이미 옷 속은 땀으로 푹 젖어 있었다.

그래서 내가 어디로 가게 된 것인지도 잘 몰랐다. 주변을 둘러보니 어떤 고급 주택가로, 멋들어진 대문을 가진 집이 즐비하다. 아키토는 오토바이를 밀면서 그중 한 집으로 다가가 인터폰을 눌렀다.

"나야, 아키토."

그렇게 고하자, 바로 문이 열렸다. 안에서 자동으로 여닫을 수 있는 모양이다. 아키토는 익숙한지 문 뒤편에 오토바이를 세운 후, 그대로 본채를 향해 걸음을 내디뎠다. 나는 그의 소매를 가만히 잡아당겼다.

"아키토, 여기가 누구 집이니?"

"그냥 일 관련해서 아는 지인이야."

아키토가 부잣집에 얹혀살면서 점술가 흉내를 냈다는 것은 전에도 들어서 안다. 그렇다면 여기도 고객 중 한 명의 집일지도 모른다.

본채에 들어간 우리를 맞이한 이는 폴로 셔츠 차림의 남자였다. 피부의 주름을 보니 제법 나이가 든 것처럼 보였지만, 행동거지는 더 젊은 분위기였다.

"오오, 왔군."

그렇게 말하며 아키토와 서로 주먹을 맞대며 인사를 나눈다. 두 사람의 관계가 뭔지 더더욱 알 수가 없었다. 머뭇거리던 나를 보고 그 사람은 고개를 갸웃거렸다.

"그쪽이 이번 손님이야?"

"아니, 손님은 아니고."

"음?"

"그냥 옛 지인이야. 사정이 있어서 「아사토호」에 대해 알아보는 중이지."

아키토가 대답했다. 그러더니 이번에는 내 쪽을 보면서 말했다.

"내가 그랬잖아. 지인 중에 사고 물건 웹사이트를 운영하는 사람이 있어서, 내가 종종 그 일을 돕는다고."

나는 고개를 끄덕였다. 그와 막 재회했을 때의 일이다. 아즈사의 자살이 뉴스 보도되면서 아키토가 그 사건을 조사하다가 우연히 나에 대해 알게 됐다. 바로 그런 식으로 설명을 들었다.

"그 사이트의 관리인이 바로 이 나가미네 씨야. 그 외에도 여러 이상한 사이트를 운영하지."

"아아…… 뭐?"

"이상한 사이트라니 듣기 좀 거북하군." 나가미네 씨라고 불린 그 사람은 아키토를 쿡쿡 찌르는 시늉을 했다. "더 괜찮은 소개말이 있을 거 아냐."

두 사람은 나이 차이가 상당한 것 같지만, 서로 동등한 입장에서 어울리는 모양이다. 난 그 부분의 관계성을 잘 이해할 수가 없었다.

"솔직히 PC 통신 시절부터 그런 일만 했잖아."

"시끄러워. 그게 어떤 건지 잘 알지도 못하면서."

"당연하지. 내가 태어났을 때는 이미 인터넷 사회였으니까. …… 아, 맞다. 나가미네 씨한테 얽힌 특히 재미있는 이야기가 있는데."

아키토가 입을 연 순간의 나가미네 씨의 표정을 보니, 별로 좋은 이야기는 아닌 듯했지만 일단 말을 재촉했다. 아키토에 설명에 의하면, 1980년대의 여명기부터 인터넷 한구석에서 조용히 오컬트 웹사이트를 운영했던 나가미네 씨는 한때 마니아들을 위한 상품의 온라인 판매에도 발을 들였다고 한다.

"예전에는 규제도 엄하지 않았고, 제법 위험한 것도 팔았대. 남미 원주민이 만든 진짜 말린 사람 머리나 살아 있는 사람의 장기를 넣은 한약 같은 거."

세상에 그럴 수가. 나는 얼굴을 찡그렸다. 그런 걸 사고팔다니 도덕성 부족도 정도가 있다. 그런 생각에 나가미네 씨를 쳐다보니 어째서인지 그는 쓴웃음만 짓고 있었다.

"그래도 진품은 안 팔았어. 왜, '소방서에서 나왔습니다' 같은 그런 거 있잖아."

"소방서요?"

"예전에 그런 사기가 있었거든. 소방서에서 나왔다면서

소화기를 파는 거지. 하지만 그 외판원은 사실 소방 관계자도 아니고, 그냥 그 집에서 봤을 때 소방서 방향에서 걸어왔다는 게 전부야……. 한마디로 거짓말을 한 건 아니지만, 진실도 아닌 거지.”

그러니까 해외에서 들여온 정체불명의 잡동사니들을 대단한 것처럼 팔았단다. 그건 그것대로 도덕에 반하는 짓이 아닐까 싶었지만, 굳이 입을 열지는 않았다.

“어쨌든 간에 아주 오래전에 다 그만둔 일이야. 살 사람도 거의 없고, 돈벌이도 시원찮아서.”

그러자 이번에는 그 말을 들은 아키토가 애매한 웃음을 지었다. 무슨 덧붙이고 싶은 설명이 더 있는 모양이다. 내가 뭐냐고 묻자, 아키토는 신이 나서 대답했다.

“하지만 딱 한 번, 진품을 판 적이 있단 말이지.”

“뭐?”

“젠장, 그 기억은 떠올리고 싶지도 않군.”

나가미네 씨는 욕지거리를 내뱉었지만, 아키토는 그저 실실 웃기만 했다. 그 일은 나가미네 씨한테는 아주 불명예스러운 사건이었나 보다.

“중세 시대의 마술서라는 선전을 보고 매입한 물건이 있었어. 산 제물로 주술을 부리는 법이 적혀 있다느니, 표지가 사람 가죽으로 되어 있다느니 그랬지.”

"사, 사람 가죽이요?"

"물론 당연히 모조품이었어. 다만 재미있는 물건이어서 금방 팔렸지만."

그런데 그게 큰일을 불러일으켰다고 한다.

"유명한 사건이어서 한 번쯤은 들어봤을 수도 있는데." 아키토는 어느 살인 사건의 이름을 댔다. "그 살인 방식이 아주 특수했거든. 경찰의 조사를 받은 범인은 책에 적힌 그대로 했다고 대답했어. 그 책의 원래 주인이 명령을 내렸다면서 말이야. 가택 수색을 해보니 정말로 의식을 위한 도해가 그려진 수상한 책이 나왔고."

"그럼 설마."

"그래, 바로 나가미네 씨가 팔았던 마술서였지."

진품 마술서를 판 건 아니었지만, 팔고 나서 그게 진짜 범죄 사건에 이용됐다는 뜻이다. 경찰은 나가미네 씨를 중요 참고인으로 연행했다. 그런 나가미네 씨를 도운 이가 바로 소개로 알게 된 지 얼마 안 된 아키토였단다.

아키토는 사건 보도나 공개된 수사 정보를 꼼꼼히 살펴서, 그 살인범이 실행했다는 의식이 어떤 것인지 자세히 조사했다. 그러고 나서 나가미네 씨가 팔았다는 마술서의 사본을 간신히 입수해 그것들과 비교했다.

"알고 보니 별것도 아니더라고. 범인이 행했다는 의식과 나가미네 씨가 팔았던 책 내용은 전혀 다른 것이었어. 그리고 나가미네 씨의 마술서에는 살인 방법 같은 건 아예 적혀 있지도 않았지. 몸의 컨디션을 가다듬기 위한 비법 정도의 내용뿐이었거든……. 경찰 중에 라틴어를 읽을 줄 아는 사람이 있었더라면 금방 알아차렸겠지만."

어떻게 라틴어도 못 읽냐고 따지면, 아마 경찰도 그저 난감하기만 할 것이다. 아키토의 이야기를 듣고 있던 나가미네 씨는 복잡한 표정을 지어 보였다.

"아무튼 그 덕분에 난 한동안 이 녀석한테 고마워서 얼굴도 제대로 못 들었지. …… 자, 어서 들어와."

우리가 안내받은 곳은 다다미 여덟 장 정도 되는 크기[27]의 일본식 방이었다. 그리고 나가미네 씨는 차와 과자도 내왔다. 의외로 세심한 대접이었다.

"그래서 「아사토호」에 대해 뭐라도 좀 알아냈어?"

아키토가 바로 본론부터 꺼내며 묻자, 나가미네 씨가 고개를 끄덕였다.

"미리 말해두겠는데 현품은 입수할 수 없었어. 예전에는 사본이 몇 권 있었던 것 같지만 지금은 행방불명이라지."

그건 나도 아는 부분이다. 「아사토호」의 사본은 전후가 되

---

27 약 12.96제곱미터.

어서야 발견됐고, 그 후에 발견자의 실종과 함께 행방이 묘연해졌다. 이는 미오가 알려준 정보다. 그녀도 갖은 수단을 이용해 이 사실을 알아냈을 것이다.

"최초로「아사토호」의 사본을 발견한 이는 마쓰무라 가나에라는 사람이야. 국문학자라고 하는데, 어느 대학에 소속된 건 아니었다더군. 전후에 도쿄제국대학을 졸업하고, 사범학교나 구제중학교旧制中学校[28]에서 교사로 일했던 모양이야. 그 후에 징집되어 치바의 고사포부대에 입대했지만, 금방 종전됐지. 제대해서는 고향인 나가노현에서 고전 서적 수집이나 연구에 전념했어."

"그런 정보를 어떻게 잘도 알아냈네?"

아키토가 말했다. 나도 동감이었다. 무슨 대단한 비밀이 있는 줄만 알았지만 나가미네 씨는 별것도 아니라는 듯 고개를 가로저었다.

"본인이 그렇게 적었으니까."

"본인이?"

나가미네 씨는 테이블 위에 한 권의 책을 내려놓았다. 아주 오래된 책으로, 표지에는 '문학 속에 사는 나의 인생'이라

---

28 태평양 전쟁 후 학제 개혁이 이뤄지기 전의 일본에서, 고등교육기관 진학을 원하는 남학생이 6년제 소학교를 졸업한 후 진학하는 5년제 학교.

는 제목이 금박으로 찍혀 있었다. 그 아래에는 마찬가지의 스타일로 마쓰무라 가나에라는 글자도 함께.

"자비로 출판한 자서전이라더군. 판권 정보에 의하면 간행은 1955년이고."

아까 그 이상할 정도로 자세한 경력은 바로 여기에 적혀 있었다는 뜻이다. 나는 책을 집어 표지를 펼쳐봤다. 목차에 의하면 이 서적은 그가 태어났을 때부터 현재까지, 즉 연도로 따지자면 1909년경부터 1955년경까지의 인생이 기록된 것이었다.

"읽어보고 싶으면 가져가도 돼."

"그래도 돼요?" 나는 물었다. "귀한 책 아닌가요?"

"별로 귀한 것도 아니야. 이름도 알려지지 않은 남자가 쓴 자서전을 누가 읽고 싶겠어? 그리고 내용도 자서전에서 흔히 볼 수 있는 것밖에 없고. 줄글 사이에서 나는 이렇게 특별한 사람이다, 누가 제발 나를 발견해 달라는 목소리가 들려온다니까."

참 신랄한 평이라는 생각이 들었다. 나는 이 저자에 대해 잘 알지 못하지만, 미지의 옛 사본을 발견했으니 나름 업적을 남긴 사람일 터이다. 나는 페이지를 팔락팔락 넘기다가 '아사토호'라는 단어가 눈에 들어와 거기서 손을 멈췄다.

내가 아사토호의 단간을 발견한 경위는 대략 앞에서 언급한 대로다. 그런데 여기서 나는 우리 학회의 부끄러운 과거를 하나 밝혀야만 한다. 그건 이러한 중대 발견에도 불구하고 국문학회의 여러 학자는 이 사실을 인정하지 않으려 했을 뿐만 아니라, 개중에는 나를 천하의 못된 사기꾼이라고 불렀고, 이는 신성한 학문을 훼손하는 행위이니 학회 전체가 일어나 항의해야 한다는 비판까지 제기하는 자도 있었다. 아사토호 단간에 관한 내 논고는 학술지에서 모두 묵살됐고, 마침내 게재를 허락한 곳은 아주 적은 부수만 출간하는 동인지뿐이었다. 그러한 상황에 나는 낙담한 동시에, 또한 크게 우려하기도 했다. 한쪽은 아직 제대로 밝혀지지 않은 이야기의 가치를 세상에 알리려 하고, 또 한쪽은 그 시도를 거부한다. 대체 신성한 학문을 훼손하는 행위는 누가 저지르는 것인가. 내 생각으로는 아사토호 단간의 발견은 왕조 시대의 엽기성, 그 비틀린 측면을 백일하에 드러내는 것과 같은 일이므로, 이상화된 헤이안 문학의 허상에 빠져 사는 학자들에게 있어서는 받아들이기 힘들었기에 나를 공격해서 그 신비를 지키려 했던 것 같다. 나는 끝까지 저항했다. 그리고 완고하고 고루한 국문학자들이 인정하지 않을 수 없는 아사토호에 관한 결정적인 증거를 발견하겠다고 굳게 다짐했다.

“솔직히 난 피해망상이라고 봐.”

내가 읽고 있는 내용을 알아차린 모양이다. 나가미네 씨는 냉담한 어조로 그렇게 말했다.

“아무래도 이 마쓰무라라는 사람은 학회의 권위 같은 것에 심한 콤플렉스를 갖고 있었나 봐. 어쩌면 연구자로서 대학에 남지 못했던 게 원인일지도 모르지. 아무튼 이 책 속에는 국문학자와 국문학회를 계속 철저히 공격하고 있어.”

“하지만 결국은 「아사토호」의 사본을 발견했던 거네요. 그렇게 그 염원이 이루어진 거고요.”

“그렇지.”

나가미네 씨는 자기가 우린 차를 한 모금 마신 후, 도무지 이해가 가지 않는다는 듯 턱을 문질렀다.

“하지만 상황이 아주 딱딱 맞아떨어지는 것 같지? 700년이나 넘게 종적을 알 수 없었던 책인데 그 남자가 굳게 다짐했다고 바로 사본이나 단간이 줄줄이 발견되다니. 무슨 잘짜인 소설도 아니고.”

나가미네 씨의 말을 들어도 나는 거기에 무슨 의미가 깃들어 있는지 눈치채지 못했다. 그러나 아키토는 뭔가 알아차린 듯 씩 웃더니 말했다.

“그러니까 이 말을 하고 싶은 거네? 「아사토호」는 실재하지 않는다, 날조된 것이다.”

그의 지적에 나는 의표를 찔렸다. 하지만 정말로 날조라면 아까 나가미네 씨의 의문에 대한 결론도 바로 나온다. 학회의 학자들 앞에서 보란 듯이 성공하고픈 마쓰무라라는 인물이 사본을 통째로 만들어내고, 그걸 마치 자신이 발견한 것처럼 행동한다. 이렇게 보면 산일된 이야기의 완전한 본문이 갑자기 다시 발견됐다는 기이한 상황도 앞뒤가 맞는다.

그렇지만 나가미네 씨는 그건 아니라고 대답했다.

"「아사토호」의 사본이 있었던 건 사실인 듯해. 국문학자들 몇 명도 인정하는 바고, 실제로 그 책을 취급한 고서점 사람도 만났어."

나도 모르게 네? 하는 소리가 튀어나왔다. 나가미네 씨에게는 그런 인맥이 많단다. 하긴 수상쩍은 마술서라서 그렇지, 책 매매를 했으니 그도 고서적 판매업자가 맞긴 하다. 실제로 와세다나 진보초로 직접 책을 매입하러 간 적도 있다고 한다.

"그 사람은 병으로 앓아누워 지내는 할아버지지만, 머리만큼은 아직 총기가 남아서 자세한 이야기를 들을 수 있었지. 당시에 마쓰무라 본인이 불러서 사본 감정을 했대. 약속 장소였던 요리점에 마쓰무라가 직접 사본을 가지고 왔다지. 잠금장치가 달린 트렁크에 넣고 이중으로 보자기로 꼼꼼하게 싸맨 게 꼭 보석이나 금괴를 가지고 온 줄 알았다나."

그의 눈앞에서 마쓰무라가 두 장의 보자기를 펼치자, 거기서 「아사토호」의 사본이 나타났다. 그리고 그건 틀림없이 가마쿠라 시대 이전의 특징을 갖추고 있었다고 한다.

"듣자 하니 마쓰무라는 그런 식으로 이곳저곳의 학자나 골동품상에게 이걸 보여주고 다닌 모양이야. 지방에 거주하는 연구자한테까지 굳이 찾아갔다는 기록도 있지."

아무리 연구를 위해서라고 하지만 좀 이상하다. 아무리 이중으로 둘둘 싸맸다고 해도 보자기로 싸고 다니는 건 책에도 좋지 않을 것이다. 나는 상상해 봤다. 자신의 주장을 뒷받침할 만한 결정적인 증거를 가지고, 유명한 국문학자들을 찾아간다. 마쓰무라 씨의 행위는 아마 자신을 깔본, 본인은 그렇게 생각했으나, 사람들에 대한 일종의 복수였던 게 아닐까.

"그 사본은 지금도 어딘가에 있나요?"

내가 묻자 나가미네 씨는 떨떠름한 표정을 지었다.

"그럴지도 모르지. 이 자서전을 출간한 후에 마쓰무라가 어디서 무엇을 했는지까지는 알아낼 수 없었어. 어쩌면 그 어딘가에서 그대로 잠들어 있을지도."

그러고 나서 한동안 마쓰무라의 목적이나 「아사토호」의 정체에 대해 대화를 나누었지만 아무런 결론을 낼 수 없었다. 아까 아키토가 언급한 날조설은 나름대로 설득력은 있었지만, 이를 실현하려고 한다면 상당히 많은 사람이 입을 맞춰둬야 한다. 혹은 마쓰무라가 만든 사본이 너무나도 정교해서 다들 속았다는 것도 가능성이 있을 듯했지만, 그 점에 대해서는 나가미네 씨가 부정했다. 마쓰무라의 사본을 본 사람은 희소한 고사본을 몇십 년이나 취급해 온 인물로, 잘못 볼 리가 없다고 했다.

"하지만 실상은 모르잖아"라고 아키토가 말했다. "마쓰무라가 사실은 위조의 천재였을 수도 있으니까."

물론 그 가능성도 부정할 수 없다. 결국 실제 사본을 보지 않고서는 날조설의 진위는 판별할 수 없다. 아니, 봤다고 해서 정말로 완벽한 가짜라면 우리 같은 사람이 구분해 낼 수 있을 리가 만무할 것이다.

갑자기 나가미네 씨가 입을 열었다.

"위조라고 하니까 생각났는데, 그거 어떻게 됐어?"

그 물음에 아키토가 얼굴을 번쩍 들었다.

"아아, 맞다. 그걸 깜박했네."

그렇게 말하며 자기 배낭을 가지고 와, 안을 뒤적거렸다. 내가 무슨 일인지 몰라 가만히 지켜보고 있자니, 아키토가 눈치를 챘는지 설명했다.

"이번 조사를 수락해 준 답례로 나가미네 씨한테 줄 게 있거든."

“답례라니, 설마 돈?”

“아니, 아니야”라며 나가미네 씨가 웃었다. “더 좋은 거지.”

배낭 속에서는 고급스러운 나무 상자가 나왔다. 그걸 받아든 나가미네 씨가 뚜껑을 열자, 안에서 일본식으로 장정한 책 몇 권이 나타났다.

“귀한 책인가요?”

“그래, 아주 귀중하지. 무려 무라사키 시키부가 쓴 『겐지 모노가타리』 원본이니까.”

“네?”

“……물론 그럴 리는 없고.”

아키토와 나가미네 씨는 서로 얼굴을 마주 보며 싱글거리고 있다.

“가짜라도 가치가 있는 가짜지. 여기를 봐.”

나가미네 씨는 그렇게 말하며 상자 뚜껑을 뒤집더니 그 구석에 파인 무늬 같은 것을 가리켰다.

“여기 ‘鷄(닭 계)’라는 한자가 옛 서체로 파여 있지? 에도 시대의 어느 국학자의 소장품이라는 뜻이야.”

“왜 ‘닭 계’ 자를 쓴 건데요?”

“그 사람이 ‘모쿠케이木鷄’라는 아호雅號를 썼거든. 근데 이 사람이 참 특이해서 말이지.”

그때부터 나가미네 씨는 살짝 흥분해서 이 물건의 가치를 이것저것 설명해 줬다. 그 모쿠케이라는 인물은 아주 제멋대로 구는 성정이라, 아무 데서나 들인 고서적에 대충 간기刊記를 만들어 붙여 안목이 있는 사람이나 학자들을 속이는 식의 장난을 자주 쳤다고 한다. 이 책의 간기에도 그의 서명으로 이는 무라사키 시키부의 필적이 틀림없다는 뜻의 글을 적어뒀단다.

"그런 짓만 하는데도 은근 인기가 있어서, 살던 고장에서는 그를 기리는 동상과 공원까지 있다지."

하는 행동은 비슷한데도 마쓰무라 가나에와는 참 상황이 다르다는 생각이 들었다. 여유와 장난기가 있는 인물이니까 같은 행동을 해도 너그러이 봐주는 것일까. 아니면 오히려 무엇을 해도 좋게 보니까 자연스럽게 여유가 생기는 것일지도 모른다. 나는 마쓰무라라는 사람이 조금 불쌍하게 느껴졌다.

"그런데 이런 걸 어떻게 입수했어?"

나가미네 씨가 아키토에게 물었다. 나가미네 씨 이외에도 고서적 매매상 지인이 또 있는 것일까. 그런 생각으로 내가 그를 보자 대수롭지 않다는 식으로 대답했다.

"어떤 사람한테서 고민 상담을 받았거든. 밤만 되면 불단에서 사람 목소리가 들린다고. 그 목소리를 매일 밤 듣던 할

아버지도 돌아가셔서…… 바로 불단 속을 샅샅이 살펴봤어. 그랬더니 이 상자가 나왔지. 돌아가신 할아버지가 지인한테서 샀던 거래."

시험 삼아 한번 상자를 치워봤더니 불단에서 나던 소리가 그쳤다. 가족도 그 상자는 필요 없다고 해서 아키토가 그냥 받아왔다고 한다.

"그래도 혹시 몰라 절에도 가지고 갔어. 거기서도 이런저런 일이 있긴 했지만, 제령도 했으니까 이제 괜찮을 거야."

제령을 했다는 건 아마 말 그대로의 뜻일 것이다. 나가미네 씨는 완전히 굳어버린 상태였다. 나는 앞으로 아키토한테서 아무 물건도 받지 않겠다고 굳게 다짐했다.

∘ ∘ ∘

그리고 며칠 후, 나는 또 대학 도서관에 갔다. 졸업논문을 마저 쓸 생각이었지만 도서관에 도착했을 때는 영 의욕이 생기지 않아서, 정신을 차리고 보니 장서 검색용 컴퓨터 앞에 앉아 '마쓰무라 가나에'나 '아사토호' 같은 문자를 입력하고 있었다.

마쓰무라 가나에의 자서전은 대학 도서관에도 소장 중이었다. 유명인도 아닌데 희한한 일이다. 책이 보관된 장소를 표시해 보고 의문이 들었다. 이 책은 일반적인 서가에 꽂혀 있지 않고, 기증 도서에 포함되어 있었기 때문이다. 마쓰무라 본인인 책을 기증한 것일까. 그건 아님을 금방 알아차렸다. 정리 번호가 너무 최근이다. 우리 대학 도서관에는 일본 십진분류법에 더해 서가마다 일련번호가 붙어 있다. 이걸 보면 그 책이 도서관에 들어온 시기도 어느 정도 파악이 가능하다. 마쓰무라의 자서전은 5, 6년 전에 발행된 다른 졸업생의 자비 출판본 사이에 끼어 있었다.

다시 말해, 지금부터 5년 전쯤에 누군가가 마쓰무라의 자서전을 도서관에 기증했다는 뜻이다. 1955년의, 그것도 개인의 자서전을 굳이 기증하다니 참으로 드문 일이다.

5년 전이라고 하면 그 기요하라 씨가 실종된 시기와 겹친다. 원래는 그의 장서에 포함되어 있던 책이 실종 후에 도서관에 기증됐다. 그런 일이 가능할까, 하고 나는 생각했다. 그럴 수도 있겠지만 아무런 증거가 없다.

나는 도서관을 나섰다. 어차피 여기 있어 봤자 졸업논문은 쓰지도 못할 테니 그냥 기치조지에 있는 아키토의 가게에 가보기로 했다. 어느새 아도니스에 드나드는 일이 습관처럼 변했다. 꽃집에는 거의 가본 적도 없었는데.

정문으로 이어지는 캠퍼스 안의 큰길을 걷는데, 저쪽에서 낯익은 얼굴이 다가오고 있었다. 누구인가 해서 가만히 지켜보다가 미오라는 것을 알았다.

여전히 취업용 정장 차림에, 뒤로 묶은 머리. 그렇지만 상태가 좀 이상했다. 정장은 마구 구겨졌고, 머리는 흐트러져 있다. 힐 때문에 발뒤꿈치가 쓸리기라도 했는지, 몸을 푹 숙인 채 다리를 감싸듯 걷는 모습이 상당히 지쳐 보였다.

나는 달려가 말을 걸었다.

“아, 뭐야, 나쓰히구나.”

얼굴을 든 미오는 내 눈앞에 있으면서도 별일도 아니라는 듯이 대꾸했다. 전에 만났을 때도 상당히 힘들어 보였는데, 지금 그녀의 상태는 그때와 비교할 수 없을 정도로 심각했다.

“아니, 무슨 일이야? 안색이 안 좋아.” 나는 조심스럽게 단어를 골랐다. “그…… 취업 준비가 많이 힘들어서 그래?”

그 질문이 뭐가 그렇게 이상했는지 미오는 이를 드러내며 웃었다.

“그거야 뭐, 힘들다면 힘들지.”

겉으로 보기에는 웃는 것 같았지만, 그녀의 표정은 평소와는 전혀 달랐다. 비아냥거리기라도 하는 듯 앙칼진 미소였다.

“정말로 네 말이 맞았어.”

“그게 무슨 소리야?”

미오는 머리를 마구 쥐어뜯었다. 짧게 정돈된 손톱. 투명

매니큐어가 군데군데 벗겨져 있다.

"그럴싸한 이야기를 만들라고 했던 거."

그러고 보니 전에 그녀와 취업 준비 이야기를 할 때 그런 말을 했었다. 내가 고개를 끄덕이자 미오는 크게 한숨을 내쉬었다.

"그냥 이제 다 지긋지긋해. 나는 이렇게나 실력 있는 사람이다, 우리 회사는 좋은 기업이다, 그런 서로 마음에도 없는 소리나 해대고. 하지만 불합격했다는 결과만은 사실이고, 계속 이런 짓만 하니까 이제는 내가 뭘 하고 싶은지도 모르겠어."

"미오."

그녀가 지친 게 분명하다는 생각이 들었다. 취업에 대해서 내가 조언해 줄 수 있는 것도 없다. 그래도 하다못해 이야기라도 들어주고 싶었다.

"저쪽에 앉아서 얘기하자, 응?"

내가 그렇게 권했다. 그러자 미오는 고개를 가로저었다. 그러더니 낮은 목소리로 말했다.

"……에 대해, 알고 있어."

"뭐?"

"나, 알고 있다고. 나쓰히 너랑 후지에다 교수님 사이."

뜻밖의 말에 나는 순간적으로 뒷걸음질을 쳤다. 어떻게

미오가 그걸.

"넌 좋겠다. 집도 부자고, 예쁘고, 교수님도 널 좋아하고. 나 따위는."

"잠깐만, 아니야, 미오. 너 무슨 오해를."

"오해 아니야!"

미오가 크게 소리치자 주변을 걷던 학생들이 일제히 이쪽으로 고개를 돌렸다. 나는 억지웃음을 지으며 그 자리를 수습하려 했다. 그러나 그녀는 그 한마디로 뭔가가 뚝 끊어진 것처럼 나를 향해 따졌다.

"너무해. 나한테는 교수님과 아즈사에 대해 알아보지 말라고 그랬으면서, 넌 새로운 남자친구랑 이것저것 조사하고 다니지?"

"그런 거 아니야. 난 미오 널 걱정해서." 그렇게 타이르는데 다른 단어가 마음에 걸렸다. "근데 새로운 남자친구라니, 그게 무슨 소리야?"

"시치미 떼지 마. 요즘 대학 정문 근처까지 오토바이를 타고 널 데리러 왔잖아."

오토바이라는 말에 나는 이제야 그녀의 말뜻을 이해했다. 바로 아키토였다. 나는 황급히 부정했다.

"걔는 남자친구 아니야. 그냥 소꿉친구라고. 그리고."

"그리고?"

그는 아오바의 것이니까. 차마 그렇게는 말할 수 없었다. 아니, 이제야 처음으로 내가 그런 생각을 했다는 걸 알아차렸다. 아키토는 아오바의 것이니까 나와 사귈 수 없다.

"……넌 나도, 아즈사도 결국 친구라고 생각 안 했던 거야. 그래서 아즈사를 잊으라는 말이 그렇게 쉽게 나오는 거잖아."

"아니야……, 아니야……."

잊으라고는 하지 않았다. 나한테는 미오도, 아즈사도 소중하다. 고향 마을에서는 늘 혼자였고, 또래 친구는 없었다. 대학에 들어간 후부터 둘과 만나 드디어 친구와 노는 즐거움을 알게 됐다. 그런데도.

"아무튼 나한테 신경 쓰지 마. 그 사람이 남자친구가 아니라면 다시 후지에다 교수님이나 쫓아가서 즐겁게 살지 그래?"

"그럴 수도 없어. 교수님이 어디로 가셨는지 나도 모른다고."

"아아, 그러셔?" 미오는 마치 나를 도발하는 것처럼 말했다. "난 또 몰래 사랑의 도피라도 한 줄 알았지. 사모님한테 들키면 큰일일 테니까. 교수님도 어디 숨겨놓고 말이야. 어쩌면 그걸 알고 아즈사가 그렇게."

짜악, 하는 날카로운 소리가 울린다. 오른손이 찡하게 저린다. 나는 저도 모르는 사이에 미오의 뺨을 때렸다. 미오는 멍한 표정으로 나를 쳐다봤다. 그 눈동자에 서서히 눈물이 차오른다.

"말도 안 돼."

미오는 짧게 그렇게 말했다. 그 말은 어떤 욕설보다 더 내 마음에 스몄다. 그러더니 그녀는 나를 밀치며 그 자리를 떠났다. 남학생 무리가 내 쪽을 보고 히죽거리고 있다. 나는 무시하고 캠퍼스를 나섰다.

어금니를 꽉 깨물고 무작정 걸었다. 어디를 어떻게 걸었는지 알 수 없다. 정신을 차렸을 때 나는 추오선 전철 안이었다. 다음 역은 기치조지라는 표시가 눈에 들어왔다.

전철에서 내렸다. 저녁 무렵의 기치조지역 앞은 수많은 쇼핑객이나 교복을 입은 학생들로 북적거렸다. 로터리 반대쪽에서는 간판을 든 사람이 소리 높여 헌혈을 권하고 있었다. 나는 마주 오는 사람을 피하면서 상점가를 빠져나갔다. 좌우로 움직이며 걷다가 결국 제대로 피하지 못하고 누군가와 부딪쳤다.

"죄송합…… 아."

얼른 사과하려고 고개를 드니 어찌 된 일인지 그곳에는 아키토가 서 있었다.

"네가 왜 여기에?"

"그건 내가 할 말이야. 뭐 좀 사러 나왔는데 네가 이리저리 비틀거리고 있더라……. 대낮부터 술이라도 마셨어?”

그의 목소리를 들으니 어째선지 가슴이 먹먹해졌다. 억누르고 있던 것이 갑자기 확 넘치면서 굵은 눈물방울이 흘러넘쳤다. 일그러진 시야 속에서 아키토의 표정이 변하는 게 보였다. 그는 당황해서 재킷 소매로 내 눈가를 닦아줬다.

“아니, 잠깐만. 이런 곳에서 울면.”

그러더니 아키토는 내 손목을 잡고 끌어당겨 상점가 안쪽을 향해 걸었다. 마치 시간이 멈추기라도 한 것처럼 혼잡함이 저 멀리 흘러가 버린다.

그러고 보니 아주 예전에도 이런 적이 있었던 것 같다.

아마 퇴원한 아오바가 등교할 수 있게 되고 바로 얼마 후의 일이었다. 초등학교 청소 시간, 쓰레기 버리기 당번이었던 아오바는 복도를 걷던 아키토를 보고 말을 걸었다. 퇴원하고 나서 처음으로 그의 얼굴을 보니 기뻐서 이런저런 이야기를 쏟아낸 모양이다. 그런데 그는 갑자기 아오바의 팔을 붙잡더니 이런 식으로 인적이 드문 학교 건물 뒤편으로 끌고 갔다.

나한테 말 걸지 마.

아키토는 그렇게 말했다. 이유를 물어도 그는 눈만 내리깐 채 고개만 저을 뿐이었다. 그렇지만 도저히 이해할 수가 없었다. 집요하게 물고 늘어져서야 마침내 그의 대답을 받아냈다.

그렇게 다치게 했으니까 너랑 같이 놀 수 없어. 아빠도, 엄마도, 다들 그렇게 말해. 계속 사죄하고 살아야 한다면서. 그러니까 이제 더는.

그때 아오바는 어떻게 대답했더라. 왜인지 모르겠지만 그 이후의 기억이 흐릿했다.

"나쓰히, 자."

아키토의 목소리에 나는 과거에서 현실로 되돌아왔다. 나는 아도니스 안에 있었다. 늘 보던 가게 공간이 아니라 안쪽에 있는 방으로 안내된 내 눈앞에는 따끈한 김이 솟는 머그컵이 놓였다.

"할머니가 타줬어. 허브 티래."

두 손으로 컵을 감싸듯 받아 가만히 입을 대었다. 복잡한 향기가 콧속에 퍼진다. 반쯤 마시자 위장 언저리가 포근해지는 느낌이 들었다. 나는 깊은숨을 토해냈다.

마음이 진정되자 주변을 둘러봤다. 이곳은 평소 아키토의 할머니가 사용하는 방인가 보다. 고케시 인형, 유리 세공품, 나무로 된 곰 조각 등이 잡다하게 놓인 선반에, 그 옆에는 작은 텔레비전이 자리했다. 아키토는 텔레비전 앞에서 다리를 쭉 뻗은 채 앉아 근처에 있는 롤러식 마사지기를 마음 내키는 대로 굴리고 있다.

"아까는 왜 그랬어?"

아키토가 나를 쳐다보지도 않고 말했다. 대답하고 싶지 않으면 안 해도 된다는 의미인 듯하다. 나는 잠시 망설였지만 그래도 미오에 대해 이야기했다.

"평소 같으면 그런 소리를 할 애가 아니야. 분명 스트레스 때문에 힘들어서 그랬겠지."

취업 준비가 뜻대로 되지 않는다는 말은 종종 듣긴 했다. 그렇지만 솔직히 충격이었다. 나와 후지에다 교수님을 그런 식으로 생각했다니.

"그래서 사실이야?"

"뭐가?"

"네가 후지에다라는 사람이랑 불륜 관계였다는 거."

이 상황에서 어떻게 그런 직설적인 질문을 하냐는 생각에 우스웠지만, 그래도 한편으로는 기쁘기도 했다.

"남들 눈으로 보기에는 그랬을지도 몰라."

"남들 눈이라면 사실은 어떤데?"

나는 잠시 망설였다가 고개를 가로저었다.

"말 못 해. 믿어주지 않을 것 같아서."

"믿을 테니까 말해봐."

그 강한 어조에 나는 마지못해 털어놓았다.

처음에 후지에다 교수님 연구실을 찾아갔을 때 연락처를

교환했다. 대학 강의나 공부에 관해 주고받는 대화도 많았지만, 기본적으로는 사적인 연락을 했다. 둘이서 식사를 하러 간 적도 몇 번이나 됐다. 그럴 때 교수님은 늘 대학에서 멀리 떨어진 곳에 있는 가게를 지정했다. 우에노나 긴자, 혹은 롯본기 같은 곳. 내 분수에 맞지 않는 가게만 가서 위축되기도 했지만, 지금 돌이켜보면 대학 관계자에게 들키지 않기 위한 방법이었던 것 같다.

그리고 3학년 때 딱 한 번 같이 여행을 간 적도 있다. 목적지는 군마의 이카호 온천이었다. 관광지를 둘러보고, 같은 여관에 묵었다. 그렇지만 방을 따로 잡았다. 한밤중까지 함께 잡담을 나눴던 교수님은 내가 피곤해하자 위스키병을 가지고 자기 방으로 돌아갔고, 이튿날 아침 일찍 현지에서 해산했다. 그러니까 미오가 상상하는 그런 일은 나와 교수님 사이에 있지도 않았다.

"하지만 대개 제자와 단둘이서 여행은 안 가지."

"그러니까 나랑 교수님은…… 친구였어."

그 대답에 아키토는 어딘지 모르게 어처구니가 없다는 듯, 불쌍히 여기는 듯한 눈빛을 내게 보냈다.

"친구?"

그의 반응이 예상대로여서 나는 별다른 느낌도 받지 못했다. 스승과 제자. 나이 쉰을 넘은 남자와 스무 살 언저리의

아가씨. 원래라면 있을 수 없지만, 우리의 관계를 설명하는 단어로는 그게 제일 와닿는다. 아오바가 사라진 후의 나는 내 반쪽을 잃은 것과 마찬가지였다. 교수님은 그 외로움을 채워주려고 했다. 그 방법이 올바른 것인지와는 별개로.

"흐음."

그러나 그 감각은 아키토에게 전해지지 않았나 보다. 그는 마사지기를 원래 있던 자리에 되돌려놓고 일어나서 방을 나갔다. 나는 묵묵히 차를 홀짝였다. 따분한 푸념 같은, 오래된 연애담 같은 이야기를 잔뜩 들어서 화가 난 것일지도 모른다.

잠시 후에 돌아온 아키토의 손에는 책 한 권이 들려 있었다. 전에 나가미네 씨한테서 받은 마쓰무라 가나에의 자서전이었다. 그때 이후, 책에 대해 알아보겠다면서 아키토가 가지고 갔던 것이 기억난다. 그는 정말로 조사했던 모양이다. 아키토는 무슨 종이가 끼워져 있던 페이지를 펼쳐 상 위에 올려놓았다.

"여기 좀 봐."

그건 자서전의 클라이맥스에 해당하는 「아사토호」 발견담 조금 이전의 부분으로, 마쓰무라가 친척 장례식에 참석하기 위해 고향인 나가노현의 어느 지방을 방문한 내용이었다. 증기 기관차에서 내려 버스로 갈아탄 마쓰무라는 차창

너머로 지나가는 산을 보면서, 훗날 연구로 이름을 남긴 후
는 이러한 장소에 산장을 짓고 살면서 연구에 몰두하고 싶
다는 생각을 한다.

"역 이름은 적혀 있지 않지만, 증기 기관차에 탔던 시간이
나 버스를 탄 거리 등이 자세히 기록되어 있잖아? 그래서 옛
날 철도와 버스에 대해 잘 아는 사람한테 물어봤어. 그랬더
니 이 지역 범위가 틀림없대."

그렇게 말하며 아키토는 페이지 사이에 끼워둔 종이를 펼
쳤다. 그건 지도 사본으로, 가운데 부근에 원이 하나 그려져
있다. 알아낸 철도역을 중심으로 버스의 이동 거리 반경을
표시한 것이리라. 아키토는 희고 긴 손가락으로 그 원을 따
라 그려 보였다.

"낯이 익지?"

나는 가볍게 고개를 끄덕였다. 낯이 익고 뭐고, 그곳은 내
가 태어난 고향이었다. 원은 나와 아키토, 그리고 아오바가
살았던 마을 일부를 가로지르는 위치였다.

"이번 주말에 가보려고 해. 그래서 너도 괜찮다면."

같이 가자. 아키토는 살피듯 내 눈을 바라봤다. 그러나 내
답은 이미 정해져 있었다.

∘ ∘ ∘

대학 입학을 위해 상경한 지 벌써 4년이 지났다. 사실 그 사이에 한 번도 귀성한 적이 없다고 고백하면 다들 놀라곤 했다. 무슨 특별한 사정이 있겠거니 하며 모두 아무 말도 하지 않는다. 예외적인 반응을 보인 건 아즈사 정도였다.

"나도 대학 입학 후에 본가에는 거의 돌아가지 않았어."

"아즈사, 너도?"

"사실 나는 부모님 곁을 벗어나고 싶어서 대학을 선택한 것이기도 하고."

그건 나도 마찬가지였다. 도쿄에 있는 대학이라는 게 최우선이었을 뿐이지, 무엇을 배울지는 나중에 생각하면 된다는 마음이었다.

"얼마 전에 박사 과정의 선배한테서 들었는데, 십몇 년 전쯤에 있던 선배 중에 본가가 의사 집안이었던 사람이 있었대. 집에서 무조건 공부만 강요하고, 의대에 합격 안 하면 부모 자식의 연을 끊겠다는 말까지 들었다나."

"그런데도 문학부에 들어간 거야?

"응, 부모님 앞에서 의대 합격 증서를 찢어버리고 바로 집을 나가버렸대. 함께 문학부에 입학한 여자친구 집에 얹혀살면서, 아르바이트까지 하며 대학원까지 진학했다더라……. 그렇게까지 하다니 참 멋지지 않니?"

아즈사는 눈을 반짝반짝 빛냈다. 그게 그녀가 동경하는 모습이었나 보다. 어쩌면 몇 퍼센트 정도는 그녀 자신의 체험과도 겹쳐 있을지도 모른다.

그렇지만 안타깝게도 나는 그런 식으로 멋지지는 않았다. 문학부에 들어간다고 해도 부모님은 특별히 반대도 하지 않았고, 합격 발표일에도 나보다 먼저 합격 연락을 받아 기뻐서 난리를 쳤을 정도다.

제일 큰 계기는 아오바 때문이라고 생각한다. 아오바가 사라진 후, 우리 가족은 셋만 남게 됐다. 아버지도, 어머니도 그 점에 대해서는 아무런 위화감도 품지 않았다. 하지만 내가 아는 우리 가족은 넷이었다. 그걸 의식하게 되면서 나는 내 집에 있어도 남의 삶을 사는 기분이 들어서 도무지 마음이 진정되지 않았다.

그렇지만 아마도 그 근본에는 아키토가 있었던 것 같다. 사고 이야기만 나오면 부모님은 감정을 격앙시키면서 아키토나 그 가족을 탓했다. 내가 없는 곳에서 부모님이 아키토에 대한 악담을 우연히 들은 적도 있다. 부모님의 그런 모습을 보고 태연하게 지낼 아이는 없다.

게다가 그 모든 일이 없었던 게 됐다. 아오바가 사라지고 나서부터 부모님은 아주 평온한 부부로 돌아왔다. 가족 간에는 아무런 문제도 없다는 얼굴을 하며, 아키토의 가족이 이사 간다는 이야기를 들었을 때는 내 친구임을 알고 송별회 파티라도 열자는 말까지 꺼냈다.

참으로 어처구니없는 일이었다. 나는 두 분이 아키토의 부모님을 뭐라고 불렀는지 안다.

하지만 그뿐이다. 지금 돌이켜보면 부모님의 언동도 그렇게까지 잔인한 게 아닐지도 모른다. 딸이 크게 다쳤으면 부모는 그 정도로 흐트러지는 것은 어쩌면 당연하다. 어쨌든 간에 그걸 두 분께 따져 물을 수는 없다. 왜냐하면 아오바가 사라지고 말았으니까. 내가 기억하는 부모님의 모습은 내 기억 속에는 없다.

새벽녘까지 고민하다가 결국 본가에는 연락하지 않기로 했다. 나는 졸린 눈을 비비면서 집을 나와 아키토와 만나기로 한 장소인 다치카와역으로 향했다. 또 오토바이 뒤에 타게 되나 해서 내심 가슴을 졸이고 있었지만, 다행히 이번에는 열차를 타고 갈 모양이었다.

역 건물 안에서 그와 만났다. 당일치기라고 들어서 우리 둘 다 별다른 짐은 들고 있지 않았다. 특급 열차에 올라 지정석에 앉자, 점점 기묘한 기분이 들기 시작했다. 처음에는 후지에다 교수님의 실종이 시작이었다. 그 후, 아즈사가 죽고 아키토와 재회했다. 정신을 차리고 보니 우리 둘은 고향으로 향하는 중이다. 대체 어떻게 흘러가는 운명인 걸까.

우리는 우선 오늘의 목적지를 확인했다. 마쓰무라 가나에가 내렸다는 역은 지금도 존재하지만, 이 특급 열차는 그곳에 정차하지 않으니까 근처 역에서 내려야 한다. 역 앞에서 차를 빌려 3, 40분 정도 달리면 우리가 살았던 마을이 나온다.

그러고 나서 우리는 오늘까지 조사했던 내용에 관해 이야기를 나누었다. 「아사토호」의 발견 경위나 기요하라 씨의 실종. 그리고 그게 후지에다 교수님이나 아즈사와 어떻게 관련되어 있는지에 대하여.

"이 「아사토호」라는 건 어떤 내용이야?"

아키토가 노트를 한 손에 들고 묻는다. 나는 사전을 펼친 채 나름대로 해석한 내용을 그에게 설명했다. 남자와 여자가 등장한다는 것, 남자는 짝사랑하던 여자가 있었고 그 여자의 딸에 해당하는 소녀에게 구혼했다는 것까지.

거기까지 이야기했을 때 아키토가 고개를 갸웃했다. 왜 그 소녀의 어머니와는 결혼에 이르지 못했는지 궁금한 눈치였다. 나는 설명을 덧붙였다.

"본문에서 그 여자는 '뇨고'라고 불렸어. '뇨고'라는 건 천황의 비라는 뜻이지. 즉, 유부녀야."

"아하, 그렇구나."

주인공인 나이다이진이 반한 여인은 천황의 아내였다. 절대로 손이 닿을 수 없는 상대다. 게다가 이야기가 본격적으로 시작하기 얼마 전에 세상을 떠난 듯했다. 그러니 그 딸인 온나니노미야를 아내로 맞이해서 만족하려 했던 것이다.

"미친 것 같아." 아키토는 그렇게 말하며 노트에도 '미쳤다'라고 적었다. "헤이안 시대에는 다들 그랬던 거야?"

"그건 아닐 것 같은데. 그렇게 흔한 일이었다면 굳이 이야기로 만들지는 않았을 테니까."

어떤 시대든 간에 사람이 만든 이야기는 어떠한 이상을 반영하고 있어서, 대부분의 경우 현실과 큰 차이를 보인다.

"일종의 환상을 공유한달까……."

"뭐?"

"아, 아니야. 전에 후지에다 교수님이 강의 때 그런 말씀을 하신 게 생각나서."

헤이안 시대의 모노가타리 문학과 현대의 소설을 비교했을 때 가장 큰 차이는 무엇인가. 그건 바로 몇 명의 독자와 그리고 거리라고, 교수님은 말했다. 현대 소설에서는 작가가 다 쓰고 완성된 형태를 독자가 읽는다. 그 과정은 기본적으로 일방통행이지만, 헤이안 시대에는 그렇지 않았다. 무라사키 시키부 일기에서는 『겐지모노가타리』의 초고가 허락도 없이 반출되어 사본이 만들어졌다는 무라사키 시키부의 불평이 적혀 있고, 『하마마쓰추나곤모노가타리浜松中納言

物語』[29]에는 과연 이 이후는 어떤 전개가 나올 것인가 하는 독자의 감상 같은 것이 적힌 부분이 있다. 인쇄되는 현대의 책과는 달리, 당시는 손으로 적어 글을 옮겼으니 추가 글이나 덧쓰기도 간단했다.

"그리고 교수님은 『겐지모노가타리』를 쓴 건 무라사키 시키부 한 명이 아니라고 주장하셨어."

"그럼 중간부터 다른 사람이 썼다는 뜻이야?"

그런 설도 있다. 『겐지모노가타리』에는 와카무라사키 계통과 다마카즈라 계통이라는 두 종류의 스토리 라인이 있는데, 이것들을 각각 다른 사람이 집필했다거나 주인공이 히카루 겐지의 아들로 넘어간 후의 부분은 후세 사람이 썼다거나 하는 말이 있다. 그러나 교수님의 가설은 좀 더 차분한 것이었다.

"중심인물은 어디까지나 무라사키 시키부였지만, 그 주변에는 열성적인 독자들이 있어서 그 사람들과 의견 교환을 하면서 서서히 글을 써 나갔던 게 아닌가 하는 설이지."

따라서 『겐지모노가타리』는 한 명뿐인 작가의 머릿속에서만 창조된 게 아니라, 여러 여성이 가진 이야기의 환상이,

---

29 『겐지모노가타리』에 큰 영향을 받았다고 하는, 헤이안 시대 후기에 성립된 후기 왕조 모노가타리 중 하나이다.

즉 그 공간상에서 공유되어 하나의 상像을 맺은 것이 아닐까. 전에 읽었던 교수님의 논문에서는 분명 그런 문장으로 정리되어 있었다.

"환상의 공유라"

아키토는 노트 페이지 제일 아래에 그 말을 적었다. 그러고 나서 "됐어" 하고 말한 그는 좌석에 기대어 눈을 감는다. 역에 도착할 때까지 눈을 붙일 셈인가 보다.

나는 별다른 할 일도 없어서 아키토한테서 받아둔 마쓰무라의 자서전을 펼쳤다. 책 첫머리에는 흑백 사진이 몇 장 있고, 거기에는 마쓰무라의 얼굴이나 자택 풍경 등이 찍혀 있다. 자비 출판 서적치고는 제법 정성스럽다.

말만 들어서는 마쓰무라라는 사람이 아주 편벽한 성격의 노인인 줄만 알았는데, 이 사진을 보니 마음씨 좋아 보이는 아저씨였다. 여러 사람에게 둘러싸여 웃는 사진도 있다. 설명을 보니 결혼한 제자의 집에 초대받아 기념으로 찍은 사진 같았다. 다음 페이지에는 자택 앞에서 찍은 가족사진. 그리고 서재에서 연구 중인 모습을 담은 한 장. 심각한 표정으로 바라보는 책상 위에는……

"자, 잠깐, 일어나 봐"

나는 아키토를 팔꿈치로 쿡쿡 찔렀다. 벌써 꾸벅꾸벅 졸기 시작한 그는 귀찮다는 듯 머리를 들었다.

"이것 좀 봐."

아직 잠이 덜 깬 아키토의 코앞으로 방금 찾은 사진을 들이밀었다.

"이게 뭔데?

사진 속에서 마쓰무라는 어떤 두꺼운 종이를 접어 겹친 듯한 물체와 마주하고 있다. 이는 고히쓰테카가미古筆手鑑라는 것으로, 서書의 글씨본으로 삼기 위해 옛사람들의 유서 있는 필적을 모은 자료다. 가집이나 경전 등의 일부를 잘라 내, 두꺼운 종이에 붙여 한 권으로 정리한다. 마쓰무라가 펼친 부분에서도 뭔가에서 잘라낸 듯한 종이가 붙어 있었고, 그 옆에 책 제목이 적혀 있었다.

"뭐라고 적혀 있어?"

"위는 뭉개져서 잘 안 보여. 아마 글을 쓴 사람의 이름이겠지. 이름 뒤에 '경어필卿御筆'이라고 붙여서 누가 썼다는 식으로 말이야. 그렇지만 그 아래에 있는 히라가나를 좀 봐." 나는 그 부분을 손가락으로 가리켰다. "간신히 읽을 수 있잖아? ……「아사토호」라고."

아키토도 눈이 번쩍 뜨였는지, 등받이를 다시 일으켜 나한테서 책을 빼앗아 들었다.

"……정말이네. 그 나가미네 씨도 책 앞부분에 실린 사진에 이게 찍혀 있을 줄은 몰랐던 모양이야."

"이걸로 날조 가설은 사라졌네."

따라서 「아사토호」라는 이름의 이야기는 적어도 역사상에 존재했다는 뜻이 된다. 내가 그렇게 말하자 아키토는 고개를 가로저었다.

"아직 알 수는 없어. 이 사진에 찍힌 건 마쓰무라가 처음 발견했다던 그 단간이잖아? 즉, 조각난 문서."

"그렇지."

"그러니까 맨 처음 것만 진짜고, 나중에 등장한 완전한 책이 가짜라는 일도 있겠지."

그는 끝까지 그 날조설을 밀고 싶은 듯했다. 조사를 위한 이 여행으로 조금이라도 단서를 찾으면 좋겠는데.

열차는 시간대로 역에 도착했다. 개찰구를 나서니 어딘가 익숙한 경치가 펼쳐진다. 이곳은 본가에서도 차로 수십 분 정도 걸리는 곳이기도 하니, 어릴 때 한 번쯤은 와봤을지도 모른다.

잠시 기다리라고 해서 역 앞 벤치에 앉아 마을을 바라봤다. 어느새 가을이 깊어져서 벌써 겨울이 가까워지고 있다. 차갑게 스며드는 추위는 도쿄의 그것과는 달라서 나는 내가 고향에 있음을 실감했다.

그때 큰북을 두드리는 것 같은 기묘한 소리가 들렸다. 둘러보니 딱 봐도 시대착오적으로 보이는 90년대풍 스포츠카가 로터리에 나타나 두르르르르 하는 큰 엔진 소리를 내며 내 앞에 멈춰 섰다. 대체 어떤 괴짜가 이런 걸 타는 건가 지켜보는데, 운전석에서 나온 아키토를 보고 나는 벤치에서 굴러떨어질 뻔했다.

"왜 굳이 이런 걸 빌린 거야?"

"굳이는 무슨. 이 차를 친구가 가지고 있었으니까 그렇지."

"렌터카 빌린 거 아니었어?"

"그러면 돈 들잖아. 대신 이건 공짜고."

그러고 보니 그는 '차를 빌린다'라고만 했지 누구한테서 빌린다고는 말하지 않았다. 이제 와서 싫다고는 할 수 없다. 아무래도 그의 친구는 자동차 정비에 대한 열기가 완전히 식어버렸는지, 내부에는 먼지까지 희미하게 쌓여 있었다. 나는 가볍게 기침을 하며 차에 올랐다.

차가 달리기 시작하자 역시나 서로의 목소리도 들리지 않는다. 아키토는 운전에 익숙해서 역 주변의 복잡한 교차점을 술술 빠져나가더니 간선도로로 접어들었다. 속도가 안정되고부터는 다소 소음도 가라앉아서 나는 소리 높여 말했다.

"그 친구와는 어떻게 알게 된 거야?"

"뭐? 안 들려."

"그 친구 하고는 어떻게 아는 사이냐고. 또 무슨 오컬트와 관련된 사람이야?"

목소리가 닿자, 어찌 된 일인지 아키토가 웃었다.

"아니야. 초등학교 동창이야."

"초등학교?"

"응, 이사한 후에도 늘 연락을 주고받았거든. 요즘은 사귀던 여자친구와 결혼해서 가족이 다 탈 수 있는 왜건을 샀대. 그래서 최악의 경우, 이 차는 폐차가 되어도 괜찮으니 마음대로 쓰라지 뭐야."

적어도 내가 지금 타고 있는 동안은 폐차되는 일이 없으면 좋겠다. 덕 테이프로 둘둘 감긴 룸미러를 보면서 그렇게 생각했다.

그런데 아키토에게 그런 친구가 있는 줄은 상상도 못 했다. 그의 집은 도망치듯이 이사를 가버린 후 우리와 연락을 끊고 지낸다고, 내 일방적으로 그렇게 믿었다. 곰곰이 따져보니 그런 건 내가 마음대로 만든 이미지에 불과하다. 그에게는 그의 인생도 있을 테니까.

한동안 달리다가 차는 다시 옆길로 빠졌다. 좁고 꼬부랑꼬부랑 꺾인 고갯길. 커브에 이를 때마다 엔진이 우짖는다. 대체 무엇을 하러 여기까지 온 건지 점점 알 수 없어졌을 때 아키토가 말했다.

"이 부근, 낯익지 않아?"

그 말을 듣고 다시금 창밖에 눈길을 줬다. 흔하디흔한 시

골 산길이 전부였다. 키가 큰 나무로 둘러싸여 있어서 전망
이 좋은 것도 아니다. 모르겠다고 대답하자, 아키토는 조금
속도를 낮췄다.

"곧 있으면 그 장소야."

나는 흠칫 놀랐다. 그제야 위치 관계가 이해됐다.

12년 전, 아오바가 사라진 장소.

그때 우리는 이 길을 반대쪽에서 올라갔다. 당시에는 몰
랐지만, 이 길은 산을 넘어 이웃 마을의 도로와 인접해 있었
던 모양이다. 잠시 더 나아가다가 아키토는 차를 갓길에 대
어 정차시켰다.

"여기야. 그 집이 있었던 곳이."

그렇게 말하며 도로 옆의 숲을 가리킨다. 나는 창문을 열
고 그쪽을 가만히 응시했다. 삼림은 의외로 잘 손질되어 있
어서, 저 안쪽까지 훤히 보였다. 그러나 건물 같은 건 보이지
않았다.

"아무것도 없는데."

"없어졌어."

"그 말은……."

"아니, 무슨 초자연적 현상 때문이 아니고 아마 그냥 철거
된 것 같아."

아키토가 차에서 내리기에 나도 따라 내렸다. 그의 뒤를

따라 숲을 헤치고 안으로 들어갔다. 그때와는 반대라는 생각이 들었다.

"난 그 이후로도 몇 번이나 그 집을 찾아다녔지만 결국 찾을 수 없었어."

"다른 곳을 찾은 게 아닐까? 이 근방은 커브 길도 많고, 비슷한 풍경만 있으니까."

"하지만 거기에 문 같은 게 있었잖아."

"그래서 그런 거야. 문을 표식이라고 생각했으니까 못 찾았던 거지. 분명 그것만 바로 철거됐거나 자연적으로 무너져 없어졌거나 한 게 아닐까. 저기 썩은 목재도 널려 있으니까 이따가 한번 잘 살펴봐."

이야기를 나누면서 길을 조금 더 나아가니, 아주 인공적으로 보이는 공간이 나타났다. 그곳만 나무가 자라나 있지 않았고 원래는 민가의 정원이 있었던 듯한 형태로, 흙이 그대로 드러나 있는 부분도 보였다. 기억상으로는 좀 더 넓었던 것 같은데, 아마 어린아이였을 때라 그렇게 느낀 것이리라.

"내가 이곳을 발견한 건 2년 전쯤이야. 90년대 초반 정도에 찍힌 항공 사진에 여기 모습이 있더라. 사진으로 보기에는 건물 형태는 내 기억과 똑같았지. 그 집이 실재했다는 걸 알고 난 안심했어."

"왜 안심한 건데?"

“나쓰히 너도 알잖아. 우리는 이 집에 왔었어. 그건 사실이라는 뜻이야. 절대로 환상 같은 게 아니라고.”

나는 고개를 끄덕였다. 아오바가 사라진 그날의 기억은 모두 꿈이 아니었을까 하는 그런 기분이었다. 하지만 여기에 집이 있었던 게 사실이라면 적어도 이 집을 찾아온 것까지는 현실의 사건이었을 가능성이 커진다.

“번지도 알아냈겠다, 혹시 몰라 부동산 등기부 같은 것도 확인했어. 건물 소유주였던 사람도 만났지. 그러나 그 의미를 알게 된 건 바로 얼마 전이었어.”

“그 의미라니 무슨 소리야?”

“한번 알아맞혀 봐.”

그가 무슨 말을 하는지 전혀 알 수가 없다. 정말로 여기 건물이 있었다는 사실도 방금 알았다. 게다가 그 소유주는 또 누구였다는 건지.

“힌트. 우리는 오늘 여기 왜 왔을까?”

“그거야 「아사토호」를 조사하는 중이고, 이곳에 마쓰무라 가나에의 친척이 있다고 들어서……”

문득 내 머리에 한 가지 가능성이 스치고 지나갔다. 설마, 말도 안 된다. 어떻게 그런 우연이.

“혹시 이 집 소유주의 성이 ‘마쓰무라’였어?”

내가 그렇게 묻자 아키토는 웃었다.

“그렇다면 좋겠지만 아니야. 여기 소유주는 미야자와라는 할머니지.”

에이, 뭐야. 하긴 그런 우연이 있을 리가 없다. 완전히 맥이 빠진 나는 대충 대꾸했다.

“미야자와라니, 그런 이름이 어디서 나왔나?”

“나도 그렇게 생각했어. 이 근방에서는 흔한 성씨잖아? 근데 얼마 전에 이걸 다시 읽고 알았어.”

아키토가 배낭에서 꺼낸 것은 마쓰무라 가나에가 「아사토호」에 대해 쓴 논문이었다. 내가 대학 도서관에서 복사해서, 무슨 참고가 될까 하여 그에게 건넸던 자료다. 그중 한 장을 나한테 보여준다.

“마쓰무라가 발견한 최초의 사본. 이 사람은 그걸 ‘미야자와 가본’이라고 이름을 붙였어.”

“아……”

등 뒤로 전류가 찌르르 흐르는 듯한 기묘한 감각.

“어쩌면 「아사토호」 사본은 이 집에서 발견된 것일지도 몰라.”

바람이 나무 사이를 통과해 메마른 잡초를 서걱서걱 흔들었다. 아오바, 후지에다 교수님, 그리고 「아사토호」. 여러 가지 생각이 머릿속에서 이어진다.

나는 이야기의 패턴을 느꼈다. 의미를 알 수 없던 복선이

회수되어 한 가닥의 실이 된다. 그게 바로 이것이다. 교수님의 실종도, 아즈사의 죽음도 아니, 애당초 이 마을에 나와 아오바가 태어난 것조차도 모두 의미가 있었기 때문에.

"그 미야자와라는 사람은." 나는 흥분을 억누르며 물었다. "이 근처에 살아."

"그럴 줄 알고 물론 다 조사해 놓았지. 지금 바로 가보자."

어째서인지 아키토는 싱글거리며 말했다. 그 이유는 알 수 없었지만, 일단 차로 돌아가기로 했다. 그 기이한 짜릿함은 아직도 내 몸 안을 감돌고 있다. 세상이 이루어진 구조를 깨달은 자만이 느낄 수 있는 충족감. 그때 내 머릿속에서 목소리가 울렸다.

그럼 이야기로 만들면 되지.

"어?"

"왜 그래?"

내가 갑자기 큰 소리를 내자 앞을 걷던 아키토가 걱정스럽게 뒤를 돌아봤다. 나는 지금 분명 아오바의 목소리를 들었다. 바로 귓가에서 말한 것처럼 또렷한 목소리로.

"아무것도 아니야. 그냥 발이 걸려서."

내 대답에 아키토는 안심한 듯 다시 걸음을 옮겼다. 나도 그의 뒤를 따라갔다. 도로까지는 겨우 몇 걸음뿐이었지만, 나는 불안했다. 이대로 그때처럼 우리 중 하나가 사라질 것

만 같았다. 아니면 이 근처의 나무 그늘 사이에 아오바가 숨
어 있어서, 당장이라도 불쑥 튀어나오는 게 아닐까 하는 그
런 상상이 머릿속에서 사라지지 않았다.

∘ ∘ ∘

아키토가 향하는 곳이 어디인지 알아차리고서 나는 깜짝
놀랐다. 그리고 동시에 아까 그가 웃었던 이유도 이해가 갔다.
“미야자와 씨라면 혹시 그 미야자와 치과 말이야?”
“그래, 맞아. 몰랐어?”
“그거야 미야자와라는 성씨는 이 근방에 몇 집이나 되니
까.”
이웃 동네에 있는 미야자와 치과는 우리 집에서 가장 가
까운 치과 병원이었다. 어릴 때는 그곳에서 몇 번이나 무시
무시한 경험을 했다. 이름만 들어도 소독약 냄새나 마취제
맛까지 선명히 기억날 정도다.
병원 주차장에 차를 세운다. 익숙한 건물의 바로 뒤편이
미야자와 씨의 자택이라고 한다. 이미 연락은 해둔 상태라
며 아키토는 정원 안으로 성큼성큼 들어가, 큰 소리로 불렀
다. 그러자 곧 집 뒤쪽 베란다 창문이 열리더니 보라색 안경
을 쓴 노부인이 얼굴을 내밀었다.

"어머나, 우리 아키토. 벌써 왔구나?"

우리 아키토?

내가 어안이 벙벙해 있는 사이에 그는 바로 노부인의 뒤를 따라 집 안으로 들어가 버린다. 왜 현관이 아니라 정원을 통해 들어가나 의문이 들었지만, 하는 수 없이 나도 똑같이 했다.

"미안하구나. 오늘은 딸이 집을 비운 바람에 차 한 잔 제대로 못 내와서."

"괜찮아요. 다에도 바쁘잖아요."

"잠깐만, 지금 과자라도 좀 가지고 올 테니까……."

할머니가 방을 나섰을 때, 나는 아키토의 어깨를 세게 흔들었다.

"저분도 네 친구야?"

"내가 그랬잖아. 2년 전에 그 집을 찾아서 이래저래 조사했다고. 그때 여기에도 왔거든."

그 정도 만남으로 이런 사이까지 되는 걸까.

"어쩐지 아주 예전부터 알고 지낸 것 같아서……."

"사실은 약간 일이 있어서 그 덕분에 친해졌어."

"약간 일이 있었다고?"

아키토가 대충 알려준 사정은 바로 이것이었다. 미야자와 집안의 딸 가족이 근처 강가에서 바비큐를 했다. 그런데 그

때 찍은 사진을 자세히 보니 심령사진이 아니냐며 한바탕 소동이 일어나고 말았다. 때마침 찾아온 아키토는 자신을 심령현상 전문가라고 소개하며, 사진을 분석하고 나서 제령을 했단다. 그의 말로는 이러한 사정으로 친해졌다고 한다.

또 그랬냐, 하고 나는 속으로 중얼거렸다. 남에게 접근하기 위한 그 나름의 수법인 듯하다.

"그거 꼭 사기 같잖아."

"그렇지 않아. 어쨌든 간에 딸 가족이 아주 기뻐했으니까."

그게 바로 사기꾼이라는 거다. 나는 하도 어처구니가 없어서 더는 아무 말도 하지 못했다. 곧 과자가 담긴 쟁반을 든 할머니가 돌아와서, 아키토는 바로 이번 본론을 꺼내 들었다.

"할머니, 저 뒷산에 있던 집 말인데요."

그 말을 듣자마자 할머니는 얼굴을 찡그렸다. 싫어서가 아니라 쓴웃음에 가까웠지만, 그래도 별로 기꺼운 화제는 아닌 모양이었다.

"아직도 그걸 알아보는 중이니?"

그냥 낡은 폐가란다, 하고 그녀는 말했다. 아주 오래전에 철거된 낡고 더러운 건물을 아키토가 집요하게 조사하고 다니니까 신기해하는 것 같았다.

"중요한 일이라서 그래요."

"그래도 특별히 할 얘기도 없는데."

"거길 누군가한테 빌려줬다고 하셨죠?"

"그래, 돌아가신 우리 아버지가 그러셨지."

나는 방 안쪽 천장 근처에 걸려 있는 흑백 초상 사진을 봤다. 양복을 입고 안경을 쓴, 고풍스러운 모습의 신사가 찍혀 있다. 저 사람이 할머니의 아버지, 아니면 남편일지도 모른다.

"거기에 어떤 사람이 살았는지 기억나요?"

"글쎄, 난 그때 아주 어려서……. 무슨 학교 선생님이었다는 것까지는 기억이 나는구나."

자서전에 의하면 마쓰무라는 학교 교사 일도 했었다고 하니 아주 관련이 없는 것도 아닌 듯하다. 혹시 마쓰무라라는 사람이 아니냐고 물었지만, 할머니는 이름까지 기억은 안 나는 것 같았다. 그 말을 듣고 보니 그런 것 같고 아닌 것 같기도 하다는 별 미덥지 못한 대답뿐이었다.

"다만 여행을 좋아하는 사람이었던 건 기억이 나네. 몇 개월이나 집을 비운다 싶으면, 일본 전국 각지의 기념품을 한 가득 안고 돌아온 적도 있었거든."

그것도 마쓰무라에 관한 정보와 일치한다. 전국에 있는 연구자들을 찾아가 「아사토호」 사본을 보여주고 다녔던 시기다.

"옛날에 미야자와 씨 댁에서 오래된 이야기책 사본이 발견됐다고 들었는데요."

"사본?"

나는 단번에 본론으로 다가가려 했다.

"그, 오래된 책인데요. 가마쿠라 시대나 헤이안 시대의 것이요."

"아하하, 설마." 할머니는 금니를 드러내며 깔깔 웃었다. "우리 집에 그런 골동품이 있을 리가 없잖아. 그냥 평범한 농가였는걸."

"아, 네."

"우리 아버지가 치과 의원을 시작하면서 돈을 좀 번 덕분에 이 근방의 산을 샀거든……. 그렇지만 대대로 내려온 재산이라곤 이 집과 뒤에 있는 밭 정도란다."

"광 같은 건 없고요?"

"에이, 없어."

할머니는 어이없어했다. 나는 혼란스러웠지만, 아키토는 그저 차분하기만 하다. 이 일에 대해서도 그는 이미 알고 있었던 것일까.

들으면 들을수록 상황이 이상해지고 있다. 마쓰무라가 찾아냈다는 '미야자와 가본'의 미야자와 가문은 이 집이 아닌가? 아니면 아키토의 말대로 그런 책은 처음부터 존재하지 않았던 걸까. 그리고 마쓰무라로 추정되는 입주자에 대해 이런저런 질문을 해봤지만, 역시 반세기가 넘는 예전 일이어서 할머니는 거의 기억을 못 하는 것 같았다.

다만 마쓰무라의 그 후에 대해서는 알았다.

"돌아가셨어."

"그건…… 언제쯤 일인가요?"

"글쎄. 아마 천구백오십 몇 년이었던 것 같은데."

근처 산에서 쓰러진 것을 봤다는 부모님과 동네 사람들의 이야기를 들은 기억이 난다고 한다. 다만 그게 사고였는지, 병사였는지 그런 자세한 건 모른다고 했다. 마쓰무라가 집필한 것으로는 분명 1957년에 발표한 논문이 있었다. 그다음에 사망한 거라면 계산이 맞는다.

"그럼 이후에 집은 어떻게 됐어요?"

"계속 빈집 상태였지. 내가 결혼했을 때, 아버지가 수도 같은 것도 고쳐주셔서 신혼집으로 쓰라고 하셨지만 거기가 좀 불편한 곳이니?"

나도, 아키토도 고개를 끄덕였다. 여기서 그곳까지는 차를 타고도 10분 이상 걸린다. 걸어서 간다면 더더욱 시간이 걸릴 테고, 언덕길도 한참 올라가야 한다.

"한동안은 별장처럼 썼단다. 도쿄에서 남편 친척이 놀러 왔을 때 거기서 재우기도 했지. 다만 그런 교류도 점점 사라지면서…… 결국 몇십 년이나 그냥 놓아뒀다가 철거했어."

그게 지금으로부터 약 10년 전. 즉, 우리가 그 집에서 아오바를 잃고 바로 후의 일이다.

"철거하실 때 무슨 골동품 같은 건 없었나요? 옛날 책이라든가."

이 질문에도 미야자와 할머니는 고개를 저었다.

"전에 살던 사람의 유품은 그때 다 정리했던 것 같아. 집에 있는 것이라고는 집에서 썼던 이불이나 식기 같은 것뿐이었지. 그리고 남편 친척이 두고 갔던 기모노 같은 것도 나왔는데, 그건 그래도 그쪽에 연락해서 가지고 가게 했단다."

나와 아키토가 내부를 봤을 때도 분명 집 안에는 그런 생활 잡화가 어지럽게 널려 있었다. 혹시 마룻바닥이나 천장에 마쓰무라의 수집품이 가득 채워져 있는 게 아닐까 상상했지만 전혀 그런 일은 없었나 보다.

질문거리도 다 떨어졌다. 그러자 할머니는 그걸 기다렸다는 듯 잡담을 시작했다. 게다가 내가 아키토의 소꿉친구이자 이웃 마을에 살았던 오하시 나쓰히라는 걸 알고, 더욱 수다는 멈추지 않았다. 어디에 살던 누구는 결혼했느니 안 했느니, 누구의 아이는 어디에 취직했다느니. 정신을 차리고 보니 한동네의 동급생들이 그 후 어떻게 살았는지 완전히 파악하게 됐다.

그래도 이야기는 멈출 기미를 보이지 않고, 이번에는 미야자와 집안사람들을 차례로 소개하기 시작했다. 방구석에 있던 그 사진은 할머니의 아버지가 아니라 돌아가신 남편이라고 했다. 할머니의 남편은 데릴사위로, 본가는 도쿄에서도 유명한 의사 집안이었다. 할머니의 아버지는 자신이 세운 치과 의원을 자식에게 잇게 하고 싶어서, 이곳저곳 치과 의사가 될 유망주들을 찾아와 딸과 맞선을 보게 했단다.

나는 관심 있는 척 듣고는 있었지만, 점점 졸음이 몰려오기 시작했다.

아키토는 이렇게 될 것을 예상했는지, 짐 좀 가지고 온다며 차로 가고 나서 돌아올 기미도 보이지 않는다. 아키토가 거의 빈손으로 왔다는 것을 나는 안다.

"그런데 아키토의 여자친구가 설마 오하시 씨 댁의 따님이었을 줄이야……."

"네, 맞아요"라고 무의식적으로 맞장구를 치고 나서 문득 깨달았다. "아니, 잠깐만요. 여자친구라니요?"

할머니는 어리둥절한 표정이다.

"어머, 아니니? 같이 왔길래 나는 또."

"아니에요. 뭐 좀 알아보느라 같이 다니는 것뿐이에요."

나는 어조에 힘을 줘 단단히 부정했다. 이 할머니를 오해한 상태로 두면, 그대로 온 동네에 소문이 퍼질 것 같았기 때문이다. 그 말을 들은 할머니는 살짝 실망한 표정을 짓다가 어색한 듯 차를 홀짝였다.

"하긴 그러네. 그럴 리가 없지."

그 말이 살짝 마음에 걸려서 나는 되물었다. 그러자 할머니는 조금 난감해했다.

"아키토한테는 내가 알려줬다고 하지 마라……."

그럼 말하지 않으면 될 것을, 이 할머니는 수다 떨기를 좋아하는 사람인 모양이다. 어쨌든 이 상황은 나한테도 좋다. 그리고 아까 이야기보다는 더 재미있을 듯하다.

"초등학생 시절에 아키토가 아는 여자아이를 크게 다치게 했다니 뭐니. 평생 상처가 남을 정도로. 그래서 그 애는 자신이 책임져야 한다고 생각했대."

네? 하고 나는 저도 모르게 외마디 소리를 흘렸다. 아키토가 그 일을 다른 사람한테 이야기할 줄은 몰랐다. 할머니는 내가 놀라는 소리를 들었을 텐데도, 그의 뜻밖의 과거를 듣고 놀란 줄 알았나 보다.

"평생 속죄하지 않으면 안 된다면서, 만약 그 애가 나중에 흉터 때문에 결혼 못 하는 일이라도 생기면 자신이 결혼해 줘야 할 거라는 말을 했었지."

할머니는 참 기특하다고 했지만, 나는 심경이 복잡했다. 그런 건 책임을 지는 방법이 아니다. 그리고 그런 죄책감 어린 이유가 아니라 아오바는 정말로 아키토를.

"그런데 결국 그 애와는 이제 더는 만날 수 없다고 하더구

나. 그래서…… 어머나.”

그때 할머니는 말을 끊었다. 갑자기 아키토가 방으로 돌아왔다. 할머니는 아키토 앞에서 아무 일도 없었다는 듯 태연하게 행동했지만, 나는 그런 재주가 없어서 바로 고개를 숙였다. 아키토는 할머니께 인사한 후, 나를 보며 말했다.

“이제 가자. 열차 시간에 늦으면 안되니까.”

벌써 시간이 이렇게 됐네, 하고 할머니가 아쉬운 듯 중얼거렸다.

○ ○ ○

나와 아키토는 역 벤치에 나란히 앉아 한 시간에 한 번만 오는 열차를 기다리는 중이었다. 무인역의 플랫폼은 쌀쌀해서, 나는 자판기에서 사 온 커피 캔을 꼭 쥐었다. 그것도 벌써 미지근해진 상태였다.

“그럼 정리를 해볼까.”

나는 묵묵히 고개를 끄덕였다. 그 시끄럽기만 했던 차는 역 주차장에 세워뒀다. 내일 그의 친구가 가지러 올 예정인 모양이다.

“1955년경, 그 집에 마쓰무라 가나에가 이사를 왔어. 그러고 나서 마쓰무라는 그곳에서 미야자와 가본이라는 사본을 발견했다고 주장했지만, 미야자와 치과의 할머니 말로는 그런 건 없었다고 했지.”

할머니의 말대로 미야자와 가문이 전통이 깊은 가문도 뭣도 아니라면, 그곳에 오래된 사본이 잠들어 있을 턱이 없다. 날조설에도 신빙성이 생긴다.

“10년 전쯤에 집이 철거될 때도 고문서 같은 게 나오지 않았다고 했어. 전에 찾아갔을 때 할머니 아들도 만나서 물어봤으니까 확실할 거야.”

내 충치를 몇 개나 깎아내 줬던 의사 선생님이다. 아키토의 말에 따르면, 실제로 철거를 진행한 건 그 사람이었다고 한다. 해체니 쓰레기 뒤처리 등으로 몇백만이나 돈이 들었는데, 땅값은 거의 공짜였다고 푸념을 늘어놓았단다.

“그래서 사본은 존재하지 않았다는 거야?” 내가 말했다. “하지만 여러 사람이 실제 사본을 봤다고 하잖아.”

“맞아. 그래서 몇 가지 가설을 생각해 봤어. 예를 들어서 사본이 발견됐다는 미야자와 가문은 아예 미야자와가 아니거나 다른 집안이었을지도 모른다, 마쓰무라가 위조문서 만들기의 대가였다, 마쓰무라는 돈이 많아서 뇌물을 뿌리고 다녔다 등. 생각해 보자면 얼마든지 있지.”

또다시 그, 사실은 아니지만 납득할 만한 답이라는 것의 등장이다. 그렇지만 증거는 없다. 아니, 그런 식의 가설로는 나도, 아키토도 납득할 수가 없다.

"사본 그 자체를 찾아내면 좋겠는데 말이지. 그걸 교수님께 보여드리면 날조인지 아닌지 바로 알 수 있을 텐데."

식어가는 캔 커피를 홀짝이면서 나는 별 뜻 없이 그렇게 말했다. 그러자 아키토가 고개를 번쩍 들었다.

"그래, 바로 그거야."

마치 방금 어떤 엄청난 가설이 떠올랐다는 듯 그는 잔뜩 흥분했다.

"몇 종류나 됐을 사본이 지금은 없어. 오히려 그게 열쇠야. 왜 있었느냐가 아니라 왜 없어졌는가. 그것도 그 집에서."

그 집이라는 간 마쓰무라가 살았던 집. 그렇다면.

"아오바가 사라진 것도, 사본이 사라진 것과 같은 이유가 아니냐는 뜻이야?"

"응, 맞아." 아키토는 의미심장한 표정으로 대답했다. "그 장소에는 뭔가가 있어. 아니, 있었다고 해야 하나."

어쩐지 시시한 이야기가 나올 것 같다. 나는 일부러 고개를 옆으로 돌린 채 물었다.

"뭔가가 뭔데?"

"예를 들어서…… 시공의 틈새 같은 것 말이야."

그러더니 아키토는 자기가 생각한 설을 장황하게 늘어놓았다. 예부터 사람이나 물건이 사라지는 이야기는 많다. '가미가쿠시'라고 해서 갑자기 행방을 감췄던 사람이 몇십 년 후에 예전과 똑같은 모습으로 불쑥 돌아왔다는 이야기도 있다. 또한 과학적으로는 평행 세계라는 사고법도 있어서, 이쪽 세계와는 닮았지만 다른 세계가 무수히 존재한다는 가능성도 있다고 한다.

한마디로 그런 형상이 이 땅에서도 일어나고 있어서 아오바는 거기에 휘말린 게 아닐까, 하고 그는 말했다.

"마쓰무라가 모은 사본도 그랬을지도 몰라. 그래서 아예 사라지고 만 거지. 미야자와 할머니가 기억 못 하는 것도 마찬가지야. 아오바가 그랬던 것처럼. 아무도 아오바를."

"그만해. 이제 오컬트 이야기는 질렸어."

나는 뿌리치기라도 하듯 말했다. 더는 그의 헛소리를 듣고 싶지 않았다.

"하지만 그렇지 않으면 설명이."

"그래, 설명 안 돼. 그곳에 그런 이상한 힘이 있다면 그 집을 드나들었던 미야자와 씨 가족도 휘말렸을 거 아냐."

"휘말렸을지도 모르지. 본인들이 모를 뿐이고."

"그리고 결국 사본의 출처도 설명을 못 하잖아."

"아아……."

아키토는 입가를 누르며 침묵했다. 나는 그 모습을 딱하게 여기며 생각했다. 그는 여전히 아오바가 만든 이야기에서 벗어나지 못하고 있는 것이라고.

나와 아키토는 특별한 관계가 될 것이다. 예전에 아오바는 그렇게 말했다. 그녀가 얼마나 진심으로 그렇게 믿고 있었는지는 모른다. 그런 것 따위 믿는다고 해도 어린아이의 단순한 망상에 불과하다.

하지만 그 공상이 신기한 운명에 의해 현실이 되고 말았다. 그 사고가 일어나서 아키토는 평생 아오바에 대한 책임감을 짊어지게 됐다. 피해자와 가해자, 그러한 이야기로 둘은 얽매였다. 아오바가 바랐던 형태는 아니지만, 그건 분명 더할 나위 없는 특별한 관계였다.

"더 간단한 답이 있어."

아키토가 말을 잇지 못하니, 이번에는 내가 나의 가설을 선보일 차례다. 그는 반응했다. 얼굴을 들고 흥미진진한 얼굴로 나를 바라봤다.

"어떤 답인데?"

"사본은 가짜였다. 마쓰무라는 자존심이 높아서 국문학자들을 원망했으니까 어떻게든 복수하고 싶었다. 그래서 교묘한 가짜 사본을 만들어 모두를 속였다."

"마쓰무라가 일본의 학자들 모두가 알아차리지 못할 정도의 교묘한 가짜를 만들었다고?"

"자기가 직접 만들 필요는 없지. 실력 좋은 위조 전문가와 한패가 됐을 수도 있고. 뭐가 어쨌든 시공의 틈새보다는 더 설득력이 있지 않아?”

마쓰무라가 전국 방방곡곡의 연구자를 찾아가 사본을 보여주고 다녔다는 것도 트릭의 일환이었을지 모른다. 다른 학자가 놀라는 모습을 직접 보고 싶기도 했겠지만, 자신이 먼저 사본을 들고 가면 조사 시간이나 방법을 제어할 수 있다. 그렇다면 가짜라는 것을 어느 정도 감출 수 있다.

“그럼 가짜 사본이 발견되지 않는 이유는 뭔데?”

“증거를 인멸한 거지. 남몰래 태웠다거나 어디 버렸다거나 해서. 그렇게 하면 몇십 년 후 의심하더라도 ‘여러 가지 설이 있다’로 끝낼 수 있어. 교과서 한구석에는 남을 수 있겠지”

그 남자에게는 그걸로 충분했다는 뜻이다. 국문학의 역사에 그가 없으면 존재하지 않았을, 작은 얼룩이라도 찍어놓을 수 있었다면.

“그러면 아오바는 어떻게 된 건데.” 아키토는 입술을 비죽였다. “그 집에서…… 아오바는 왜 사라진 거야?”

그는 마지막에 마치 자신에게 되묻는 것처럼 물었다. 결국 우리에게 중요한 문제는 오직 그뿐이었다.

아오바는 왜 사라졌는가.

“……아오바도 마찬가지야. 그건 우리의, 그래, 가짜 기억인 거지”

같은 자리만 빙빙 돌다가 또다시 나는 그 결론으로 안착하고 말았다. 하지만 어쩔 수 없다. 그게 현실이니까.

아키토는 머리칼을 쥐어뜯었다.

"그렇지 않아. 난 분명 아오바를 다치게 했어."

물론 그 기억은 나한테도 있다. 그래서 가만히 생각하다가 문득 떠오른 것을 입에 올렸다.

"네가 다치게 한 건 사실 나 아니었을까?"

그는 묵묵히 내 쪽을 바라봤다. 내가 갑자기 엉뚱한 소리를 꺼내는 바람에 반론조차 못 하는 모양이었다.

"잠깐만, 그럼 얼굴의 상처는."

"그건 우리 기억이 뒤엉켜 있어서 그런 것일지도 몰라. '평생 남을 상처'라는 건 사고 직후의 소견이지, 사실은 그만큼 심각한 것도 아니었다면."

그렇게 말하고 나는 내 뺨을 문질렀다. 아키토의 자전거와 부딪쳐서 여기에 심한 상처가 생겼다. 나한테 그런 기억은 전혀 없다. 그렇지만 큰 사고가 기억을 바꿔버리는 일은 현실에도 왕왕 일어난다. 그리고 그 충격에서 벗어나기 위해 뇌가 있지도 않은 환상을 만들어냈다면?

"사고가 난 후에 아키토 네가 '나한테 말 걸지 마'라고 아오바한테 말했잖아? 그렇게 다치게 했으니까 평생 사죄하고 살아야 한다면서."

다시는 기억하고 싶지 않은 부분일 것이다. 그는 눈을 내리깔았다.

"그래, 맞아. 내가 아오바한테 그랬어. 이렇게 또렷이 머릿속에 남아 있는데 기억이 잘못된 거라니."

"하지만 그 말은 나도 들었어."

내가 그렇게 말하자, 아키토는 번쩍 얼굴을 들고 내 쪽을 돌아봤다.

"뭐?"

"나는 네가 아오바한테 그 말을 할 때 내가 옆에서 들은 줄만 알았어. 하지만 그런 얘기를 우리 자매가 동시에 듣다니 이상하잖아. 그래서 깨달았어. 그건 네가 나한테 한 말이었다고."

"그건…… 아니야."

"아니, 맞아."

나 자신도 깜짝 놀랄 정도로 차갑게 내치듯 목소리가 나왔다.

"우리 둘 다 꿈을 꾸고 있었던 거야. 아오바는 우리 모두에게 있어 편리한 환상이었으니까."

기억 속에서 아오바의 요소를 제거하면 그 점이 확실히 드러난다.

그날, 사고가 일어나서 우리에게는 각자 깊은 상처가 생겠다. 나는 평생 얼굴에 흉터가 남을지도 모른다고 했고, 아키토는 그렇게 다치게 해서 계속 속죄해야 한다는 소리를 들었다. 여름방학 중 어느 날, 우리는 둘이 밖으로 나갔다. 그러고 나서 어떤 특별한 일이, 열사병 같은 그런 종류의 사건이, 일어나서 우리는 각자 상황에 알맞은 한 명의 존재를 만들어냈다.

그게 바로 아오바. 나에게 있어 그녀는 나 대신 다친 여동생. 아키토에게 있어 그녀는 사고 후에도 여전히 애정을 쏟았던 첫사랑.

땡땡거리는 시끄러운 소리가 울린다. 저 멀리서 건널목 경보기가 울리고 있다. 곧 있으면 플랫폼에 열차가 들어오나 보다. 나는 자리에서 일어났지만, 아키토는 여전히 주저 앉은 채였다.

° ° °

꿈을 꾸는 모양이다.

나는 아오바와 나란히 하천을 바라보고 있었다. 그곳은 나도 아는 장소였다. 집 근처를 흐르는 계곡이다. 반딧불이가 나오는 것으로 유명해서, 그 시즌만 되면 다른 현에서 이곳을 찾는 관광객도 많다.

엷은 빛이 풀숲 그림자 속을 둥둥 떠다닌다. 역시 반딧불이다. 이런 계절에는 잘 없는데 희한하다. 하천 저편의 산은 붉게 물들어 있다. 경치가 뒤죽박죽이었다.

"나쓰히, 마저 얘기해 줘."

아오바가 말했다. 우리는 무슨 이야기를 하는 중이었던 것 같은데 내용이 전혀 기억나지 않는다. 나는 초조했다. 하는 수 없이 문득 머릿속에 떠오른 것을 입에 올렸다.

"으음, 예를 들어서…… 여자가 한 명 있다고 하자."

"응."

"이 사람은 아주 마음씨도 곱고, 똑똑하고, 게다가 예쁘기까지 해."

"좋다."

"하지만 얼마 안 가서 이 사람이 나쁜 소리를 하고 날뛰는가 싶더니 갑자기 정신을 잃고 쓰러지는 게 비일비재한 사람이 되어버리는 거야……. 그 이유가 뭘 것 같아?"

아오바는 가만히 생각하다가 태연하게 대꾸했다.

"머리가 이상해진 거겠지."

"아니, 그게 아니라……."

"그럼 으음, 무슨 병에 걸렸나?"

그녀의 대답에 나는 고개를 끄덕였다.

"이 사람은 현대에 살았더라면 병원에 가서 제대로 된 검사를 받았을 거야. 하지만 이 여자는 헤이안 시대에 살았던 사람이라서, 정신 의학이나 심리학 같은 그런 게 전혀 없던 시대였다면 어떨까?"

갑자기 사람의 뇌나 신경이 고장 나서 제대로 기능하지 못하는 일이 있음을 믿지 못하는 시대라면? 아니, 인간에게 뇌라는 기관이 있다거나 그 뇌 속에 의식과 사고 모두가 담겨 있다는 것을 아예 모르는 시대라면?

한 인간이 딴사람처럼 변하는 이유를 어떻게 설명하려 들까.

"옛날 사람들은 이렇게 대답했어. 딴사람이 된 건 그 속 알맹이가 다른 사람이 됐으니까. 즉, 귀신에 씌었기 때문이라고."

요괴나 살아 있는 영 같은 그런 것이 찾아와 인간의 몸에 들어간다. 그러면 그는 그 사람이 되고 만다.

따라서 지식의 체계만 다를 뿐이지 이것도 충분히 인간의 행동을 설명할 수 있다. 그러나.

"『겐지모노가타리』에는 히게쿠로노타이쇼髭黒大将라는 인물이 나와."

나는 또다시 문득 생각난 다른 이야기를 하기 시작했다. 아오바는 여전히 흥미진진한 듯 내 말을 듣고 있다. 우리가 얼마나 여기서 이러고 있었을까. 몇 시간 아니, 몇 년이나 흐

212

른 것 같다.

"이 사람에게는 다마카즈라玉鬘라는 아름다운 여성에게 구혼해서 허락을 받지."

"잘됐네."

"아니, 전혀. 히게쿠로에게는 이미 아내가 있었지만, 그는 아내를 내버려두기만 했거든……. 그러다가 그녀는 점점 이상해졌어."

그리고 어느 날, 다마카즈라에게 가려던 남편을 향해 그녀는 향로를 내던졌다. 속에 든 재가 흩뿌려지면서 방은 엉망진창이 된다. 머리카락도, 옷도 새하얘지는 바람에 남편은 외출할 수 없게 된다.

이런 꼴을 보고 주변 사람들은 서로 수군거린다.

저것 봐, 요괴의 짓이 분명해, 라고.

"인간은 알 수 없는 게 두려운 거야."

나는 토해내듯 말했다. 인간은 이해할 수 없는 것을 무서워한다. 그래서 항상 이야기를 갈구한다.

"그래서 이야기를 만들고 다 이해한 듯한 기분을 느끼는구나."

"맞아, 지장보살의 벌을 받았다거나 여우한테 홀렸다거나 태아의 저주라거나. 사실은 잘 모르는 것도 그렇게 억지로 설명해서 이해한 것으로 만들어."

안심하고 싶기 때문이다. 진상이 어떻든 일단 그건 상관 없다. 이야기로 만들어서 이야기의 패턴에 맞추면 된다. 그 렇게 하면 세상은 훨씬 간단해진다. 늘 그랬던 존재가 있고, 늘 그랬던 행동을 하는 것뿐이다. 두려움 따위는 사라진다.

"하지만 나는." 어째서인지 어느 순간부터 나는 몸을 떨고 있었다. "그렇게 하는 것도 마찬가지로 무서워."

아오바는 그런 내 말을 조용히 들었다.

그때 갑자기 하천 쪽에서 강한 바람이 불어닥쳤다. 하천 건너편의 풀숲이 격렬히 파도치며 그 아래에서 수많은 반딧 불이가 용솟음치듯 일제히 날아올랐다. 그 수가 너무 많아 서 이제 빛도 보이지 않는다. 그저 날개 달린 검은 벌레의 무 리가 되어 나와 아오바를 감싼다.

"아하, 그러니까 나쓰히는."

아오바는 흰 이를 드러내며 씩 웃었다. 바람에 나부낀 머 리카락 아래에서 그 흉터가 나타난다. 관자놀이에서부터 뺨 까지 지나가는, 도려낸 듯한 상처. 계속 그걸 지켜보고 있자, 그 상처가 벌어지면서 축축한 고깃덩이가 비집고 나왔다. 거기에 반딧불이가 몰려들어 피를 빤다.

"내가 무섭구나?"

"아니야."

정말로 아닐까. 내 입으로 대답해 놓고도 알 수 없었다. 나는 늘 뭔가를 두려워하고 있다. 그건 확실하지만.

아오바는 아직도 웃고 있다. 그때 처음으로 깨달았다. 그녀의 얼굴은 그 상처 때문에 언제나 한쪽 피부가 당겨져 있다. 자연히 입가도 들려 올라간다. 그래서 웃는 것처럼 보인다.

그렇게 보일 뿐이지, 사실은 웃고 있는 게 아니라면?

그녀의 몸은 이제 거의 벌레에 가려져 보이지 않게 됐다.

"아오바, 나는……!"

나는 벌레를 쫓아냈다. 그러나 그 안에 아오바는 없었다. 벌레 덩어리. 검은 덩어리가 나한테 휘감긴다. 그것들이 입과 코, 귀까지 마구 들어온다.

물보라가 치솟고, 나는 내가 강에 빠졌다는 것을 알았다.

깊게 깊게 가라앉는다.

○ ○ ○

눈이 떠졌다. 무거운 머리를 들어 시계를 보니 아침 9시가 지났다.

어젯밤에는 집에 돌아오자마자 침대 위로 쓰러졌다. 그 이후, 세 시간 정도 되는 아키토와의 어색한 열차 여행을 마치고 나서 나는 잔뜩 지쳤었나 보다. 옷도 갈아입지 않고 그대로 잠든 모양이다.

머리맡에 내던져둔 스마트폰이 진동한다. 보나 마나 아키토인 줄 알았더니 그게 아니었다. 미오한테서 온 연락이었다. 새로운 메시지가 몇 통이나 도착해 있다. 앱을 켜서 얼른 살펴봤다.

얼마 전에 못된 말을 해서 미안해.

취업 준비가 잘 안 되니까 짜증이 나서 나도 모르게 화풀이를 했어.

이제 와서 사과해 봤자 용서하기 싫을지도 모르지만…… 그래도 정말 미안해.

나는 한숨을 푹 내쉬었다. 사과해서 용서받기 어려울 것 같으면 굳이 이런 메시지는 보낼 필요도 없다. 아무튼 답을 쓰려고 했다. 그러나 한 줄도 쓰지 못한 채 글이 막히고 말았다. 비꼬는 말이라면 얼마든지 떠올랐지만, 그렇다고 미오와 싸우고 싶은 건 아니다.

30분 정도 그렇게 고민하다가 결국 포기해 버렸다. 최대한 애교 있게 보이는 이모티콘을 보낸 후, 나중에 학교에서 보자는 글을 덧붙였다.

아아, 하고 크게 기지개를 켰다. 스마트폰을 또 내던지고 벌렁 드러누워 눈꺼풀 위로 팔을 얹었다. 이 답답한 기분은 대체 뭘까 생각해 본다. 미오 때문도, 아키토 때문도 아니다. 물론 아오바 때문도 아니다. 보이지 않는 뭔가가 내 발을 잡아당기는 바람에 가고 싶은 곳으로 갈 수가 없다. 계속 그런 느낌이 들었다.

아사토호.

그 이야기는 두 주인공의 인생이 존재도 하지 않는 한 여성에 의해 일그러진 채 갑작스럽게 막을 내린다. 그건 마치 나와 아키토의 인생과 비슷할지도 모른다. 아오바가, 우리의 마음에만 살아 있는 환상이라면 그걸 찾아내려고 애쓴 아키토도, 필사적으로 잊으려 했던 나도 전부 엉뚱한 노력을 한 꼴이 된다. 만약 그 이야기에 깔끔한 결말이 있다면 어떤 것일까. 어머니를 잃은 온나니노미야와 그 어머니를 사랑한 나이다이진이 맺어져 오래오래 행복하게 잘 살았다는 식이 되는 걸까.

이런 생각을 해봤자 아무 소용도 없다. 샤워라도 하자. 그렇게 생각해서 몸을 일으켜, 주변에 벗어서 아무렇게나 내던져둔 윗옷이니 타이츠 등을 주워 모았다. 그리고 이것도, 하면서 마구 구겨진 카디건도 집어 들었다. 문득 이건 언제 벗었던 걸까 하는 의문이 들었다. 아주 오래전부터 바닥에 뒹굴었던 것 같다. 잠시 그걸 바라보다가 그때가 기억 나서 속이 울렁거렸다.

바로 아즈사의 시신을 발견했을 때 내가 걸쳤던 옷이다. 점점 그 기억이 되살아난다. 그때 수화기를 통해 지시를 받은 나는 의식 상태를 확인하기 위해 소매 너머로 그녀의 몸을 만졌다. 그 사실이 어쩐지 기분 나빴지만, 그렇다고 해서 옷을 버리기도 아즈사한테 미안하게 느껴져 이러지도 저러지도 못한 채 결국 바닥에 내던져 버렸던 것이다.

냉정히 돌이켜보니 시신에 닿았다고 해서 뭔가 나쁜 게 옮겨붙는 것도 아니다. 다음에 세탁이나 맡기자. 그렇게 생각하며 별 뜻 없이 주머니에 넣었던 손가락이 종잇조각 같은 것에 닿았다. 꺼내보니 주소가 적힌 메모였다.

그러고 보니 구급차를 부르려 했지만 아즈사의 아파트 주소를 몰라서 미오한테 적어달라고 했었다. 그녀는 아무 용지 뒷면에 그걸 적은 모양이다. 접힌 부분을 펼쳐 뒤집어 봤다.

그건 인터넷상에 있던 지도를 인쇄한 종이였다. 개인 사이트여서 페이지 삭제를 염려해 혹시 몰라 따로 인쇄해 놓은 것일지도 모른다. 지도 가운데 부근에 핀이 꽂혀 있고, 그 장소의 주소와 시설명이 표시되어 있다.

기요하라 의원. 그렇게 적혀 있었다. 옆에는 손글씨로 '지금은 없다'라고 부연 설명도 붙어 있다. 아즈사의 글씨일까.

어쩐지 안 좋은 예감이 들었다.

기요하라라면 행방불명된 그 시간 강사 이름이다. 그런데 아즈사가 같은 이름의 병원을 찾아냈다. 대체 어떻게 된 일일까.

전에 아즈사한테서 들었던 이야기를 떠올려본다.

십몇 년 전쯤에 있던 선배 중에 본가가 의사 집안이었던 사람이 있었대.

내가 알아본 정보에 의하면 기요하라 씨는 학부까지는 우리 대학에 다녔다고 한다.

그러고 이건 미야자와 할머니한테서 들은 이야기.

할머니의 남편은 데릴사위로, 본가는 도쿄에서도 유명한 의사 집안이었다.

만약 이 '의사 집안'이라는 게 기요하라 의원을 경영하던 가족이었다면?

그리고 남편 친척이 두고 갔던 기모노 같은 것도 나왔는데, 그건 그래도 그쪽에 연락해서 가지고 가게 했단다.

그 짐 속에 마쓰무라가 남겨둔 「아사토호」의 사본이 섞여 있었다면? 고전문학 연구자였던 기요하라 씨가 우연히 그걸 발견했다면?

하지만 그가 실종된 이유는 아직 알 수 없다. 혹은 발견한 사본과 어떤 관련이 있는 것일까. 전에 아키토가 말했던 것처럼 「아사토호」에는 저주가 걸려 있어서, 기요하라 씨는 그걸 건드리고 말았다. 그리고 그걸 알아보던 아즈사도, 후지에다 교수님도.

설마 그럴 리가, 하고 생각했다. 기요하라 의원이 꼭 기요하라 씨의 본가일 리도 없고, 미야자와 집안과 기요하라 집안이 친척 관계에 있다는 것도 내 공상일 뿐이다.

확인할 방법이라면 있다. 아키토와 상의하면 된다. 그라면 기요하라 의원의 내력이나 폐쇄된 경위도 조사할 수 있을 것이다. 미야자와 치과의 선대가 장가들기 전 가졌던 옛 성은 그냥 전화 한 통이면 물어볼 수 있다. 아까 내던져뒀던 스마트폰은 바닥의 쿠션 위에 놓여 있었다. 나는 그걸 가만히 바라보다가 결국 손에 들지는 못했다.

∘ ∘ ∘

기요하라 의원은 도쿄도의 거의 외곽에 가까운 지역에 있었다. 전철을 갈아타며 역에 내렸을 때는 도쿄에 이런 장소가 다 있나 싶을 정도였다. 역 앞을 조금 벗어나자 바로 밭이 펼쳐져 있다. 그 안으로 난 외길을 잠시 걷자 곧 회색 콘크리트로 지어진 수수한 건물 하나가 덩그러니 서 있는 모습이 보였다.

대문에는 굵은 쇠사슬이 감겨 있고, 바로 옆 간판은 페인트칠로 덮인 상태였다. 그러나 칠이 부풀어 오른 모양새를 보니 기요하라 의원이라는 이름과 내과, 피부과, 이비인후과라는 문자가 읽혔다. 대대로 이어진 곳이라 그런지 개인

경영이라도 나름 큰 병원이었던 모양이다.

병원 부지는 굵직한 울타리로 빙 둘러싸여 있다. 주변은 한적한 밭뿐이어서 그리 치안이 나쁠 것 같지는 않았지만, 인적이 드물어서 오히려 더 경계했을지도 모른다. 일단 걸어서 주변을 둘러보기로 했다. 이곳에 누군가가 침입했다면 무슨 흔적이 남아 있을 터이다. 내 추측으로는 여기에 들어갔을 사람은 두 명밖에 없다. 그중 한 명은 아즈사였다.

기요하라 의원의 지도는 그녀의 방 냉장고에 붙어 있었다. 그녀는 이곳에 오려고 하다가 그러지 못했다고 추측할 수도 있겠다. 만약 왔더라면 이미 다 쓴 지도는 버려도 이상할 게 없다. 그렇지만 일부러 지도를 버리지 못하고 남겨둔 것이라면 그 이유는 하나밖에 없다. 여기서 뭔가를 발견했고, 또 오려고 했다는 뜻이다.

침입한 흔적이 없으면 그냥 돌아갈 셈이었다. 그리고 솔직히 그럴 가능성이 더 크다고 여겼다. 아무리 아즈사라도 이렇게 제대로 관리된 시설에 몰래 숨어드는 짓은 하지 않을 테니 말이다.

그런데 뒤편으로 돌아가 보니 내 자신감은 흔들리고 말았다. 1층 창문 유리가 깨져 있다. 그것도 금이 가 있거나 장난삼아 돌을 던졌다는 식으로 깨진 게 아니었다. 창틀 일부만 유리가 뜯겨서 직사각형 구멍이 난 상태다. 마치 누군가가 그곳을 통과한 것처럼.

시험 삼아서 근처 울타리를 한번 밀어봤다. 꿈쩍도 하지 않는다. 그러나 소리가 좀 이상했다. 몇 번 정도 밀다가 깨달 았다. 울타리를 이루는 봉 하나가 고정되지 않고, 잡아당기 니 좌우로 뒤틀린다. 자세히 보니 땅바닥 가까운 곳이 절단 되어 있었다. 멀리서 봤을 때 알아보지 못하도록 누군가가 일부러 이렇게 자른 모양이다.

틈새를 넓히자 내 몸도 간신히 들어갔다. 그렇다면 이 통 로를 만든 사람은 나 정도의 체격이라는 뜻이다. 아니면 아 즈사가 이렇게 만든 것일까. 대체 왜?

부지 안으로 들어갈 방법을 찾은 지금, 이제 되돌릴 수 없 다는 생각이 들었다. 울타리 너머 몸을 밀어 넣은 나는 뒤뜰 을 가로질러 건물에 다가갔다. 아까 봤던 유리가 없는 창틀 에 머리를 넣고 안으로 기어들어 갔다.

마침 환자 대기실 같은 장소가 나왔다. 긴 의자가 늘어서 있고, 잡지꽂이에는 아동용 그림책이나 신문, 잡지 등도 놓여 있다. 그 모습에 어쩐지 위화감이 들었다. 이곳은 이미 폐원 이 된 지 한참 됐을 텐데 아무도 이런 비품을 정리하지 않았 던 걸까. 신문 날짜는 5년 전이었다. 이때 즈음에 무슨 일이 있었나 보다. 한 가지 짚이는 것이라면 기요하라 씨의 실종.

병원 내부를 나아간다. 창문이 있는 방은 간신히 빛이라도 들어오지만, 안쪽은 캄캄하기만 하다. 손전등을 가지고 올 걸 그랬다고 후회했다. 스마트폰을 전등 삼아 겨우겨우 발밑을 비췄다.

아까 그 대기실은 정리가 되어 있었으나 거기만 우연히 그런 것뿐인지, 방에 따라서는 이리저리 헤집어 놓은 곳도 있고, 아예 텅 빈 곳도 있었다. 가전제품이나 의료기기가 사라진 대신 약품이나 진료 기록 등은 방치된 것을 보니 안전상의 이유가 아니라 그저 빚쟁이들이 와서 물건을 가지고 간 것일지도 모른다.

아무도 없는 병원의 어둑한 복도를 걷는 건 상상한 것보다 훨씬 더 큰 용기가 필요했다. 고등학생 때 반 친구들과 갔던 유원지에서 폐병원을 모티브로 한 유령의 집이 있었는데, 이곳은 그런 데가 아니다. 여긴 유원지 어트랙션도 아니고, 나 말고는 아무도 없다는 보장도 없었다.

현관 로비로 보이는 장소로 나간다. 접수대가 있고 옆에 계단이 있었다. 2층은 또 다른 진료과가 있는 듯하다. 올라가 보니 역시나 다른 대기실과 진료실이 나타났다.

점점 내가 뭐 하러 이곳에 왔는지 알 수 없어진다. 지금까지는 그 깨진 창문 이외에 아즈사나 후지에다 교수님의 흔적 같은 건 없다. 내 상상대로 미야자와 집안에서 기요하라 집안으로 사본이 이동했다고 하더라도 그게 이런 장소에서 발견될 것 같지는 않았다. 그 가치를 알든 모르든 병원이 아니라 자택에 보관하는 게 더 자연스럽다.

이제 돌아가려고 마음먹으면서 혹시 몰라 2층도 샅샅이 살펴보기로 했다. 내부는 1층과 큰 차이가 없다. 깨끗하게 정리된 방이 있는가 싶더니, 중요해 보이는 서류가 잔뜩 꽂힌 책장이 그대로 있는 방도 있다.

마지막으로 들어선 방은 아무래도 의사의 당직실인 것 같았다. 작은 텔레비전이 그대로 있고, 옆에는 뼈대만 남은 침대가 있었다. 이불이나 매트리스는 싹 걷혀서 없다. 빚쟁이 치고는 참으로 꼼꼼하게도 가져갔다. 중고 이불이 그렇게 비쌀 것 같지는 않은데. 아니, 정말로 빚쟁이의 짓일까.

침대는 벽에 고정되어 있어서 떼어갈 수 없는 구조다. 텔레비전은 지지대에 붙은 형식이어서 공구가 없으면 떼어낼 수도 없는 데다가 설치 장소도 마땅치 않을 것이다. 1층 대기실의 텔레비전은 없어진 상태였다. 그건 아마 일반 가정용 텔레비전이었기 때문이리라. 같은 장소에 어린이용 그림책이나 오래된 신문 등은 있어도, 성인들을 위한 서적 등은 없었던 것 같다.

누군가가 여기 와서 침대와 텔레비전, 그리고 책을 가지고 갔다. 그렇게 생각하면 어떨까. 마치 어디 잠자리라도 마련하려는 것 같다.

물론 단순한 우연일 수도 있다. 값나가는 것이 그런 물건 밖에 없어서였을지도 모른다. 그런 생각을 하며 나는 왔던 길을 되돌아가려 했다. 중간에 사무실을 지나간다. 서류가 놓인 선반이 벽 한 면에 늘어서 있다. 나는 별 뜻 없이 그곳으로 스마트폰 불빛을 비췄다. 어쩐지 이상한 느낌이 들었다. 선반이 가지런히 배열되어 있지 않았다.

가까이 가서 살펴보니 아무래도 그 이상한 느낌은 원래 놓여 있던 선반 옆에 다른 선반을 가져다 뒀기 때문임을 알았다. 선반에는 서류가 가득 채워져 있다. 그러나 채워진 방식이 난잡했다. 틈새를 통해 선반 뒤를 엿보니 문이 보였다. 이걸 숨기고 있었나 보다.

서류로 채워진 선반은 보기보다 무겁지 않아서 꽉 쥐고 잡아당기니 쉽게 치워졌다. 문에는 '계단실'이라고 적혀 있었다. 계단은 아까도 있었는데 여기와는 뭐가 다른 걸까. 별로 사용되지 않았는지 문은 삐걱대는 소리를 내며 열렸다. 새카만 어둠 속에 계단만 이어져 있다.

빛을 발밑으로 비추며 한 걸음씩 신중히 내려간다. 몇 번 정도 방향을 바꾸고 나서, 이상하게 한참 아래로 내려가고 있음을 알아차렸다. 빛을 위로 비춰보니 BF라는 글자가 보였다. 이곳은 지하로 이어지는 계단인 모양이다.

계단의 제일 아래에는 문이 두 개 있었는데 오른편에는

보일러실, 왼편에는, 창고라고 적혀 있다. 나는 우선 창고 쪽을 열었다. 별로 넓지 않은 방이어서 안에는 들어가지 않고 빛만 비추면서 안을 들여다봤다.

바닥에 깔린 매트리스가 보였다. 당직실에서 가지고 온 것이 분명하다. 쌓여 있는 책이나 빈 페트병. 큰 배터리 같은 물건까지 있다. 여기서 생활했던 사람이 있었나 보다. 하지만 대체 왜?

창고 문은 열어둔 채로 이번에는 보일러실 문을 열었다. 이름 그대로 굵직한 파이프가 이리저리 내달리는 거대한 공간을 연상했지만 그렇지는 않았다. 아까 창고와 별 차이 없는 크기다. 하긴 작은 건물이기도 하니 이 정도가 전부일 것이다. 지금은 보일러도 멈춰 있어서 아무 소리도 나지 않는다. 정적만이 가득하다.

나는 안쪽으로 들어갔다. 뭐에 쓰는지 알 수 없는 기계나 탱크를 치워냈다. 문득 시야 가장자리에서 이상한 느낌을 받았다. 그쪽을 꼭 봐야 한다는 직감이 작용했다. 나는 그 직감을 따라 스마트폰을 들어 올려 빛을 향했다.

그곳에 있던 것은 천이었다.

천장을 기어가는 파이프에 걸린 훅 같은 것에 매달려 있다. 끝부분이 바닥에 닿고 있으니 펼치면 사방 2미터 정도는 되리라. 재질은 알 수 없다. 빛을 비추니 둔탁하게 반사되면

226

서, 복잡한 기하학적 무늬의 그림자가 어른거렸다. 지금까지 이런 천은 처음 봤다.

아니, 그렇지 않다. 아주 예전에 어딘가에서 이걸 본 기억도 있다. 그래, 그건 분명.

"거기까지만 해라." 갑자기 남자 목소리가 울렸다. "더는 가까이 가지 마."

나는 깜짝 놀라 몸을 굳혔다. 아무도 없을 줄 알았던 이 건물 안에 지금 다른 누군가가 있다. 긴장한 나머지 그 자리에서 움직일 수도 없다. 눈앞의 천만 가만히 바라본다. 복잡하게 짜인 올이 천천히 움직이는 듯한 착각.

"너무 그렇게 보면 좋지 않아, 나쓰히."

목소리의 주인이 내 이름을 부르자, 나는 순간 머리가 혼란스러워졌다. 시키는 대로 천에서 시선을 뗀 순간, 그 목소리가 그리웠던 것임을 깨달았다. 나는 입술을 떨면서 가만히 불렀다.

"후지에다 교수님."

깊은 한숨과 같은 소리가 들리며, 잠시 있다가 대답이 들려왔다.

"자네는 여기 오면 안 됐어."

아아, 하고 나는 생각했다. 드디어, 드디어 만났다. 지금껏 이 목소리를 한 번 더 듣고 싶다는 마음이었다. 교수님을 만나게 되면 물어보고 싶은 게 산더미처럼 많았다. 그러나 막상 눈앞에 교수님이 서 있자 아무 말도 나오지 않았다.

그리고 내 의식은 교수님보다는 오히려 저쪽에 있는 천에 쏠려 있었다.

"교수님, 이 천은."

"모르는 편이 좋아. 당장 돌아가. 지금이라면 아직 괜찮을지도 몰라."

"아직 괜찮다니요?"

"자네는 여기 어떻게 온 거지? 유우키한테서 이야기를 들은 것치고는 다소 늦은 듯한데."

유우키는 아즈사의 성이다.

"그럼 아즈사도 여기 왔던 거군요."

"그래, 그리고 이 천을 봤어. 그 애는…… 이미 늦었지만."

늦었다니. 나는 그녀의 집에서 본 광경을 무의식적으로 머릿속에 떠올렸다. 기분 나쁜 감촉이 등줄기를 타고 올라오는 바람에 나는 저도 모르게 몸을 떨었다.

나는 심호흡을 했다.

"교수님, 말씀해 주세요. 이 천이 뭐예요? 혹시 이것도 마쓰무라 가나에의 집에서 가지고 온 건가요?"

미야자와 할머니는 분명 이렇게 말했다. 남편 친척이 두고 간 기모노 같은 게 나왔다고. 그녀가 말하는 '기모노 같은 것’ 중에는 천이나 피륙이 포함되어 있을지도 모른다. 기이한 분위기를 뿜어내는 이 천이 그 집에서 나온 것이라면?

그때 뇌리에 옛 광경이 스쳤다. 아오바가 사라졌을 때의 일이다.

그녀를 쫓아가니 작은 방이 나왔고, 아오바는 천 너머로 모습이 보이지 않게 됐다. 그 천. 그게. 내 손에는 아직도 그 천을 만졌을 때의 감각이 남아 있었다. 촘촘하고 착 달라붙는 듯하면서 은은하게 감도는 온기. 마치 생물의 피부 같은.

“만지지 마!”

날카로운 외침이 들려서 나는 반사적으로 손을 거뒀다. 그제야 나는 내가 천을 향해 손을 뻗고 있었음을 알아차렸다.

“크게 소리쳐서 미안하구나.” 교수님은 그렇게 말했다. “자네 말대로 그 천은 마쓰무라 가나에가 가지고 있었던 같아. 그게 이 집안으로 전해져서 나중에는 기요하라가 관리하게 됐지.”

어떻게 알게 됐냐는 교수님의 물음에, 나는 지금까지의 경위를 최대한 간결하게 설명했다. 「아사토호」에 대해 조사했다는 것. 마쓰무라 가나에가 만년에 살았던 거처를 발견했다는 것. 그 집에 소유자를 만나 이야기를 들었다는 것. 그리고.

“전 어릴 때 그 집에 들어간 적이 있어요. 이 천도 본 기억이 나고요.”

“천을……?”

후지에다 교수님은 잠시 침묵했다. 무슨 생각을 하는 듯했다.

“그래서 무슨 이상한 일은 없었니?”

“있었어요.”

짧게 대답했다. 그날을 경계로 있을 리가 없는 쌍둥이 여동생의 기억이 생겨났다는 것까지는 지금 이 자리에서 이야기할 마음이 들지 않았다. 그러나 교수님은 그 대답만으로도 충분한 모양이다.

“5년 전의 일이야. 기요하라가 나한테 고민을 하나 털어놓더군. 그는 오랫동안 본가의 부모님과 사이가 안 좋아서 소원하게 지낸 듯해.”

최근 그 부모님이 연이어 건강이 나빠졌다. 병원은 남동생이 뒤를 이었지만, 그 동생으로부터 이제 좀 집에 돌아와서 부모님과 화해하는 게 어떠냐는 말을 들었다.

“그것만이라면 남의 일이니까 신경 쓸 것도 없고 별로 참견할 마음은 없었지. 그런데 그가 이상한 소리를 꺼내더구나.”

부모님의 건강이 나빠진 원인은 한 장의 천 때문이라고 했다.

“무슨 말을 하는지 알 수가 없었어. 그의 아버지가 친척 집에서 보내온 오래된 짐 사이에 그 천이 섞여 있던 것을 발견했다지. 그리고 그 천을 찾아낸 이후부터 가족들이 이상해졌다더군."

아버지는 그 자리에 있지도 않은 기요하라 씨의 이름을 부르며 크게 웃어댔다. 기요하라 씨가 의학부가 아니라 문학부에 진학했다는 것도 잊고, 그에게 병원을 잇게 하겠다고 주장했다. 그건 아버지만이 아니라 어머니도 마찬가지였다. 두 사람은 침실에 천을 걸고, 아무도 건드리지 못하게 했다.

"기요하라의 동생은 그걸 단순한 치매라고만 생각했나 봐. 형이 돌아오면 바로 증상이 좋아질 거라고 말했던 모양이야. 내심 간병을 돕게끔 하려는 마음도 있었을지도 모르지만……. 아무튼 기요하라는 그 일 때문에 나한테 고민을 털어놓았어."

선배들의 이야기로는 실종되기 직전 교수님과 기요하라 씨는 자주 술자리를 가졌다고 했다. 바로 아즈사의 말이었다.

"고민이라면, 본가로 돌아갈까 말까에 대해서요?"

"물론 그것도 있었지만…… 그보다 그 천이 대체 뭔지 궁금했던 것 같아."

기요하라 씨는 부모님의 변모 원인을 천에 있는 게 아닐까 의심했다고 한다. 그는 그게 본가로 오게 된 경위를 알아보다가, 최종적으로 마쓰무라 가나에라는 인물까지 조사하게 됐다.

"「아사토호」라는 이야기에 대해 뭐 아는 게 없느냐고 나한테 묻더군. 그런데 부끄럽게도 당시에 난 그런 이야기가 있는 줄도 몰랐어. 그래서 나도 이것저것 알아봤는데…… 솔직히 날조가 확실하다고 생각했지."

그건 아키토도 몇 번 정도 입에 올렸던 소리다. 그러나 전문가인 후지에다 교수님도 그렇게 말하니 설득력이 달랐다.

"우선 맨 처음에 마쓰무라가 발견했다는 고이와이기레 말인데, 이게 솔직히 뭔지 잘 모르겠어. 실제 문건도 남아 있지 않은 듯하고. 나중에 발견됐다는 사본의 번각 본문도 읽어봤지만…… 내 개인적 의견으로는 헤이안 시대에 적힌 것치고는 너무 깨끗한 느낌이었어."

"그게 무슨 말씀이세요?"

"현대의 우리는 워드프로세서 프로그램에 익숙하니까 본문을 추가하거나 삭제하는 데 아무런 저항감이 없어. 그렇지만 당시는 전통 종이에 먹으로 글을 썼지. 다시 되돌릴 수가 없어. 그러니 자꾸만 글이 장황해지거나 오히려 너무 생략되기도 해. 그렇지만 「아사토호」의 본문이라고 하는 것에는 그런 게 없었어. 마치 현대인이 쓴 소설 같은 그런 느낌이었지."

교수님은 그런 의견을 기요하라 씨한테 전했다. 그가 어떻게 생각했는지는 알 수 없으나 한 가지 견해로는 받아들인 것처럼 보였다고 한다.

"그러고 나서 며칠 후였나. 그가 대학에 오지 않게 되고서 소동이 벌어졌지. 그것과 거의 동시에 여기서도 사건이 터졌어."

"그 사건이 뭔데요?"

내가 별생각 없이 되묻자 교수님은 순간 말을 잇지 못했다.

"알아보지도 않고 여기 온 줄은 몰랐구나. 유우키는 알고 있었던 것 같다만."

"그 애한테서 들은 게 아니에요. 우연히 지도 복사본을 발견해서." 아니, 그게 중요한 게 아니라 교수님의 다음 말이 더 신경 쓰였다. "그래서 그 사건이 뭐예요?"

"동반자살이었어. 기요하라의 동생이 부모님을 죽이고 자살했지."

예상치도 못한 뜻밖의 대답에 나는 더는 아무 말도 하지 못했다.

"장소는 여기가 아니라 자택이었어. 기요하라도 행방불명이 된 터라 사건 관여를 의심받았지. 경찰이 열심히 수색한 것 같지만 찾을 수 없었어. 그게 바로 5년 전의 일이야."

교수님은 기요하라 씨의 소식이 궁금했지만, 그렇다고 해서 뭔가를 해볼 수는 없었다. 하긴 그럴 수밖에 없다. 대개는 경찰이 개입했으니 민간인이 나설 이유가 없다고 여긴다.

"자네가 입학했던 건 그 이듬해였어. 그리고 나와 알게 된 건."

"그다음 해였어요. 제가 2학년이었죠."

"그래, 그랬지. 강의가 끝나고 열성적인 메시지를 받아 기뻤던 기억이 나는구나. 꼭 자네를 만나보고 싶었지."

그런 교수님의 목소리는 순수히 나와의 추억을 그리워하는 것 같았다. 나는 뜨거운 것이 울컥 치밀어 올랐지만, 지금은 꾹 참았다. 아직 물어봐야 할 것이 산처럼 쌓여 있다.

"기요하라 씨와 아직 무슨 일이 더 있는 거죠? 그래서 교수님도 여기 계신 거고요."

"그래, 그건 너와 알게 되고 얼마 후의 일이었어. 집에 있을 때 아내가 웬 꾸러미를 하나 가지고 오더군. 운송장 하나 붙어 있지 않은 소포가 현관 앞에 놓여 있다고 하면서. 혹시 폭탄이 아닌가 걱정하면서 조심스럽게 열어봤어. 안에 들어 있던 건 글이 잔뜩 적힌 노트 몇 권이었지. 그걸 쓴 사람은 바로 기요하라였어."

노트에는 지금까지 우리가 조사한 것과 같은 것과 거의 같은 내용이 적혀 있었다고 한다. 「아사토호」의 내력이나 발견과 관련한 몇 가지 이상한 점, 미야자와 집안과의 연결, 그리고 기요하라 집안에 있었다는 신기한 천. 그리고 기요하라 씨는 노트 마지막에 이런 결론 같은 것을 적어뒀다.

"「아사토호」는 텍스트(문장)가 아니라 텍스처(직물)다, 라더군. 무슨 뜻인지 이해할 수 없었어. 그저 재미있는 비유라고만 여겼지."

나는 다시 눈앞에 있는 천을 봤다. 그러나 세 사람 아니 그 이상의 목숨을 빼앗았을지도 모른다는 말을 들으니 그걸 똑바로 볼 용기가 나지 않았다.

"직물이라는 건 이 천을 가리키는 건가요?"

"나는 그렇게 생각했어. 그리고 노트가 나한테 보내진 의미도 마음에 걸렸지."

기요하라 씨 본인인지, 아니면 그와 친한 누군가가 보낸 것이 분명하다. 그렇게 추측한 교수님은 관련된 사람들을 찾아다니며 정보를 알아보고 다녔다고 한다. 학회가 끝나고 술자리 등에서 잡담을 가장해 슬쩍 떠봤지만 기요하라 씨의 행방을 아는 사람도 없었을뿐더러 「아사토호」에 대해 열심히 연구하는 듯한 인물도 없었다. 기요하라 씨가 전에 일했다는 군마의 대학에도 갔지만, 그곳에서도 아무런 수확을 얻지 못했다.

"군마라면."

그래, 하고 교수님은 이제야 기억이 났다는 듯 말했다.

"그러고 보니 자네와 같이 간 곳이었군"

교수님은 몇 년에 걸쳐 그 조사를 조금씩 이어나가고 있었다. 그래도 노트를 보낸 사람이 누구인지는 알 수 없었다. 그때 올해 여름, 교수님은 결국 기요하라 씨의 본가를 방문하기로 결심했다. 집은 이 병원에서 조금만 더 걸어가면 되는 곳에 있다고 한다.

"거기서 뭔가 찾아내셨어요?"

"아니, 아무것도. 그보다 집 자체도 없어졌고 주차장이 되어 있었어. 그런 사건이 있었던 곳이니 철거한 거겠지. 어찌할 수도 없어서 그냥 돌아가는 수밖에 없었어. 그렇게 걷는 중에 이 병원 앞에 오게 됐고."

기요하라 씨 가족이 병원을 운영했다는 사실은 교수님도 알고 있었지만, 장소까지는 몰랐다. 이곳에 이르게 된 건 정말로 우연이었다.

"그런데 어째서인지 안으로 들어가 봐야겠다는 느낌이 들었어."

"그럼 울타리를 자르고, 창문 유리를 깬 게 교수님이셨어요?"

"창문 유리?" 교수님은 잠시 침묵하다가 대답했다. "아닌데. 아마 유우키가 아니었을까? 내가 처음 여기 왔을 때 문은 열려 있었어. 그래서 정문으로 들어갔지."

자택은 다 철거되어 주차장이 됐으면서, 이 병원은 손도 대지 않고 심지어 잠그지도 않고 방치됐다는 뜻이다. 어쩐지 이해가 가지 않는다. 마치 처음부터 교수님을 끌어들이려는 것처럼.

"건물 내부를 한번 둘러봤지만 별다른 특이한 점은 없었어. 하지만 나가려던 순간 지하로 이어지는 계단을 발견해서 혹시 몰라 내려갔지. 이 보일러실에 와서 저 천과…… 기요하라를 발견했어."

나는 깜짝 놀랐다.

"그 사람이 여기 있었어요?"

"그래, 뭐, 있기야 했지."

"그럼 얘기를 다 들어보셨겠네요. 왜 모습을 감췄는지, 「아사토호」나 천의 정체 같은 것도요."

그렇게 물었지만 교수님은 대답하지 않았다. 마치 말문이 막힌 모습이다. 내가 대답을 기다리고 있자, 어찌 된 일인지 교수님은 미안한 어조로 말했다.

"아직 못 알아차린 것 같구나."

"뭘요……"

"그럼 천 아래를 잘 보도록 해. 각오하고."

교수님의 배려를 이해할 틈도 없이 나는 반사적으로 시선을 아래로 향했다. 기다란 천 끝이 바닥에 닿고 있다. 아니, 아까는 몰랐지만 천 아래가 살짝 튀어나와 있다. 갈색으로 지저분해진 그것은 마치 누더기처럼 보였다.

"으…… 아, 아악!"

그렇게 외치며 나는 뒷걸음질 쳤다. 그러나 다른 기계에 발이 걸려 자세가 무너지면서 엉덩방아를 찧었다. 그래도 바닥을 기며 최대한 천에서 멀어졌다. 더는 그걸 시야에 들이고 싶지 않았기 때문이다.

다 썩어 문드러진 두 다리.

"기요하라의 시신이야. 내가 왔을 때 이미 저 상태였지."

"아니, 대체…… 왜."

어둠 속에서 나는 횡설수설하며 무슨 말이라도 하려고 애를 썼다. 이제 빛을 비추지 않는데도 그 천의 윤곽만큼은 희미하게 드러났다.

"뭐예요, 저거? 무슨 일이 있었길래."

"나도 그건 몰라. 하지만 이런 일이 생긴 걸 보면 보통 천이 아닌 듯해. 어떤 힘이 있다고밖에 볼 수 없겠지."

교수님이 있는 근처에서 불빛이 희미하게 밝혀졌다. 교수님의 얼굴이 순간적으로 둥실 뜨더니 사라진다. 담배에 불을 붙였다는 걸 알았다. 그리운 향이 풍겨 와서 내 마음도 조금 진정됐다.

"저 천은 환상을 보여주는 것 같더군."

"환상이라니 어떤 걸요?"

"아마 사람에 따라 다른 것 같아. 혹은 그 사람이 가장 원하는 모습을 보여주는 걸지도 모르지."

"원하는 모습이요……?"

"마쓰무라 가나에에 대해 조사해 봤다면 그가 어떤 인물인지도 알아봤겠구나. 그가 학회에 심한 콤플렉스를 품었던 것도."

나는 고개를 끄덕였다. 천을 처음 발견한 마쓰무라 가나에는 국문학자들을 원망하고 그들 앞에서 보란 듯 성공하길 바랐다.

"그래서 천은 그런 환상을 보여줬지. 학술적으로 가치가 있는 사본을 발견했다는 환상을."

"그럼 「아사토호」의 사본도 환상이라는 거예요? 하지만."

"그래, 마쓰무라 본인 이외에 많은 이들이 목격했어. 어떻게 된 것인지 몰랐지만, 생전의 그를 아는 사람을 만나서 얘기를 들어볼 기회가 있었거든. 여기서 그때 일을 떠올리다가 문득 깨달았어. 그는 사본을 보자기에 이중으로 싸서 다녔다지."

"네, 저도 그 얘기는 들었어요."

"다행이군. 만약 그게 이중으로 된 보자기가 아니고 그래, 보자기로 보자기를 싼 것이었다면?"

"보자기로…… 앗." 나는 이해했다. "그러니까 마쓰무라는 사본이 아니라 이 천을 가지고 다닌 것이다……?"

담뱃불이 살짝 움직여서 교수님이 고개를 끄덕였다는 것을 알았다. 그랬던 거구나. 마쓰무라는 이 천이 사람들에게 환상을 보여준다는 걸 알고 그것을 이용했다. 그가 굳이 사본을 들고 전국을 돌게 된 이유도 깨달았다. 바로 천을 보여주지 않으면 「아사토호」라는 환상의 존재를 공유할 수 없기 때문이다.

"그렇지만 이렇게 큰 천을 가지고 다니는 게 힘들지 않았을까요? 둘둘 말아도 제법 크기가 상당한데."

"일부를 잘라내지 않았을까. 단편이라도 효과가 있는지는 모르겠지만……"

겉보기에 천에는 어딘가를 잘라낸 흔적은 없었다. 끝부분을 자세히 살피면 자른 면이 보일지도 모르겠지만, 지금은 그러고 싶지 않았다.

"「아사토호」에 대해 많이 알아본 모양이구나."

"아, 네."

내 목소리가 떨리는 것을 알아차렸는지 교수님은 아까보다 더 평온하고 차분함이 느껴지는 어조로 이야기를 시작했다.

"『무묘조시』 안에서도 비평이 되어 있고,『후요와카슈』에 작중의 시가가 실려 있다거나."

"네, 맞아요."

나는 대답했다. 교수님이 말은 아즈사가 쓴 논문 내용과 같았다.

"그래서 그걸 확인했니?"

"……아뇨, 그건."

나는 잠시 망설였지만 솔직히 대답했다. 그런 생각은 하지도 못했다. 아즈사가 그렇게 글을 썼으니 당연히 그런 줄만 알고 의심조차 하지 않았다.

"그런 부분은 살펴봤어야지." 교수님은 마치 준비가 덜 된 학생을 꾸짖듯 말했다. "사실은 그 둘 어디에도 그런 기술은 없지만."

"네?"

"사본을 보면 알 수 있지. 그런 내용은 적혀 있지도 않거든. 그런데 어느 시기까지 간행된 책에는 「아사토호」에 관한 기술이 있어. 그나마 최신판에는 거의 수정이 되어 있지만."

그 말에 나는 숨을 삼켰다.

"그렇다면."

"천의 영향으로밖에 볼 수 없어. 마쓰무라라는 사람은 우리가 상상하는 것보다 훨씬 더 많은 사람에게 천을 보여주며 다닌 것 같아."

대체 무엇이 그를 그렇게까지 몰아세웠던 걸까. 환상의 공유. 그 정도의 노력을 쏟아부으면서까지 퍼트리고 싶은 뭔가가 있었던 걸까.

"기요하라의 부모님은 아들이 의사가 되길 바랐지. 그것도 천이 그 꿈을 이뤄줬어. 기요하라나 그의 동생도 나름의 바람이 있었을 테지. 천을 봤기에 그런 것들이 환상이 되어서 결국 그들을 미치게 한 거야."

"바람을 환상으로……?"

그렇다면 아오바도 마찬가지다.

그녀는 나와 아키토가 각자 필요로 했던 존재였다. 나한테 아오바는 또 한 명의 나 자신이었다. 그리고 아키토에게 아오바는 또 한 명의 나쓰히였다. 바로 그런 누구에게나 편리한 존재를 이 천이 환상으로 보여줬다고 한다면?

거기까지 깨닫고 나서 나는 황급히 시선을 돌려 그대로 바닥을 기며 도망치기 시작했다. 이미 늦었을지도 모르지만 저걸 시야에 들인 순간 또 나쁜 일이 생길지도 모른다. 스마트폰은 아까 넘어지면서 손에서 떨어트리고 말았다. 어둠 속에서 손을 더듬거려 기계를 피하면서 천천히 이동했다.

"더 빨리 알아차렸다면 유우키도 무사했을지도 모르지."

"그럼 아즈사는 이 천을."

"봤어. 나와 같이."

"아즈사는 어떻게 여길 알아낸 걸까요."

"어떻게는 뭘." 교수님의 목소리에 희미한 자조가 섞여 있었다.

"내가 가르쳐줬으니까."

"교수님이요?"

"그래, 지금 돌이켜보면 경솔한 짓이었지."

기요하라 씨의 시신을 발견한 교수님은 이 사태를 심각하게 여겼다. 왜냐하면 기요하라 씨의 동생이 벌인 사건을 알고 있었기 때문이다. 그 사건도 천이 일으킨 거라면, 이 천과 관련된 사람은 가까운 이를 죽이게 할지도 모른다. 그래서 아내가 있는 자택으로는 돌아가지 않는 편이 좋겠다고 생각했다. 물론 대학에도.

그렇지만 계속 여기에 있을 수도 없다. 「아사토호」에 대한 자료나 이 모든 발단이 된 노트는 연구실에 그냥 놓아둔 채였다.

"이미 대학은 여름방학 중이었으니까 낮에 가면 아는 사람과 마주칠 수도 있었지. 이 천의 힘이 얼마나 되는지 모르니까 섣불리 위험을 감수하는 짓은 할 수 없었어. 잠시 이 부근 호텔에 묵으면서 적어도 내가 갑자기 이상해져서 누군가를 공격하지 않는다는 점을 확인했지. 그러고 나서 한밤중에 몰래 자료를 가지러 갈 작정이었어."

첫 번째는 실패했다. 연구실 층에 불이 켜져 있고, 그곳에 아는 대학원생이 있는 게 보였기 때문이란다. 그러고 보니 아즈사한테서 들었다. 창문 아래에 후지에다 교수님이 서 있었다는 그 이야기.

그래서 두 번째는 좀 더 늦은 시간에 왔다. 그런데 야간 출입구를 통해 들어가려는데 아즈사에게 들키고 말았다고 한다.

"아마 첫 번째 시도했을 때 일을 듣고 거기서 기다렸나 봐."

마지막으로 만났을 때 아즈사는 교수님을 찾아내는 방법에 짚이는 것이 있는 눈치였다. 아무래도 그건 이 일이었던 모양이다.

"모든 설명을 마치는 데 새벽까지 시간이 걸렸어. 유우키도 다 받아들이진 않았겠지만 나한테 몸을 숨길 필요가 있다는 건 정도는 이해한 것 같았지. 내친김에 천과 이 병원에 대해서도 말할 수밖에 없었고. 일단 나 대신 연구실에서 필요한 자료를 가지고 오도록 부탁했고, 그날은 헤어졌어."

그런데 그날 밤 불안한 기분이 들었던 교수님은 머무르던 호텔에서 이 병원으로 왔다. 혹시 몰라 입구에 사슬과 자물쇠까지 채워 봉해놓았는데, 안에서 인기척이 났다. 들어가 보니 그곳에 아즈사가 있었단다.

"서로 깜짝 놀랐지. 유우키는 그 천을 제발 보여달라고 했어. 연구실에서 자료를 가지고 나올 때 기요하라의 노트를 읽었을지도 모르지. 거기에는 마쓰무라 가나에가 천의 힘으로 「아사토호」를 발견하여 논문을 썼다고 적혀 있었거든.

유우키는 그 부분에 동경심을 품고 있었을지도 몰라.”

아즈사가 죽기 전에 쓴 논문 같은 글에는 연구에 대한 불안감과 졸업논문이 잘 써지지 않는 것에 대한 초조함이 열거되어 있었다. 그 애는 그 점으로 인에 천에 마음을 빼앗겼다. 천만 있으면 자신도 대단한 논문을 쓸 수 있을지도 모른다. 그 정도로 궁지에 내몰려 있었던 것이리라.

“결국 나는 유우키를 지하로 안내해서 천을 보여줬어. 그때는 별다른 일이 일어나지 않았지. 한 번 보는 것 정도는 아무 일도 일어나지 않는다고 심각하게 생각하지 않았던 거야. 만약 그 애한테 아무 일도 생기지 않는다면 나도 집으로 돌아갈 작정이었지.”

그런데 그렇지 않았다. 아즈사는 곧 대학에 오지 않게 됐고, 몇 주 후에 나와 미오가 그녀의 시신을 발견했다.

“내가 얼마나 신중하지 못했는지 뼈저리게 깨달았어. 후회해 봤자 이미 엎질러진 물이었지. 천의 위험성을 알게 된 이상, 조금이라도 위험도를 줄이고 싶었어. 그 후 호텔에서 나와 이 지하실에서 지냈다. 덕분에 아무와도 만나지 않고 지냈지. 오늘 자네가 오기 전까지는.”

그때 어둠 속을 향해 뻗은 내 손이 뭔가를 건드렸다. 출입문이었다. 문손잡이에 손을 잡고 일어섰다. 몸을 돌리니 어둠 속에 서 있는 교수님의 모습이 희미하게 보였다. 교수님

은 내가 출입구에 서 있는 걸 확인하더니 천 앞까지 가서 몸
을 숙여 뭔가를 주웠다. 내가 떨어트린 스마트폰이었다.

"이거 두고 갔구나, 자."

그걸 한 손에 든 교수님의 얼굴이 살짝 움직였다. 시선 끝
을 따라가니, 그 천이 바람도 불지 않는데 흔들리면서.

다음 순간, 귀를 찢는 듯한 비명이 들렸다.

그게 대체 무슨 소리인지 순간 알 수 없었다. 갑자기 보일
러실에 눈부신 빛이 나타나더니 그게 교수님의 얼굴을 비춘
다. 일그러진 그 표정을 보고, 그 비명이 교수님의 것임을 알
았다. 교수님의 눈을 한 곳에 쏠려 있었다. 바로 그 천에.

펑, 하고 뭔가 터지는 소리가 나면서 희고 빛나는 긴 손이
천에서 튀어나와 교수님의 얼굴을 붙든 것처럼 보였다.

"교수님!"

나는 소리쳤다. 그러는 동시에 얼굴에 엄청난 열기가 느
껴졌다.

불이다. 천이 폭발했다. 그런 식으로 보였다.

"교수님, 후지에다 교수님!"

교수님은 상반신이 불길에 휩싸여 몸부림치면서 천 쪽으
로 쓰러졌다. 마치 길게 뻗은 화염의 손이 교수님을 잡아당
기는 모양새였다. 구하려고 발을 내디뎠지만 금세 불가능함
을 깨달았다. 엄청난 열기와 연기가 밀려들어 온다. 마치 방

전체가 소각로가 된 것처럼.

불은 산소를 찾아 유일한 출구로 다가온다. 정확히, 바로 내 쪽으로.

나는 방을 뛰쳐나갔다. 계단을 뛰어 올라간다. 1층으로 나가는 문을 찾았지만 반대편이 뭔가에 걸렸는지 밀어도 당겨도 열리지 않았다. 그러고 보니 2층 문은 선반으로 막혀 있었다. 1층도 어떤 방법으로 간단히 열리지 않게 장치가 되어 있는지도 모른다.

벽으로 둘러싸인 계단은 마치 굴뚝과 같은 역할을 하는지, 지하에서 연기가 세차게 치솟아 오른다. 나는 옷소매로 입과 코를 막고, 2층을 향했다. 위쪽으로 연기가 고여간다. 그 속을 거의 숨을 참은 채로 빠져나간다. 간신히 2층 문에 도착했을 즈음에는 의식이 몽롱했다. 굴러 넘어지듯 계단실에서 나왔지만, 2층 복도까지 와서 다리에 힘이 빠져 걷지 못해 그 자리에 쓰러졌다.

밖으로 나가려면 계단 하나를 더 내려가 1층 현관까지 가야 한다. 그 전에 1층에 불길이 돌면 끝장이다. 빨리 움직여야 하는데 몸이 무거워 말을 듣지 않는다.

왜 이런 일이.

"야, 정신 차려!"

또 그리운 목소리가 들린다. 나는 눈만 움직여 그 사람의 모습을 본다.

그곳에 있던 이는 아키토였다.

순간적으로 왜 그가 여기 있는지 의문이었지만, 그걸 따질 여유는 없었다. 그가 내 어깨에 팔을 둘러, 안아 부축하듯 나를 일으켜 세웠다. 적어도 이건 환각이 아닌 모양이다. 그대로 계단 쪽을 향해 걸어갔다. 머리 위로는 흰 연기가 잔뜩 끼였고, 나는 격렬하게 기침을 해댔다.

"너 갑자기 왜 그래?" 그가 느긋한 목소리로 물었다. "감기 걸렸어?"

무슨 소리를 하나 싶었다. 지금 불이 났는데 그는 이게 보이지 않는 걸까.

곧 계단이 보였다. 아키토의 부축을 받아 아래쪽을 내려다봤다. 그때 나는 숨을 삼켰다. 1층은 거의 불바다였다. 불은 나무 난간에까지 옮겨붙어 활활 타올라 2층까지 임박한 상태였다.

"이제 내려가자."

"내려가자고?"

나는 차마 말을 잇지 못했다. 저기로 내려가다니 그야말로 자살행위다. 내가 그렇게 설명했음에도 아키토는 여전히 태연하기만 했다.

"너 아까부터 무슨 소리 하는 거야? 어디 불이 났다는 건데?”

“불났잖아, 저기에……”

안 보여? 라고 물으려다가 나는 깨달았다. 그에게는 정말로 이 불이 보이지 않는다. 우리 이외에 그 누구도 아오바를 기억하지 못하는 것과 마찬가지로.

이 불은 환상의 불이다. 천을 본 나와 후지에다 교수님만 느낄 수 있는 불.

“빨리 나가야 해. 입구를 억지로 열어서 자칫하다가는 신고가 들어갈 수도 있어”

나는 고개를 가로저었다. 아키토에게 저건 환상일지도 모른다. 그러나 나한테 이 열기와 연기는 진짜로밖에 느껴지지 않았다. 저 안에 머리를 집어넣었다가는 몸은 괜찮을지 몰라도 의식은 새카맣게 타버릴지도 모른다.

도저히 발을 떼지 못하는 나를 보고 아키토는 답답함을 참지 못했던 모양이다.

“하는 수 없지”

“너 뭐 하는 거야?”

“영화에서는 대개 이렇게 하잖아”

그는 내 다리 아래로 팔을 넣어 나를 번쩍 들어 올렸다. 나는 비명을 질렀다.

“눈 감고 있어”

그렇게 말하며 계단을 내려간다. 나는 시키는 대로 필사적으로 눈을 감았다. 열기가 몸을 훑는다. 불똥이 날아와 피부를 태운다. 나는 그에게 바짝 매달려 있었다. 의외로 듬직한 몸. 그렇지만 그 체온은 내가 희미하게 기억했던 것과 같았다.

아오바가 사라진 날, 그때도 이런 식으로 그의 몸에 매달려 있었다. 무슨 일이 일어났는지 몰라 불안감에 짓눌릴 것만 같던 순간, 나보다 어렸을 그는 이렇게 말했다.

내가 반드시 아오바를 찾아낼 테니까.

바람이 휙 불면서 신선한 공기가 몸을 감싸는 게 느껴졌다. 밖으로 나갔나 보다. 조심스럽게 눈을 뜨니 활활 불타오르는 건물 현관이 보였다. 저 안을 걸어온 것일까. 원래라면 절대로 무사할 수 없었던 불길이었지만, 아키토는 아무렇지도 않았다.

"나 이제 괜찮아." 내가 말했다. "내려줘. 알아서 걸을게."

"너 가벼우니까 사양하지 마."

폼이라도 잡는 식의 말투에 나도 모르게 웃음을 터트렸다. 그 순간 목에서 뭔가가 치밀어 오르는 감각이 느껴지면서, 가래 섞인 기침을 몇 번이나 쿨럭거렸다.

"너 왜 그래?"

내가 걱정됐는지 아키토는 내 얼굴을 들여다봤다. 나는

기침을 참고 애써 미소를 지었다.

"그러니까 내려달라고 그랬잖아. 다음에는 토할지도 몰라."

그래도 아키토는 상관하지 않았다. 그의 말대로 정면의 문은 활짝 열려 있고, 끊어진 쇠사슬 끝이 대롱대롱 매달려 있다. 무슨 공구를 써서 절단한 듯하다. 그보다 길가에 낯익은 스포츠카가 세워져 있어, 나는 화들짝 놀라고 말았다.

"저거, 어떻게 된 거야?"

"마음에 들어서 달라고 했지. 그래서 오늘 고속도로를 타고 오는데…… 참 신기하게도 갑자기 여기 와야 할 것 같은 기분이 들었어."

아키토는 조수석을 뒤로 넘겨서 거기에 나를 눕히고, 자신은 운전석에 올라탔다. 엔진에 시동이 걸리며 차가 내달리기 직전, 나는 몸을 일으켜 창밖을 봤다.

병원의 창문이란 창문은 다 깨져, 곳곳에서 화염이 치솟고 있다. 주변에는 검은 연기가 뭉게뭉게 피어오르고, 해 질 녘 하늘을 어스름하게 물들인다.

저게 가공의 화재라니 믿을 수가 없다. 그렇게 생각한 순간 또 이상한 기침이 몰려왔다. 손으로 입을 누른 채 한참을 기침한 후, 별생각 없이 손바닥을 봤다.

손바닥에는 새카만 뭔가가 들러붙어 있었다.

° ° °

그때부터 나는 정신을 잃었나 보다. 의식이 제대로 돌아
왔을 때 나는 아도니스의 가게 안쪽 방에 누워 있었다. 아키
토나 아니면 할머니가 준비해 준 것으로 보이는 이불은 살
짝 방충제 향이 났지만, 따듯한 게 나쁘지 않았다. 나는 안심
하며 눈을 감고 잠들었다.

눈을 뜨니 익숙한 풍경이 보여 혼란스러웠다. 금세 여기
는 내 방이 아니라는 사실을 알아차리고 일어났다. 방에 걸
린 벽시계는 마침 9시 전을 가리키고 있다.

그러면 적어도 열 시간 이상 잠들어 있었던 게 분명하다.
몸의 관절마다 위화감이 느껴졌다. 복도로 나가 세면장을
발견해서, 차가운 물로 세수를 하고 나니 점점 의식이 또렷
해진다. 나는 아픈 머리를 들고 거울 속의 나를 바라봤다.

뭔가 이상하다.

시야가 와락 일그러진다. 나는 저도 모르게 비명을 질렀다.

"무슨 일이야!"

쿵쾅거리며 복도를 뛰어오는 소리가 들린다. 아키토가 금
방 세면장에 나타났다. 그도 이제 잠자리에서 일어났는지
티셔츠 위에 잔뜩 구겨진 추리닝을 걸친 채였다.

"아무것도 아니야. 그냥 살짝 놀라서."

그의 모습을 보니 조금 안심이 됐다. 나는 천천히 거울로 시선을 돌렸다. 다행히 내 얼굴이다. 하지만 이 미묘하게 맞물리지 않는 느낌은 뭘까. 눈의 형태, 코의 크기, 윗입술과 아랫입술, 그리고 치아. 모두 조금씩 다르게 보인다. 작은 차이가 쌓여 마치 차멀미 같은 감각이 덮쳐 온다. 어질어질하다. 뭐지, 이건?

"너 피곤해서 그래. 어제 여러 가지 일이 있었잖아." 아키토는 다정히 그렇게 말하며 내 어깨를 두드렸다. "이리 와, 아오바. 커피라도 타줄게."

고마워, 하고 나는 대답하려다가 순간 입을 다물고 말았다.

아오바. 지금 그는 나를 그렇게 불렀다.

"아오바라니."

"뭐?"

"너 지금 나를 아오바라고 불렀어?"

아키토의 얼굴이 갑작스럽게 흐려졌다. 내가 무슨 이상한 말이라도 했나 보다.

"야, 너 정말 괜찮아? 네 이름이잖아."

그게 내 이름이라고?

다시 한번 거울을 봤다. 그 순간, 아까와 마찬가지로 벼락이라도 맞은 듯한 충격이 내 몸을 떨리게 했다. 오늘 아침에 일어났을 때 느꼈던 위화감의 의미를 이제야 깨달았다. 이

건 내 얼굴이 아니다. 왜 아까는 알지 못했을까. 뺨을 지나는 큰 흉터. 그것 때문에 얼굴 절반이 잡아당기기라도 한 것처럼 틀어져 있다.

이건 아오바다.

거울 속에 아오바의 얼굴이 있다. 나는 지금 아오바가 되어 있었다.

° ° °

커피를 마시면서 아키토와 어제 일에 대해 이야기를 나누었다. 그 결과, 우리의 기억은 서로 상당히 다름을 알게 됐다.

아키토의 말로는 어제 우리가 둘이서 기요하라 의원을 갔다고 한다. 목적은 거기에 숨어 있을 교수님을 찾아 사정을 듣기 위해서였다.

"교수님이 거기 있다는 걸 어떻게……"

"기요하라라는 사람이 행방불명됐다는 얘기는 전에 했잖아? 그 사람의 본가에서 이상한 사건도 일어났고. 그래서 조사를 해보려고."

그렇게 우리는 그 장소로 갔단다. 기요하라 가족의 집은 이미 철거되어서 주차장이 되어 있었지만, 인근을 다니며 물어보니 후지에다 교수님과 비슷한 사람의 목격담을 들을 수 있었다. 어느 가게에서는 그 사람이 캠핑용품과 비상식량을 잔뜩 사 갔다고도 했다.

"기요하라 의원이라는 병원 건물이 아직 남아 있다는 소리를 듣고 가봤지. 그랬더니 아무도 없어야 할 건물 안에서 빛이 움직이는 게 보였어."

안으로 들어갈 길이 없는지 우리 둘이 돌아보다가 내 모습이 사라졌다. 잠시 후, 안에서 폭발음이 들리며 병원 건물이 불타오르기 시작했다. 당황한 아키토는 차에 실어뒀던 공구로 입구의 잠금장치를 부수고 안으로 들어갔다. 2층 복도에서 쓰러져 있는 나를 발견하고 간신히 구출했다.

"그럼 그 병원은 정말로 불탔던 게 맞구나."

"당연하지. 봐봐."

아키토는 소매를 걷었다. 나는 절로 숨을 꿀꺽 삼켰다. 생생한 화상 자국.

"괘…… 괜찮아?"

그렇게 다쳤을 리가 없다. 그건 천이 만들어낸 환상의 불이고, 나와 후지에다 교수님한테만 보였을 터이다. 그렇지만 실제로 그의 팔에는 상처가 남아 있다.

"별거 아니야. 이제 거의 아프지도 않아." 그렇게 말하며 다시 소매를 내린다. "아오바 널 구할 수 있었으니 이 정도쯤이야."

약간 그 말이 마음에 걸리는 걸 느낀 나는 그에게 물었다.

"우리가 언제부터 같이 지냈어?"

그러나 아키토는 깜짝 놀라면서 내 얼굴을 빤히 쳐다봤다.

"너 정말 괜찮아? 화재로 인한 충격으로 기억 상실이라도 걸린 거야?"

"그럴지도 몰라. 머리가 좀 멍해. 그래서 이것저것 물어보려고."

내가 봐도 잘 둘러댄 것 같다. 아키토는 여전히 석연치 않은 표정이었지만, 일단 이야기를 이어가려고 결심한 모양이다.

"언제부터냐니. 어릴 때부터 쭉 같이 있었잖아."

"그럼 나쓰히도 기억나?"

"나쓰히?" 아키토는 고개를 가로저었다. "그게 누구였는데?"

나는 마음속 충격을 들키지 않도록 얼른 고개를 돌렸다. 한 번 숨을 내쉰 후, 다시 그에게 시선을 향했다.

"아무것도 아니야. 내 착각이었던 것 같아. 그럼 산속에 있던 폐가에 갔던 일은?"

"기요하라라는 사람의 친척이 썼던 집 말이지? 얼마 전에 갔잖아. 그리고 미야자와 치과의 할머니 집에도."

"심령사진을 보고 제령을 한 거였지? 그래서 친해진 거고."

내가 그렇게 말하자 그는 이를 드러내며 만족스럽게 웃었다. 이 부분의 기억은 그대로다. 그렇지만 가짜 제령 의뢰를 받아놓고 저리 웃다니 참 아키토답다.

"맞아, 폐가의 주인이 그 할머니였지. 뭐 너도 기억하고 있겠지만."

"어릴 때도 그 산속 집에 간 적 있지?"

이번에 그는 웃지 않았다.

"아니, 그런 적 없는데."

진지한 눈으로 나를 보며 그렇게 말했다. 그의 말로는 마쓰무라의 집은 조사 중에 우연히 본가 근처임이 판명됐을 뿐이고, 미야자와 집안사람들과 알게 된 것도 그저 우연이라고 한다. 아오바가 실종된 사건은 그의 기억 속에 사라지고 없었다.

"그럼 우리는 언제 재회한 거야?"

"재회?"

"도쿄에 오고 나서 어떻게 다시 만났냐고."

"네가 연락했잖아. 도쿄에 있는 대학에 다니게 됐으니까 만나자고."

아무래도 아키토가 기억하는 나, 그러니까 아오바는 그가 이사한 후에도 계속 연락을 주고받은 모양이다. 그리고 후지에다 교수님의 실종 사건도 내가 그에게 털어놓았다. 그래서 둘이 그 행방을 쫓았다. 바로 그런 상황인 듯했다.

"우리가 어릴 때부터 지금까지 계속 친구로 지냈다는 거네."

"친구?"

아키토가 맥 빠진 목소리로 되물었다. 나는 고개를 갸웃거렸다.

"그럼 아니야?"

"아니……, 그런 건 아니지만."

어쩐지 종잡을 수 없는 대답이었다.

"아무튼 넌 좀 더 쉬는 게 낫겠다. 알았지?"

그는 그렇게 말하더니 내 손에서 마시던 머그컵을 빼앗아 들었다.

"잠깐만." 그를 만류하며 한 가지 더 질문했다. "교수님은, 후지에다 교수님은 어떻게 됐어?"

"어떻게 됐느냐니?"

"그러니까…… 병원에 불이 나서…… 교수님도 구조됐는지……"

나는 말을 이리저리 헤맸다. 나도 어디까지가 현실이고, 어디까지가 달라진 과거인지 확실히 알 수 없는 상태였다. 하지만 그런 내 태도를 보고 아키토가 말했다.

"혹시 그곳에서 만난 거야?"

나도 모르게 고개를 끄덕였다. 그는 머그컵을 든 채 잠시 생각하다가 대답했다.

"난 아오바 너 말고 다른 사람은 못 봤어."

"그, 그렇지?"

내 기억에서도 아키토와 합류한 건 건물 2층이었다. 불이 나서 그대로 도망쳤다면 교수님을 못 본 것도 이상한 일은 아니다.

"다만 그 정도로 큰불이 났으니 뉴스로 나왔을지도 모르겠다." 그렇게 말하며 아키토는 머그컵을 싱크대에 내려놓았다. "이따가 조간신문 좀 사 올게. 기사로 떴을지도 모르니까. 어쨌든 간에 소방대에서 다 찾아낼 거야."

어쨌든 간에라는 건 살았든 죽었든이라는 뜻일까. 나는 내리깔고 중얼거리듯 물었다.

"그럼 천은……?"

"천이라니?"

아키토는 물로 머그컵을 헹구면서 돌아보지도 않고 말했다.

"아니, 아무것도 아니야."

나는 주방을 나갔다. 아키토는 지하실로 가지 않았고, 천을 보지도 못했다. 아키토가 천 때문에 환상을 보고 있다는 가능성은 이로써 사라진다. 아니, 그 반대인가. 천을 봤지만 보지 않았다는 환상을 보고 있을지도 모른다. 아니면 천을 보지 않은 아키토를 내가 환상으로 보고 있나?

"……정신이 이상해질 것 같아."

그의 말대로 좀 쉬는 게 좋겠다 싶었다. 방으로 돌아가 이불에 누웠다. 잠들 마음도 없어 계속 천장만 바라봤다. 나는 아오바가 됐고, 나쓰히는 없던 게 됐다. 어제까지는 나쓰히가 나였고, 아오바가 환상이었다. 그런데 지금은 정반대다.

심심해서 스마트폰이나 보려고 하다가, 병원 지하에 떨어트렸다는 게 기억났다. 연락처나 메시지 이력을 보면 내가 놓인 상황을 더 잘 알 수 있을 텐데. 아오바의 교우 관계는 나쓰히와 어디까지 같고 어디까지 다를까.

후지에다 교수님을 태운 불길이 환상이었던 건 분명하다. 그렇지 않다면 천이 혼자 알아서 불타올랐다는 뜻이 된다. 그보다 그 천은 대체 뭐였던 걸까. 보는 자에게 환상을 보여 준다는 천. 그게 환상의 불에 타서 사라졌다는 의미는 대체.

쉬려고 했는데 끝도 없이 상념이 떠올라 조금도 마음을 진정시킬 수 없었다. 이럴 거면 차라리 몸을 움직이는 편이 좋을지도 모른다.

나는 일어나서 가게 쪽으로 나가봤다. 계산대 옆 의자에는 아키토가 앉아서 무슨 노트를 넘기고 있다. 그는 내가 온 걸 보고 놀란 표정을 지었다.

"누워 있지 않아도 돼?"

"응, 딱히 할 일도 없고……. 집에 가는 편이 마음이 편해서."

"그래. 그럼 바래다줄게."

그럴 필요 없다고 거절하려고 했지만, 차라리 아키토가 바래다주는 편이 더 낫다는 생각이 들었다. 나, 그러니까 아오바의 현주소가 나쓰히와 같다는 보장은 없다.

"이제부터 가게 문 열어?"

아키토의 맞은편 의자에 앉으며 나는 가볍게 물었다. 가게 셔터는 올라가 있지만, 꽃이 든 양동이는 가게 안에 들여놓은 상태다.

"아니, 오늘은 오후부터 문 열 거야. 하지만 약속한 게 있어서."

"약속이라니?"

"아아, 마침 왔네."

아키토가 가게 정면을 가리키니 유리 너머로 여자 모습이 보였다. 그는 달려가 잠긴 문을 열고, 여자를 가게 안으로 불러들였다. 어쩐지 초췌해 보이는 얼굴이 낯익다. 나도 모르게 말을 걸었다.

"전에 우리 만난 적 있죠? 분명……."

"아다치예요. 그때는 감사했습니다."

그렇다. 내가 처음으로 이 가게에 왔을 때 그녀도 마침 이곳을 찾았다. 집에서 기이한 현상이 일어난다고 그녀는 아키토에게 상담을 받으러 왔다. 아키토는 자기 나름의 추리, 아니 억지와 꾸며낸 이야기로 그녀의 불안을 없앴다. 또렷이 기억이 났다.

"감사는요."

아다치 씨가 하도 깊이 고개를 숙이는 바람에 나는 어색해져서 자리에서 일어섰다.

"전 그저 옆에서 이야기만 들었을 뿐인데요."

"그렇게 겸손해하실 필요 없어요. 아오바 씨가 오시지 않았더라면 어떻게 됐을지."

그녀와는 내가 이 가게에서 아키토와 이야기하는 것을 옆에서 듣기만 해서 알게 된 사이다. 그녀의 집에 가본 적이 없다. 부정하려다가 망설였다. 내 기억이 옳은지 이제는 자신할 수 없었다.

"아, 집이라면."

"그런 사건은 원래 잊기 힘들 텐데." 아키토가 도와주려는지 대화에 끼어들었다. "하지만 아오바한테는 자주 있는 일이니까."

그러고 나서 그는 내 쪽을 보며 말했다.

"우리 둘이서 아다치 씨 댁으로 갔잖아. 그랬더니 네가 갑자기 집 뒤편을 보여달라고 했고."

기억을 환기하려는 어조였지만, 난 처음 듣는 일이었다.

그의 말에 의하면, 이 가게에서 아다치 씨의 고민을 들은 나와 아키토는 직접 그녀의 집까지 찾아갔다고 한다. 한 차례 집 안 내부를 안내받고, 원인이 뭔지 묻는 아다치 씨의 질문에 나는 집 뒤편에 뭔가 있다고 대답했다. 그 집 뒤편에는 빈터가 있고, 정체불명의 공양탑이 세워져 있었다.

우리가 그 빈터에 발을 들이고 잠시 걷는데, 갑자기 내 모습이 사라졌다. 내가 밟고 있어야 할 땅에는 큰 구멍이 뚫려 있었고, 그 안으로 내가 떨어졌음을 알아차렸단다.

“오래된 우물이었어. 널빤지와 흙으로만 덮은 채로 몇십 년이나 그냥 내버려둔 곳이었지.”

아키토는 곧바로 로프를 가지고 와 나를 끌어올려 줬다. 밖으로 나온 나는 품에 작은 두개골을 안고 있었다. 두개골을 가슴에 품고 있던 나는 거기에 대고 뭐라고 말했다. 이제 안심하고 어서 돌아가.

그러자 빈터 이곳저곳에서 깔깔거리는 웃음소리가 울려 퍼졌다. 곧이어 풀숲에서 흰 피부를 가진 알몸 상태의 어린 아이가 몇 명이나 나타나 우리를 둘러쌌다.

“자, 잠깐만, 멈춰봐.” 나는 다급히 말했다. “그게 정말이야?”

혹시 내 기억이 혼란스러운 것을 가지고 일부러 아무 이야기나 지어내는 게 아닐까. 순간 그렇게 의심했지만, 그건 아닌가 보다. 아다치 씨는 차분한 얼굴로 고개를 끄덕이면서 손수건으로 눈가를 찍어내고 있다.

“그때는 정말 어찌나 놀랐는지 몰라요.”

우리를 둘러싼 알몸의 어린이들은 다들 새카만 눈을 하고 있어서, 그 모습은 도저히 이 세상 것이 아니었다. 아다치 씨는 비명을 지르며 퍅 엎드렸다고 한다. 오히려 나는 조금도 겁먹지 않고 아이 중 한 명에게 다가가 그 두개골을 건넨 후, 그 아이의 머리를 가만히 쓰다듬으며 미소를 지었다.

모두가 기억하는 건 거기까지로, 정신을 차리고 보니 우리는 아다치 씨 집 현관에 쓰러져 있었다고 한다.

“나중에 조사해 보고 알았어. 그 근처는 예전에 공습으로 큰 피해가 난 곳이래. 빈터 부근에 공장이 있었는데, 전쟁 중 노동에 동원당한 아이들이 많이 죽었지. 네 말로는 그 두개골의 주인은 화재의 열기 속에서 벗어나기 위해 우물로 뛰어들었다가 죽은 아이라면서…….”

기억이 안 나는 정도가 아니다. 아예 믿을 수 없는 이야기였다.

그렇지만 저 둘 사이에서는 이 이야기가 진실로 공유되는 모양이다. 아다치 씨는 반짝이는 눈으로 나를 바라봤고, 아키토도 자랑스러운 듯 고개를 끄덕인다. 나는 하는 수 없이 말했다.

“어쨌든 문제가 해결되어서 다행이에요.”

그런데 그 말을 들은 아다치 씨의 표정이 금세 어두워졌다. 안 좋은 예감이 들었다.

"혹시 아직도 그 집에 무슨 일이 있나요?"

"아뇨……, 그 집에서는 이제 이사해서 괜찮아요. 다만 새로운 집에 전 주인이 두고 간 가미다나神棚[30]가 있는데요……. 남편이 그걸 처분하고 나서부터 이상한 일이……."

그러니 아오바 씨께서 오셔서 살펴봐 주시면 좋겠어요, 라며 아다치 씨는 머리를 숙였다. 내가 집을 보고 뭘 어떻게 할 수 있겠냐는 생각이 들었지만, 상대방은 그렇게 여기지 않는 듯하다. 그리고 아키토도 내가 받아들이길 기대하는 눈치였다.

도저히 이해할 수가 없다. 나와 아오바는 그냥 뒤바뀌기만 한 게 아닐지도 모른다. 마치 세상의 구조 자체가 뒤틀린 것 같은 이상한 느낌.

결국 나는 아다치 씨 의뢰에 할 수 있다고도 없다고도 대답하지 않았다. 정확히 상황을 판단해야 할 필요가 있다는 그럴싸한 답만 내놓고, 그녀를 돌아가게 했다. 그래도 까끌까끌한 위화감은 사라지지 않았다. 나는 무의식적으로 아오바의 얼굴에 남은 흉터를 만졌다.

---

30 집 안에 둔, 조상신을 모신 제단.

○ ○ ○

다행이라고 해야 할지, 자택 주소는 달라지지 않았다. 아오바도 나도 같은 아파트의, 같은 호실에서 살고 있었다. 내부 인테리어도, 소지품도 그대로다. 생각해 보니 좀 이상하긴 했지만, 일단 안심했다. 집까지 바래다준 아키토에게 고맙다고 말하며 돌려보낸 후, 다시금 내가 놓인 상황을 확인해 본다.

합리적인 설명을 하기 위해 몇 가지를 가정해 본다. 우선 세상은 아무것도 달라지지 않았고, 오직 내 이름만이 나쓰히에서 아오바로 바뀌었을 가능성. 그러나 아까 아키토나 아다치 씨 이야기를 들어보니 그런 건 아닌 듯하다. 내 과거와 아오바의 과거는 미묘하게 겹치지 않았다. 그럼 전혀 다른 인생을 살았느냐면, 그건 또 그렇지 않다.

지갑 내용물을 확인해 봤다. 학생증은 있다. 대학도, 학부도 같다. 학적 번호까지 똑같다. 만약 과거가 변해서 나 대신에 아오바가 계속 살아가는 것이었다면, 그녀의 진로가 이렇게까지 나와 비슷할 수 있을까.

모두 환상일지도 모른다. 나는 아직 기요하라 의원의 지하에 있고, 천의 마력에 계속 영향을 받고 있을지도 모른다. 나는 내 팔의 살을 세게 꼬집어 봤다. 아프다. 이 아픔마저도 내 눈에 보이는 환상일 가능성이 없지는 않지만, 그렇다고 해도 이제 환상이든 아니든 그걸 구별할 수단은 없다는 뜻인가?

더는 생각해도 아무 의미가 없다. 나는 침대에 벌렁 드러누웠다. 침대 냄새도 달라지지 않았다. 내가 어제 아침까지 들어가 있었던 같은 이불인 것 같다.

나는 대체 누구인 걸까.

그러고 나서 나는 잠시간 최대한 나 자신에 관해 알아보려 했지만, 별다른 수확은 없었다. 그저 알게 된 것이라곤 내 이름이 오하시 아오바라는 점과 이름 이외의 다른 것은 변하지 않았다는 점뿐이었다. 성적도, 소지품도, 입는 옷도. 냉장고 속 내용물까지 똑같았다. 마지막으로 집에서 먹었던 에클레어 빵 봉지가 쓰레기통에 처박혀 있는 것도 같다.

그렇지만 아키토와 이야기해 보면 내 과거는 상당히 달라져 있긴 하다. 좀 더 자세히 알아보면 뭔가 다른 점이 나올지도 모른다. 그때 문득 대학에 가보자는 마음이 들었다.

나 자신과 관련된 변화는 없다고 하더라도 그 외에 뭔가가 있을지도 모른다. 예를 들어 아즈사가 아직 살아 있다거나. 만약 그러면 내 이름이 바뀐 것 정도는 별일도 아니다.

샤워 후에 옷을 갈아입고 집을 나섰다. 캠퍼스에 도착할 즈음에는 이미 저녁 무렵이었다. 들어서자마자 나는 발길을 멈췄다. 나에 대해 알려면 대체 어디로 가야 하는 걸까. 이런 사태를 겪어본 적이 없어서 조금도 감이 오지 않았다.

"아오바!"

누군가가 부른다. 그게 내 이름이라고 이해하는 데 약간 시간이 걸렸다. 이제야 뒤를 돌아보니 나를 불렀던 사람이 바로 뒤에 서서 당장이라도 내 어깨를 두드리려는 자세로 굳어져 있다.

"왜 그렇게 멍하게 서 있어?" 하고 미오가 물었다. "오전에 메시지 보냈는데 읽음 표시가 안 뜨더라. 그래서 감기 때문에 앓아누운 줄 알았어."

"……미안해. 실은 스마트폰을 잃어버려서."

내가 그렇게 말하자 미오는 뭐? 하고 깜짝 놀랐다. 괜찮냐, 불편하지는 않냐고 묻길래 대충 대답했다. 마지막으로 만났을 때는 크게 싸우고 헤어져서 이 상황이 이상하게 느껴졌다. 그건 나쓰히의 일이었지, 아오바와는 계속 사이좋게 지냈을지도 모른다.

그러고 보니 오늘 그녀는 요즘 늘 입고 다녔던 취업용 정장 차림이 아니다. 뒤로 바짝 모아 묶었던 머리는 온데간데 없고, 부드럽게 만 머리칼을 어깨에 늘어뜨리고 있다. 내가 그걸 지적하자 미오는 수줍게 웃었다.

"사실은 얼마 전에 합격 통지를 받았거든. 간다에 있는 작은 출판사지만 그래도 내 꿈이었으니까.”

나는 축하한다고 솔직히 말했다. 더 느긋하게 이야기를 나누려고 우리는 카페테리아로 향했다. 이 캠퍼스의 생협 2층에는 유명한 커피 체인점 점포가 입주해 있다. 미오보다 나에 대해 더 알고 싶었다. 아오바가 여기서 어떤 생활을 했는지. 그리고 후지에다 교수님에 관해서도.

“교수님은 아직 못 찾고 있나 봐.”

“못 찾고 있다니……. 아아, 후지에다 교수님 말이구나.” 그러고 나서 미오는 어찌 된 일인지 밝게 대답했다. “걱정되긴 하네. 근데 이제 나와 상관없는 일이지만.”

미오의 입에서 그런 말이 튀어나올 줄은 몰라서 나는 깜짝 놀랐다.

“상관없다니, 어떻게 그런 소리를.”

그러자 미오는 꾸지람을 들은 장난꾸러기처럼 입술을 비죽였다.

“사실 그렇잖아. 이제 취직도 됐겠다, 어차피 학교 선생님이라는 게 졸업하면 남 아니니?”

“그건 그렇지만…….”

하긴 최근 반년 동안 굉장히 힘들긴 했지만, 하고 미오는 개운한 표정으로 말했다.

“교수님이 없어지고, 아즈사도 그렇게 된 바람에.”

“아즈사가.”

“응? 뭐라고?”

아즈사의 이름이 나오자 나도 모르게 입을 열었다. 하지만 어떻게 말을 꺼내야 좋을지 알 수 없었다. 아즈사는 이쪽 세계에서도 역시 죽은 거냐고 물을 수는 없으니까.

“저기, 그러니까 이상하게 들리겠지만.”

내가 우물거리고 있자, 어찌 된 일인지 미오가 활짝 웃음을 지었다.

“그래도 아즈사가 자살한 덕분에 좋은 일도 있었어.”

“……뭐?”

순간 내 귀를 의심했다. 미오는 내 쪽으로 몸을 쑥 내민다. 입이 간질거려서 참을 수 없다는 듯이.

“면접 때 질문을 받았거든. 학창 시절에 어떤 좌절을 경험했느냐는 질문. 그래서 아즈사 이야기로 답을 했지. 절친한 친구가 자살해서 괴로웠다고.”

이별의 슬픔을 받아들이기 위해 취미에 더 파고들었다는 것.

어린 시절부터 좋아했던 책을 다시 읽으며 상처를 치유했다는 것.

언젠가 자신도 이런 식으로 누군가의 슬픔을 낫게 해주는 책을 세상에 내고 싶다는 것.

“중간에 채용 담당자가 울기까지 하더라. 그래서 아, 이거

먹힌다 싶었지.”

“먹힌다니…… 어떻게 아즈사 일을 그런 식으로.”

“내가 아즈사 욕을 하고 온 것도 아니잖아. 이런 거, 다들 한다고. 나는 우연히 쓸 만한 소재 거리가 있었으니 운이 좋았던 것뿐이야.”

운이 좋았다. 아즈사의 죽음이?

“사실 그 사건 덕분에 나도 성장할 수 있었던 것 같아. 아즈사도 친구를 도울 수 있어서 마음 편히 눈을 감지 않았을까?”

“그만해.”

믿을 수가 없다. 어떻게 그녀의 죽음을 미오는 그런 식으로.

“아오바 너도 취업 준비할 때 써먹으면 좋아. 이런 경험은 드물어서 더 이득이라니까. 결과적으로 아즈사가 죽은 덕분에.”

“이제 그만하라고!”

내가 크게 고함치자 미오의 어깨가 흠칫 튀었다. 가게 안에 있던 손님들이 모두 이쪽을 봤다가 바로 눈길을 돌렸다.

“친구가 자살해서 다행이라니.”

“그러니까 누가 다행이래? 슬픔을 이겨내고 성장했다는 거잖아. 그런 일이야, 영화나 드라마에서는 흔한데 뭐.”

“이건 현실이야. 영화도, 드라마도 아니라고.”

“무슨 차이가 있는데?” 미오는 옅게 웃는다. “사람은 원래 그런 식으로 사는 거잖아. 주변 사건을 활용하지. 그걸 알기 쉽게 드라마로 만드는 것뿐이야.”

미오는 별다른 죄책감도 없이 말했다. 아즈사가 죽어서 그 슬픔을 발판으로 자신이 얼마나 좋은 영향을 받았는지. 아즈사의 자살이라는 사건을 계기로 자신이 인생이 얼마나 해피 엔딩에 가까워졌는지.

“이제 됐어. 네가 그런 사람일 줄은 몰랐어.”

나는 자리에서 일어났다. 머리까지 피가 솟아 어지러웠다.

그러나 마음 한편에서는 냉정함도 유지하고 있다. 그렇게 내가 친구 생각을 했었나, 아즈사를 그렇게 소중히 여겼나. 그런 생각을 떨쳐내듯 나는 나를 향해 말한다. 소중하고 안 하고의 문제가 아니다. 이런 건 잘못됐다. 사람의 생사는 편리한 해피 엔딩이 아니다.

가게를 나와 계단을 내려갔다. 곧 생협의 서적 코너가 나오면서, 정면의 매대에는 최근 화제가 되는 책이 잔뜩 쌓여 있었다. 매대를 피해 출구로 나가려는데, 진열된 책의 제목이 시야에 들어왔다.

아사토호라는 문자가 무수하게.

내 눈을 의심했다. 표지는 헤이안 시대의 두루마리 화첩에서 따온 듯한 그림이다. 현대어 번역 포함. 나도 잘 아는 중고문학 분야의 유명한 연구자가 번역과 해설을 담당한 모양이다.

다시금 살펴보니 매대는 통째로 「아사토호」 관련 책 코너였다. 몇 종류나 되는 현대어 번역본에 신서판新書判 서적에 해설본까지. 이걸 모델로 한 만화나 소설이 몇 종류나 됐다. 원전에 충실한 것부터 작중 무대가 되는 나라나 시대를 변형한 것, 판타지나 SF에 의한 패러디. 그중 한 권에는 조만간 애니메이션화 된다는 광고가 실린 띠지까지 감겨 있었다.

뭐지, 이게?

제일 앞에 있던 책을 집어 들었다. 이건 「아사토호」를 현대적으로 번안하여 쓴 연애 소설 같았다. 주인공은 평범한 여자 회사원. 그런데 어떤 일을 계기로 인기 남자 아이돌과 만나 사랑에 빠진다. 이 아이돌이 원작에 나오는 나이다이진에 해당하는 것 같았다. 아마 다른 책도 이런 식이리라.

내 기억에서 「아사토호」는 거의 잊힌 작품일 터였다. 그게 이런 예술 작품으로 널리 향유되고 있다. 내가 모르는 곳에서 결정적인 뭔가가 변했다.

그 계기는 잘 안다. 천이 불타고 내가 아오바가 된 그때와 같은 타이밍이다.

열쇠가 되는 건 역시 그 천이다. 그렇지만 아직 알 수가 없다. 왜 「아사토호」일까. 왜 아오바일까. 만약 이게 이야기라면 반드시 거기에 뒷받침될 만한 이유가 있을 텐데.

거기까지 생각했을 때 내 머릿속 안쪽에서 뭔가 작게 터졌다. 이게 이야기라면? 그 말 속에 뭔가 단서가 있는 것 같았다. 그래, 어쩌면 오히려.

모든 건 처음부터 이야기였을지도 모른다.

○ ○ ○

후지에다 교수님이 도내 병원에 입원하고 계신다는 걸 안 건 이튿날의 일이었다.

미오와 헤어진 후, 연구실로 간 나는 요코다 교수님을 만났다. 그러고 나서 제정신인지 의심받지 않을 범주에서 나 자신에 대해 물어봤다.

대학에 입학하고 나서의 내 이력은 내 생각과 거의 비슷했다. 후지에다 교수님이 졸업논문 지도를 담당했던 것도, 후지에다 교수님이 행방불명되어서 대신 요코다 교수님이 나를 담당하게 된 것도 같았다. 작성 중이었던 졸업논문 내용도 동일한 듯했다. 이건 차라리 나한테 다행이었다. 논문을 다시 쓰지 않아도 된다.

"어제 강의에 출석하지 않았길래 좀 걱정했단다."

"죄송합니다. 좀 몸이 안 좋아서."

나는 내 뺨에 난 상처에 손을 대면서 말했다. 요코다 교수

274

님은 어색한 듯 시선을 돌렸다. 몸이 안 좋았던 건 맞지만, 그 반응을 보니 어쩐지 죄책감이 느껴졌다.

"그래도 후지에다 교수님도 찾았으니 이제야 마음 놓고 연구에 전념할 수 있겠구나."

"아아……, 네?"

뜻밖의 말에 순간 머리가 혼란스러웠다.

"아니, 찾았다고요? 후지에다 교수님을?"

"음? 아직 소식 못 들었니?"

요코다 교수님은 당황한 기색이었다. 교수들 사이에서 은밀히 공유되던 정보를 실수로 노출한 것일지도 모른다.

"그럼, 저어, 살아계시는……?"

"그거야 당연하지." 다만, 하고 요코다 교수님은 말했다. "심하게 다치셔서 입원하고 계시지."

"다치셨다고요?"

"그래, 무슨 화재에 휘말리셨다고……. 왜 그런 일이 생겼는지 나도 모르지만."

화재. 그러니까 내가 아키토에 의해 구출된 그 장소에서 후지에다 교수님도 살아서 나갔다는 뜻이다.

그러고 나서 나는 요코다 교수님에게 병원 위치를 가르쳐 달라고 부탁했다. 후지에다 교수님에게 꼭 문병을 가고 싶다고 하면서. 처음에는 망설이던 교수님도 내가 열심히 고개를 숙이자, 그렇다면 알아봐 주겠다고 약속했다. 아무래도 요코다 교수님도 병원까지는 자세히 모르는 모양이다. 그게 어제 일이었다.

그리고 오늘 아침 일찍, 대학용 메시지 보관함에 연락이 도착했다. 며칠 정도 걸릴 줄 알았는데 뜻밖이었다. 교수님이 대학 관계자들을 찾아다니며 물어 알아낸 모양이다. 나는 아도니스로 가서 아키토와 만난 후, 둘이서 그 병원으로 향했다. 휴대전화가 없으니 영 불편하다.

"그럼 넌 그 건물 지하에서 후지에다 교수님을 만나 얘기도 한 거야?"

"응."

물론 그게 이쪽 세계에서 어떻게 되어 있는지 나는 지금 하나도 확신할 수가 없다. 내 기억 속에서 후지에다 교수님은 천에서 뿜어져 나온 환상의 불에 붙잡혀 불탔다. 그건 어디까지나 나와 교수님의 인식 속에서 일어난 화재였지, 분명 현실이 아니었을 텐데.

"신문에 기사가 나왔어. 병원으로 쓰던 건물이 원인 불명의 화재로 전소. 현장에서 남성 한 명이 구조됐다고. 그것과는 별대로 신원 불명인 시신도 나왔대."

신원 불명의 시신이라는 건 기요하라 씨일 것이다. 그보다 마음에 걸리는 건 후지에다 교수님이 목숨을 건졌다는 사실이다.

그때 내가 보기에는 도저히 생명을 건질 만한 정도의 불길이 아니었다. 어떻게 된 일인지 모르겠지만 교수님이 구조됐다는 건 그 불도 역시 현실의 것이 아니었다는 뜻일까.

병원에 도착한 우리는 접수처에 가서 후지에다 교수님의 이름과 미리 들었던 병실 호수를 말했다. 그렇지만 접수처 직원은 그 환자는 지금 면회할 수 없다고 했다. 아주 상태가 안 좋아서 면회자를 받을 만한 상황이 아니라고 한다.

한동안 물러서지 않고 매달려 봤지만, 허락해 줄 기미도 보이지 않는다. 다만 용태는 조금씩 나아지는 방향이라고 했다. 일단 오늘은 그 소식을 들은 것으로 만족하기로 했다. 어쩌면 며칠 지나면 큰 문제 없이 문병을 갈 수 있을지도 모른다.

병원을 나서기 전에 병동으로 이어지는 엘리베이터 홀을 아쉬운 마음으로 바라봤다. 그때 마침 거기서 낯익은 사람이 내려오는 것이 보였다.

"잠깐, 밖에서 기다려."

나는 아키토에게 그렇게 말한 뒤, 엘리베이터에서 내린 그 사람에게 뛰어 다가갔다.

"저어, 후지에다 교수님의 사모님 되시죠?"

내 부름에 돌아본 그녀는 전에 캠퍼스에서 만났던 바로

그 후지에다 미나미였다. 그녀는 내 얼굴을 신기하게 바라보다가 곧이어 아아, 하고 짧게 중얼거리며 미소를 지었다.

"대학에서……"

"네, 교수님께는 늘 신세 지고 있습니다. 오하시 아오바입니다."

"아오바."

"아, 네."

미나미 씨는 확인이라도 하는 것처럼 내 이름을 반복했다. 혹시 이쪽 세계의 아오바는 그녀와 면식이 없는지도 모른다. 그렇지만 이미 불러세우고 말았다. 나는 최대한 태연하게 말을 꺼내기로 했다.

"저어, 후지에다 교수님이 여기 입원하셨다고 들어서 왔어요. 교수님은 좀 어떠신지."

"괜찮아요. 지금은 많이 진정됐고, 의식도 돌아왔어요. 다만 화상이 심해서."

"그렇군요."

대화할 상태가 아니라는 뜻 같다.

"병원이 여기라는 건 어떻게 알았나요?"

"요코다 교수님께 여쭤봤어요. 입원하셨다는 교수님을 꼭 찾아뵙고 싶어서."

"그래요."

그렇게 짧게 답했을 뿐, 그녀는 내 얼굴을 가만히 바라봤다. 나는 절로 시선을 피하고 말았다.

"저어, 교수님이 폐병원에서 발견되셨다고 들었어요."

"네, 맞아요."

나는 신중히 단어를 고르면서 말했다. 현장에 있지 않으면 알 수 없는 것을 함부로 입에 올리지 않도록.

"왜 그런 곳에 계셨대요?"

"어머나, 그런 게 왜 궁금하죠?" 미나미 씨는 눈살을 찌푸렸다. "꼭 형사처럼."

그런 대꾸에 나는 뭐라고 대답해야 좋을지 몰랐다. 이런 식으로 꼬치꼬치 캐묻는 태도가 부자연스러운 걸까. 내가 궁금한 건 교수님이 정말로 그 지하실에서 발견됐는가뿐이었지만, 그걸 물어볼 핑곗거리를 도무지 찾을 수 없었다.

갑자기 미나미 씨가 웃었다.

"농담이에요. 행방불명됐던 교수님이 큰 화상을 입고 발견됐으니 궁금하겠죠."

네, 하고 솔직히 대답했다. 미나미 씨는 더욱 재미있다는 듯 웃는다. 손으로 가린 입가에서 덧니가 보였다. 참 아름다운 사람이라는 생각이 들었다. 교수님이 반하는 것도 이해가 간다.

문득 전에 미나미 씨가 했던 말이 머릿속을 스쳤다.

그이는 학창 시절에 미래를 약속한 연인이 있었어요. 하지만 그 사람이 사고로 세상을 떠나서……. 그런데 내가 그 사람과 닮았대요. 그래서 좋아하게 됐다고.

그녀는 분명 그렇게 말했다. 미나미 씨는 후지에다 교수님의 옛 연인과 닮았을지도 모른다. 그렇지만 내가 보기에 미나미 씨는 나와 생김새가 비슷하지 않았다.

"그럼 전 이만 돌아가 보겠습니다. 교수님께 쾌유를 빈다고 전해주세요."

"어머, 여기까지 찾아왔는데 미안해요." 미나미 씨는 말했다. "괜찮아졌을 때 다시 와요. 그이도 기뻐할 거예요."

나는 고개를 꾸벅 숙이고 나서 아키토가 기다리는 현관 홀로 향했다. 안에서 내가 나오는 걸 알아차린 그가 벤치에서 일어났다.

"이제 됐어? 아는 사람이잖아."

"응, 하지만 또다시 만날 수 있을 테니까."

그러고 나서 우리는 지하철역까지 이어지는 길을 나란히 걸었다. 어디 가서 밥이라도 먹을까, 하고 아키토가 말한다. 먹고 싶은 걸 생각하면서, 별 뜻 없이 하늘을 올려다봤을 때 빌딩 옥상에 있는 간판이 눈에 들어왔다.

또 「아사토호」다. 백만 부 돌파라는 글귀가 보인다. 잘 팔리는 모양이다.

“요즘 저거 유행하는 같다?”

내가 간판을 가리키며 말하자, 아키토가 어이없다는 표정을 지었다.

“너 무슨 소리를 하는 거야? 고전 명작이잖아. 일본인이면 다 알 정도로.”

초조했지만 얼굴에 감정을 드러내지 않았다.

“어떤 이야기인데?”

내용까지 물을 줄은 몰랐는지, 아키토는 노골적으로 당황한 기색이었다. 하지만 어떻게든 설명해 줬다. 일본 고전문학에 대해 잘 알지도 못하는 아키토까지 내용을 안다는 건, 매우 유명한 작품이 됐다는 뜻이다.

줄거리는 내가 아는 「아사토호」와 같았다. 나이다이진이 온나니노미야한데 구애한다. 그녀는 나이다이진이 한때 마음을 뒀던 후지쓰보노뇨고의 딸이다. 두 사람은 마침내 부부가 되지만 첫날밤이 지나고 다음 날, 침상에서 사건이 벌어진다.

“어떤 사건인데?”

알고 있었지만 일부러 물었다. 온나니노미야가 생각보다 외모가 추해서, 어머니인 뇨고와 전혀 닮지 않았다. 그런 한심한 결말이 따라오게 되어 있는데.

그러나 어찌 된 영문인지 아키토는 거기서 말을 끊었다.

“……혹시 너 정말 몰라서 묻는 거야?”

“응?”

“그렇구나……. 아니, 그럼 내가 말하는 건 좀……?”

왜 그러지? 아키토는 뭐라고 중얼중얼 혼잣말하다가, 나한테 궁금하면 직접 책을 사서 읽어보라고 했다. 그 말을 들은 나는 오호라, 하는 생각을 했다. 그렇다면 그도 결말을 모르거나 아예 잊은 게 분명하다. 그걸 지적하는 건 간단한 일이었지만, 일부러 그러지 않았다. 아키토의 자존심을 지켜줘야 할 테니까.

그런 상념에 젖어 있는데, 아키토가 갑자기 말을 꺼냈다.

“그런데 부모님께 인사는 언제 가면 될까?”

“뭐?”

말을 돌리려는 건지, 아니 그런 것치고는 지나치게 화제가 엉뚱한 곳으로 튀었다.

“인사라니, 누구한테?”

내가 되묻자 아키토가 뚱한 표정을 지었다. 그리고 살짝 화가 난 듯한 어조로 말했다.

“야, 너 그러기가 어디 있냐? 난 진지하다고.”

그 타박에도 나는 전혀 상황을 이해할 수가 없었다. 부모님께 인사라니, 진지하다니, 마치 누가 결혼이라도 하는 것 같잖아.

결혼?

"뭐야, 혹시 잊은 거야?" 아키토는 머리를 긁적였다. "하긴 상황이 그랬으니 어쩔 수 없겠지."

그의 말로는 며칠 전, 그러니까 내가 그 불타는 건물에서 아키토에 의해 구출됐을 때, 그는 나한테 이런 말을 했단다.

아오바, 만약 살아서 돌아간다면 나와 결혼해 줘.

"그럴 수가."

"아니, 나도 그때는 정신이 없어서……."

내가 숨을 삼키는 것을 그는 다른 의미로 받아들인 모양이다. 물론 타오르는 화염 속에서 프러포즈라니, 무슨 삼류 드라마나 영화 같다. 아니, 그보다.

"하지만 내 마음은 진심이야."

그는 내 눈을 똑바로 보며 말했다. 나는 거기에 어떻게 대답하면 좋을지 알 수 없었다.

그러고 보니 전에 미야자와 치과의 할머니가 몰래 나한테 이런 이야기를 해줬다. 아키토는 아오바의 얼굴에 상처를 낸 것에 대한 책임을 질 셈이라고. 그가 말하는 책임이 이것인지 알 수는 없다. 그렇지만 아키토는 사라진 아오바를 찾아내려고 계속 애를 썼다. 지금은 그 바람이 이루어졌고, 그래서.

"미안해. 내가 지금 많이 혼란스러워서."

"이해해. 너무 서두르지 않아도 돼. 천천히 생각해도 되니까."

아니라고 하고 싶었다. 네 눈앞에 있는 건 아오바일지도 모르고, 실제로 그건 아오바이긴 하지만……. 아니, 그게 아니라 여기 있는 건 아오바가 아니라 그러니까……. 나는 대체 누구였더라?

머리가 어지러웠다. 다리가 휘청거리며 아키토의 몸에 기대고 말았다. 그는 내 몸을 부드럽게 지탱하면서 괜찮냐고 귓가에서 속삭였다. 그 행동이 아주 자연스럽게 느껴졌다. 우리는 처음부터 이렇게 되어야 했던 것이다.

그거야 원래 그런 이야기니까.

아오바의 목소리로 들린 그것은 분명 내 입에서 흘러나온 것이었다.

∘ ∘ ∘

기요하라 의원의 건물은 전에 봤던 때와 전혀 다른 꼴이 되어 있었다. 온통 검은 그을음으로 뒤덮인 창문은 마치 동굴처럼 보였다. 주변에서는 탄내가 진동한다. 부지 한구석에는 불을 끄기 위해 꺼냈던 건지 가구가 난잡하게 산더미처럼 쌓여 있다. 그 모습을 울타리 너머로 바라보면서 나는 저도 모르게 말했다.

"정말로 불이 났던 거구나……."

옆에서 그 소리를 들은 아키토는 뭘 새삼스럽게 구느냐는 얼굴로 나를 쳐다봤다. 그렇지만 돌이켜보면 참 이상한 일이다. 이 완전히 타버린 건물 모습은 내 기억과는 전혀 모순되지 않다. 왜냐하면 이곳이 불길에 휩싸이는 걸 분명 봤기 때문이다. 그때만 해도 내 머릿속에만 남아 있던 광경인 줄만 알았다. 하지만 사실은 그게 아니었다는 뜻이다.

"안에 들어가 볼 수 있을까?"

"그러지 않는 게 좋을 것 같은데."

문은 활짝 열려 있다. 입구를 막듯 노란색 출입금지 테이프가 빙빙 감겨 있지만, 아래로 쉽게 지나갈 수 있을 것처럼 보였나.

"방화범으로 오해받을지도 몰라."

그건 기우라는 생각이 들었다. 이 화재에 대한 뉴스 보도는 어느 정도 다 살펴봤다. 화재 원인은 이미 특정된 상태다. 담뱃불을 제대로 끄지 못해 생긴 화재. 지하실에 숨어들어 생활하던 사람이 있었고, 그의 담배꽁초로 인해 불이 났다고 한다. 그렇게 어느 주간지 기사에 나와 있었다. 그 인물은 아마 후지에다 교수님일 것이다.

"봐, 지금은 아무도 안 보잖아."

“야!”

아키토가 말릴 틈도 없이 나는 부지 안으로 몰래 들어갔다. 그러고 나서 아키토를 위해 테이프를 들어 올려줬다. 그는 마지못해 내 뒤를 따랐다.

“하여간 아오바는 여전하구나.”

“여전하다니.”

그렇다, 어릴 때도 이런 대화가 오간 적이 있다. 그건 아오바가 사라졌을 때의 일이었다. 그 폐가를 발견해서 어쩌면 좋을지 망설이는 아키토를 내버려둔 채 아오바는 바로 안으로 들어가 버렸다.

나는 아키토의 얼굴을 바라봤다. 그는 마음속 어딘가에서 그때 일을 기억하고 있는 게 아닐까. 아니면 나는 내 기억 속의 아오바를 무의식적으로 모방하고 있는 것일까. 지금은 내가 아오바니까 조금이라도 아오바처럼 행동해야 한다는 의도가 무의식으로 작용하고 있을지도 모른다. 그렇다면 이건 아오바다운 행동일까 아니면 내가 ‘아오바답다’라고 제멋대로 믿고 있는 행동일까.

알 수가 없다.

“뭐야, 혹시 기분 나빠서 그래?” 아키토는 멍하게 있는 내 모습에, 혹시 기분이 상해서 그러나 의심한 모양이다. “사과할게. 아오바 넌 네 나름대로 성장하고 있을지도 모르겠다”

성장. 나는 초등학생 시절의 아오바밖에 모른다. 그녀가 성장했다면 지금의 나처럼 됐을까. 그런 실감도 들지 않는다. 생각하면 할수록 나는 예전의 나와 같은 사람이라는 생각밖에 안 든다.

건물 내부는 상상했던 것 이상으로 탄내로 가득해서 숨이 턱턱 막힐 지경이었다. 나는 손수건을 꺼내 입가를 막았다. 내부는 캄캄할 줄 알았지만 창문도 커튼도 다 타버려서 생각보다 훨씬 밝았다. 그렇지만 목적지는 지하다. 우리는 가지고 온 손전등 스위치를 켰다.

완전히 분위기가 달라진 탓에 구조를 파악하는 데 시간이 걸렸다. 그때 했던 행동을 떠올리면서 짐작이 가는 위치의 방을 찾다 보니 금세 발견했다. 지하로 통하는 계단실. 문은 활짝 열려 있고, 주변에는 캐비닛으로 보이는 것이 우르르 쓰러진 채다. 교수님도 여기를 통해 구출됐을지도 모른다. 안을 비추니 건물 잔해 같은 것도 전혀 없어, 바로 내려갈 수 있을 듯했다.

등 뒤에서 불안하게 나를 바라보던 아키토를 놓아두고 발걸음을 내디뎠다. 그을음이 덕지덕지 붙은 것도 잊고 난간을 쥐는 바람에 손바닥이 새카매졌다. 이런 장소에 발을 들였으니 더러워지는 걸 신경 써봤자 소용없다.

"그래서 찾으려는 게 뭔데?"

“일단 내 스마트폰부터 찾아보려고.”

“뭐?”

“여기 지하실에 떨어져 있을 거야. 내 기억이 맞다면.”

어두컴컴해서 아키토가 어떤 표정을 짓고 있는지는 보이지 않았지만, 좋은 얼굴은 아니리라. 이 상황에서 스마트폰이 무사할 리가 없었다. 다 타버려도 찾아내면 그나마 다행이다. 어쩌면 완전히 녹아 바닥에 눌어붙었을지도 모른다.

계단 제일 아래에는 전에 봤던 것과 마찬가지로 두 개의 방이 있었다. 문은 둘 다 떼어진 상태였다. 창고였던 방을 들여다보니 심하게 타버려서 금속 골조 같은 물체가 바닥을 굴러다니는 것 외에 형태를 갖춘 것은 무엇 하나 없었다.

“여기가 발화 지점이었나 봐.”

아키토가 중얼거렸다. 창고라면 알코올이나 연료를 놓아뒀어도 이상할 게 없다. 그리고 교수님이 생활했던 곳도 이 방이었으니, 담뱃불 끄는 걸 잊어서 불씨가 옮겨붙었을 가능성도 충분하다.

그렇지만 내가 본 상황은 그것과 다르다.

반대쪽에 있는 또 다른 방으로 발을 들였다. 이쪽은 보일러실이었던 방. 새카맣게 탄 기계와 파이프 등이 늘어서 있고, 몇 개는 폭발이라도 한 것처럼 파열되어 있다. 생생한 절단면이 손전등 빛을 반사하여 번뜩였다.

"걸려 넘어지지 않도록 조심해."

나는 침을 삼키며 조심스럽게 잔해를 넘어갔다. 발밑을 비추면서 신중히 나아간다. 가끔 안쪽에도 빛을 비춰서 내가 방의 어디쯤 있는지 확인했다. 내부 모습이 완전히 달라진 데다가, 전에 봤던 구조가 어땠는지 기억도 나지 않지만 그 천이 있던 장소는 어딘지 알았다. 제일 안쪽의, 벽과 기계 사이에 끼인 공간.

나는 곧 짐작되는 장소를 찾아냈다. 벽의 형태도, 천장을 기어가는 파이프도, 그곳에 철사를 감아 만든 훅도, 내가 기억하는 것과 똑같았다.

다만 그 천만 없었다.

뒤이어 아키토가 쫓아와 내가 노려보고 있는 한구석을 비췄다.

"여기에 뭐가 있어?"

"있다기보다 있었지."

아키토가 들고 있던 손전등 빛이 천천히 아래로 내려가 바닥에 닿았다. 나는 순간적으로 눈을 피했다가 조심스럽게 다시 시선을 그쪽으로 되돌렸다. 그곳에는 아무것도 없었다. 빗자루로 쓸어낸 것처럼 하얀 콘크리트 바닥만 있을 뿐이다. 내 기억으로는 거기에 기요하라 씨의 부패한 시신이 누워 있었는데. 이미 밖으로 운반된 모양이다.

"이상하네. 여기만 불에 타지 않았어. 벽에도, 천장에도 그을음이 전혀 없잖아."

그 말을 듣고 처음으로 깨달았다. 이상하긴 이상하다. 그 큰 천이 타버렸으면 상당한 양의 재와 그을음이 생기는 게 당연하다. 하지만 이 장소는 겉보기에 그런 흔적은 남아 있지 않았다. 그렇다면 대체 천은 어디로 가버린 걸까.

물론 그런 신기한 힘을 가진 천이 평범한 물질로 되어 있을 것 같지도 않고, 그 천이 불탔다고 해서 우리가 흔히 상상하는 상태가 되지는 않을 듯하다.

그보다 대체 그 천은 왜 불탔던 걸까. 기억하는 건 아주 찰나의 광경뿐이다. 담배를 문 후지에다 교수님이 내 스마트폰을 집어 들었다. 그 직후, 그는 흘끔 천 쪽을 봤다. 거기에 이끌려서 나도 시선을 향한 것과 동시에 천에서 화염의 혀가 쑥 뻗어 나와 교수님을 집어삼켰다.

그렇지만 나와 대화하는 사이, 교수님은 내 곁에 다가오려 하지 않았다. 내가 방 출입구에 선 것을 확인한 다음에야 교수님은 그때까지 내가 서 있던 장소까지 가서 스마트폰을 집어 들었다.

교수님은 천에 가까이 가는 것을 두려워했던 걸까. 그렇다면 천 근처에 떨어진 스마트폰을 집어 들 리가 없다. 그럼 교수님은 나한테 가까이 다가갈 수 없는 이유가 있었던 걸까. 아니, 그런 거라면 스마트폰을 집어 들고 나서 이쪽으로 오려 한 건 부자연스럽다.

즉, 교수님이 피했던 것은 천 앞에 나와 둘이 서는 것이었다.

종이에 적어 넣은 환상을 작가와 독자가 공유하는 거지. 그 환상에 어떤 라벨을 붙일까 하는…….

공유, 그렇다. 환상은 혼자 본다면 별다른 해를 끼치지도 않는 공상에 불과하다. 그렇지만 두 사람 이상이 그걸 나눈 순간, 환상은 이야기가 되어 우리를 얽맨다.

마쓰무라 가나에는 국문학자들에게 천을 보여주러 다녔다. 그는 그렇게 자신이 가진 '학회에 대한 복수심'이라는 이야기를 억지로 공유시키려 했다. 그 환상은 「아사토호」라는 사본의 형태를 취해 나타났다. 그는 그 발견자가 됐고, 보수적인 학회에 새로운 바람을 불어넣었다. 바로 그런 이야기였다.

기요하라 부부는 함께 천을 보고 아들들이 훌륭한 의사가 되어 병원을 잇는 이야기를 공유했다. 이윽고 기요하라 씨와 그 동생도 천을 봤으리라. 그곳에 어떤 이야기가 생겨났는지 상상밖에 할 수 없다. 형제간의 다툼, 가족의 애증극. 그럴싸한 이야기라면 얼마든지 만들어낼 수 있다. 대체로 결말은 안 좋지만 말이다.

나와 아키토도 둘이서 천을 봤다. 그곳에서 공유된 건 사라진 여동생이라는 이야기였다. 서로 호감을 가지고 있었으나 사고 때문에 미묘한 관계가 된 나와 아키토가 어느 여름날, 기이한 사건에 휘말린다. 이 세상에서 사라지고 만 쌍둥이 여동생을 찾던 중 서서히 응어리가 풀리고 마지막에는 두 사람이 맺어진다. 바로 그런 길고 긴 이야기.

교수님과 아즈사도 여기서 천을 봤을 것이다. 아즈사는 연구자가 되고 싶었지만 그런 재능이 없었다. 그런 의미에서 보자면 마쓰무라 가나에와 닮았다. 그녀는 불우한 연구자의 업적을 재발견하여 그걸 세상에 선보인다.「아사토호」라는 이야기는 그러기 위해 존재했다. 아마 후지에다 교수님은 이에 얽힌 일화를 그녀에게 들려주고, 이끌어주는 역할을 맡았을지도 모른다. 그런데 교수님이 이 장소에 틀어박혀 이야기에서 빠지려는 탓에 각본이 무너졌다. 아즈사는 마음에 이상을 일으켰고 스스로 목숨을 끊었다.

마지막으로 나와 후지에다 교수님이다. 아즈사에게 그런 일이 벌어진 후, 교수님은 늘 조심했다. 그렇지만 마지막에 잠깐 마음이 풀어졌다. 교수님이 천을 보고, 내 쪽에서도 천이 보였다는 것은 그 순간에 우리 둘은 천을 동시에 봤다는 뜻이 된다. 그때 내 뇌리를 스친 것은 '이런 무서운 천은 없어졌으면 좋겠다'라는 생각이었다. 그리고 때마침 교수님이 담배에 불을 붙이는 순간도 봤다. 우연하게도 그 불씨가 천에 옮겨붙어 활활 태운다. 그런 이야기가 마음을 지배하고 있었다면, 그리고 그게 현실이 됐다면?

"원래 그런 이야기니까."

지금 뭐라고 그랬냐고 아키토가 물었지만, 나는 내 생각에만 빠져 있는 상태였다. 그 천은 이야기를 만들어내는 장치일까. 아니, 그게 아니라 천 자체도 하나의 이야기일까. 단어와 문맥을 실로 삼아, 그 천이 자기 자신을 외부로 짜 나아가는 그런 존재라면?

그렇게 우리까지 천 속에 짜여 들어가는 거라면……, 지금 이 장소야말로 천의 내부인 걸까.

"나가자."

나는 아키토를 향해 말했다. 그런 짓을 해봤자 아무런 의미는 없겠지만, 나는 조금이라도 그 천의 기척이 남아 있는 장소에서 멀어지고 싶었다. 지하실을 나오고 싶은 마음은 아키토도 마찬가지였는지, 그는 아무 말도 하지 않고 바로 출구로 되돌아갔다.

뒤쫓아가려는데, 발끝이 뭔가 단단한 것을 턱 걸어찼다. 나는 아래쪽으로 빛을 비춰서 밑에서 굴러다니는 것이 뭔지 찾아봤다. 낯익은 직사각형 물체가 거뭇하게 더러워진 바닥 위에 떨어져 있다. 나는 믿을 수 없다는 듯 그 물체를 집어 들었다.

그건 나의 스마트폰이었다. 이곳에 계속 놓여 있었던 것 치고는 불탄 흔적이 전혀 없다. 배터리는 다 닳았는지 전원은 꺼져 있었지만, 손가락으로 버튼을 눌러보니 몇 초 동안은 화면이 표시됐다.

대기 화면 배경으로는 유원지에서 즐겁게 미소 짓는 아키토와 아오바의 사진이 설정되어 있었다.

○ ○ ○

약속 장소를 북카페로 정한 것에 별다른 뜻은 없었다. 교수님이 입원한 병원에서 그리 멀지 않으면서 차분하게 대화를 나눌 수 있는 장소를 선택했을 뿐이었지만, 그런 생각마저도 이야기의 일부가 아니었다고 단언할 수는 없다.

내 안에 어떤 이야기가 있느냐에 따라 내 행동은 물론이요, 원래 있던 동기마저 달라지지.

아주 오래전에 후지에다 교수님이 했던 말이다. 즉, 사람의 행동을 조정하는 이야기가 있어도 이상하지 않다는 뜻이었다. 돌이켜보면 그 시점에서 교수님은 이미 「아사토호」를 알고 있었던 게 분명하다. 그리고 그 고찰은 아마도 맞아떨어졌다. 그래서 내가 여기 있는 것이다.

마침 맞은편 비스듬한 방향에 앉은 한 여자가 문고본을

펼치고 있었다. 책 장정이 낯설지 않다. 「아사토호」다. 아까 나도 같은 책을 샀다. 하지만 아직 내용을 읽을 용기는 나지 않는다. 읽으면 나는 그것에 지배당한다. 머릿속 일부가 돌이킬 수 없게 변하고 만다. 그런 막연한 두려움이 들었다.

약속 시각을 좀 넘어 그녀가 나타났다. 한 손에는 커피 컵이 들려 있다.

"기다리게 해서 미안해요."

후지에다 미나미. 나는 여전히 이 사람이 무섭다. 하지만 꼭 대화를 나눠봐야겠다는 생각이 들었다.

"괜찮아요. 시간은 많거든요."

"어머, 그래요?"

정면에 앉은 미나미 씨는 커피에 우유를 녹여 천천히 섞었다. 나는 그게 끝나기를 기다렸다가 말했다.

"오늘은 미나미 씨께 여쭤보고 싶은 게 있어서요."

"우리 그이의 용태라면 얼마 전과 달라진 게 없어요. 의식은 조금씩 회복되고 있지만 말은 아직."

나는 고개를 가로저었다.

"그게 아니라 제가 궁금한 건 기요하라 씨에 대해서예요."

미나미 씨가 미소만 짓고 아무 대답도 하지 않아서, 나는 내가 알아본 바를 이야기했다. 우리 대학이 발행하는 학술 잡지는 봄 호에 졸업논문 일람이 게재된다. 기요하라 씨의 졸업 연도는 알고 있었기에 해당하는 잡지 호를 찾아서 읽어봤다. 내 예감은 적중했다.

"학생 이름은 가타노 미나미. 졸업논문 제목은『꾸며 만든 이야기의 경계──이즈미 시키부 일기』였죠?"

"……그래요, 이즈미 시키부 일기가 주제였다고, 우리 처음 만났을 때 얘기했죠?"

가타노는 그녀의 결혼 전 성이리라. 연구실별, 오십음도로 정렬된 일람 속에 가타노 미나미와 기요하라 쇼헤이의 이름은 나란히 실려 있었다.

"기요하라 씨와는 대학 동기셨네요."

"네, 아주 뛰어난 사람이어서 많은 걸 배웠죠."

그녀는 먼 과거를 그리워하는 것처럼 말하며 커피를 한 모금 마셨다.

"이야기의 경계라는 건 어떤 뜻인가요?"

"당신도 그이의 수업을 들었다면 알지 않나요?"

그러고 나서 미나미 씨는 자신이 쓴 졸업논문 내용을 설명했다. 10년도 훨씬 넘은 예전에 쓴 글인데도 그녀는 내용을 잘 기억했다. 이즈미 시키부 일기는 3인칭으로 쓰였고, 그 형태는 모노가타리 문학인지 일기인지 구분되지 않는다. 사본의 제목을 봐도 이걸 '이즈미 시키부 모노가타리'라고 칭하는 책이 더 많다. 이 작품은 이야기와 그렇지 않은 것의 경계선상에 선 존재라고 볼 수 있다. 그래서 들어간 단어가 '경계'.

"그때는 그 정도밖에 쓸 수 없었어요. 하지만 그이는 칭찬해줬죠."

그녀는 당시 일을 떠올리기라도 하듯 흐뭇한 눈빛을 보였다.

"교수님과는 언제부터 그런 관계가 되셨나요?"

"처음에 그이가 먼저 식사 제안을 했어요. 둘이서만 만나자고 해서 좀 이상하다는 생각은 들었지만."

"거절은 안 하셨어요?"

"그거야 좋아했으니까."

그녀는 미소를 짓는다. 너무나도 구김살 없는 표정이라 내가 더 동요하고 말았다.

"나는 예전부터 가끔 나 자신이 너무나도 평범한 사람인 것 같아 짜증이 나곤 했어요."

"평범한 사람, 말인가요."

"그래요, 평범한 집에 태어나 평범하게 자라 평범하게 대학에 들어가서…… 아무런 드라마도 없는 인생이라고 느꼈죠."

나도 비슷한 생각은 해본 적이 있다. 그렇지만 그게 후지에다 교수님과 어떤 관련이 있다는 것일까.

"그러니까…… 나도 그런 걸 원했던 걸지도 몰라요."

"그런 거라면, 드라마 같은?"

"네, 스승과 제자의 사랑 같은 게 딱 그렇잖아요? 강의 때 그 사람을 처음 본 순간부터 마음 한구석에서 그렇게 되면 좋겠다고 바랐어요. 그래서 그 사람이 식사 제안을 했을 때 참 기뻤죠."

그녀의 바람은 기묘하게 느껴지긴 했지만, 어딘지 모르게 기시감도 느껴졌다. 이윽고 그게 아오바의 생각과 비슷하다는 것을 알아차렸다. 아오바는 아키토와 자신 사이에 어떤 사건이 일어날 것이라고 믿었다. 일상에서 벗어나기 위한 이야기가 필요하다면서.

나는 또 미오를 떠올렸다. 아즈사가 죽어서 운이 좋았다고 했던 그녀도 마찬가지로 뭔가에 씌었던 걸지도 모른다. 천이 불탔을 때부터 우리는 이야기 속에 갇혔다. 이야기는 나의 사고를 속박하고, 인생을 그럴싸한 사건들의 집적체로 변환한다.

이제 점점 이해가 간다.

"그럼 교수님과는 금방 그."

"남녀 관계요?" 미나미 씨는 재미있다는 듯 대꾸한 후, 고개를 가로저었다. "전혀요. 가게에 도착하고 나서 그이가 그러더군요. 내가 그이의 옛 연인과 많이 닮았다고. 그래서 그리운 마음에 자기도 모르게 이렇게 따로 불러냈다고."

미나미 씨가 꿈꾼 이야기는 그때는 시작되지 않았다. 둘이서만 만나는 것도 이번으로 끝내자고 교수님이 말했기 때문이다. 후지에다 교수님한테 이 만남은 아주 사소한 놀이에 불과했겠지만.

"하지만 나는 그걸로 만족할 수 없었어요."

미나미 씨는 온도가 없는 목소리로 말했다.

"그럼 어떻게 하셨길래."

"그이를 협박했어요."

둘이서 찍은 사진과 주고받은 메시지, 가게 영수증. 그런 것들을 모아 미나미 씨는 후지에다 교수님을 찾아갔다. 그렇게 제자를 강제로 불러내 욕망을 채우려고 한 선생의 이야기를 꾸며냈다.

"대학 건물의 아무도 없는 옥상으로 불러냈죠. 마지막에는 그이 앞에서 막 울면서 여기서 뛰어내리겠다고 소리치기도 했어요. 내 말을 안 들으면 콱 죽어버리겠다고."

교수님은 미나미 씨가 시키는 대로 했다. 졸업 후에 두 사람은 정식으로 교제해서 부부가 됐다. 주변에서 기이한 시선으로 볼 때도 있었지만, 신경 쓰지 않았다.

"하지만 결혼하고 보니 생각과는 많이 다르더군요."

"다르다니요?"

"그거야 그럴 수밖에. 스승과 제자가 사랑에 빠지는 건 특별해도, 결혼한 후에는 그저 흔하디흔한 부부니까요."

전업주부가 된 미나미 씨는 또 금방 평범한 존재가 됐다. 언젠가부터 열정은 싸늘하게 식고, 두 사람은 거의 대화도 나누지 않게 됐다.

그때 기요하라 씨가 나타났다.

"기요하라 씨는…… 교수님이 아니라 당신과 상의하려 했군요."

미나미 씨는 고개를 끄덕였다.

"내가 동성 친구가 별로 없거든요. 그래서 결혼 생활에 대한 푸념 같은 건 거의 기요하라한테 쏟아놓곤 했어요."

그런데 그때는 웬일로 기요하라 씨가 먼저 고민을 털어놓았다. 본가의 부모님 일이나 기묘한 천에 대해서. 이야기를 듣는 사이에 미나미 씨는 짜릿한 흥분을 느꼈다. 또 특별한 무엇인가가 일어나려 한다. 그렇게 생각한 미나미 씨는 천의 정체를 조사하기 시작했다.

"그래서 정체를 알아냈나요?"

내 질문에 그녀는 애매한 미소를 지었다. 내 쪽을 가리키며 당신은 어때요? 라고 물었다.

"정체에 대해 짚이는 게 있으니까 나를 찾아온 거 아닌가요?"

그 말이 맞았다. 나는 조금 망설이다가 내 생각을 입에 올렸다.

"그 천은 이야기를 현실화하는 것 같아요. 천을 본 사람들 간에 신기한 연결 고리 같은 걸 만들어서 동일한 환상을 보여주죠. 그것도 평범한 환상이 아니라 일정한 줄거리를 따르는 듯한 그런 것으로요."

"그래요. 나도 그렇게 짐작했어요. 그래서 실험을 해볼 필요가 있었죠."

미나미 씨는 그렇게 말하며 가방 안에서 손수건 같은 것을 꺼내 테이블 위에 올려놓았다. 그게 무엇인지 알아차린 순간, 나는 얼른 의자를 뒤로 밀쳤다. 바닥을 끄는 소리가 울리며 주변 손님 중 몇 명이 이쪽을 쳐다본다. 미나미 씨는 그런 나를 보고 입가를 가리면서 쿡쿡 웃었다.

"뭘 그렇게 무서워해요?"

"이거…… 이 천, 어떻게 된 거예요?"

"기요하라한테 조금 잘라내 달라고 부탁했죠. 그리고 내가 이걸 바로 그이한테 보여줬어요."

그렇다. 나는 이 천 조각을 전에도 봤다. 교수님 연구실의 책상 서랍에 들어 있었다. 그걸 미나미 씨가 꺼내서 가지고 가는 것도 봤다.

"어떤." 갈라진 목소리가 나왔다. 목구멍이 화끈거리는 아픔이 스쳤다. "어떤 이야기를 보여줬나요?"

"글쎄, 이제 그건 모르죠. 왜냐면 나도 그 속에 있으니까.

어떤 게 현실이고 어떤 게 공유된 환상인지 나는 더는 구별 못 해요."

"그럴 리가."

없다고 말하려 했지만 망설이고 말았다. 정말로 그럴 리 없다고 단언할 수 있을까. 내 안에 있는 아오바의 기억 중 어느 게 진짜인지, 어느 게 모두 환상인지 판별할 수 있을까. 아오바는 처음부터 존재하지 않았던 걸까, 아니면 아오바는 사실 나고 오히려 존재하지 않았던 건 나쓰히였던가. 인식 그 자체가 뒤바뀌고 말았으니 사실이 어떤 것이었는지는 모호한 공상에 불과하지 않을까.

눈앞에 놓인 천은 무서울 정도로 복잡한 짜임새를 가지고 있어서, 가만히 보고 있으면 미간 안쪽이 어질거렸다.

"나는 이걸 어떤 종류의 생물로 보고 있어요."

"생물이요?"

"아니면 생물의 일부겠죠. 상처 부위에 세포가 모여들어서 딱지를 만들어내는 것처럼 이 천은 콘텍스트_{context}를 모아 이야기를 만들어요. 그게 분명 본래 역할이겠죠. 이건 그렇게 완성된 이야기 속에 형태를 바꾸어 자리를 잡고 사는 거예요."

아사토호.

"그런 식으로 범위를 넓히기 위해서면, 범위를 넓혀주는 쪽에서도 무슨 이득이 있어야 하잖아요? 벌레가 꽃가루를 옮기는 대신 꽃의 꿀을 받아가는 것처럼 말이죠. 그래서 이 천은 구원받지 못하는 이야기는 안 만들어요. 반드시 결말이 존재하고, 그 이야기에 참여한 사람들의 소망을 어느 정도 이루어주죠."

마쓰무라 가나에도, 기요하라 집안의 사람들도, 그리고 나와 아키토도.

"그럼 미나미 씨도요?"

"……당신은 그이와 같이 여행을 간 적이 있죠? 같은 호텔에서 묵었고."

순간 심장이 멎을 뻔했지만 간신히 정신을 차리고 대답했다.

"네, 딱 한 번이요. 그런데…… 믿기 어려우시겠지만, 저와 교수님 사이에는 맹세코 아무 일도 없었어요."

내가 그렇게 대답하자 미나미 씨는 고개를 푹 숙였다. 충격을 받은 줄 알았는데, 자세히 보니 그렇지 않았다. 그녀는 웃고 있었다. 그 웃음을 꾹 참듯 입을 가리고 고개를 숙인 채였다.

"뭐가 그렇게 우습나요?"

"그거야 나 같으면 그런 이야기로 만들 테니까." 그러더니 나를 흘끗 쳐다봤다. "그리고 결국 남편은 물론 내 곁으로 돌아오는 거예요."

어느 새부터 몸의 떨림이 멈추지를 않았다. 무슨 소리를 하는 거지? 이 사람은 대체 어디까지 알고 있는 걸까.

"설령 그렇다고 해도 제 마음은."

상관없다고 믿고 싶었다. 제아무리 과거와 기억이 바뀌더라도 나 자신의 감정까지는 바꿀 수 없을 거라고. 그러나.

"당신과 나는 연구실에서 이 천을 봤잖아요. 그 전후로 당신의 마음이 변화하지 않았다고 어떻게 장담하죠? 교수님과는 그저 친구다, 그러니까 교수님의 아내와도 오해를 풀고 친구가 될 수 있다. 그런 이야기가 새롭게 시작된 게 아니라고 어떻게 증명할 수 있나요?"

반박하려고 입을 열었지만, 나는 결국 아무 대꾸도 하지 못했다. 정말로 그런 일이 있을지도 모른다. 이 천에 그만큼의 힘이 있다면……. 아니, 힘이 있다는 건 안다. 나 역시 그걸 몇 번이나 겪었다. 아오바는 사라지고 이번에는 내가 아오바가 됐다. 환상의 불길에 휩싸인 줄 알았는데, 그건 이제 환상이 아니게 됐다.

나는 손을 뻗어 그 천을 만지려 했다. 특별히 깊은 이유는 없었다. 다만 감촉을 확인해 보고 싶었다. 내 손끝이 천의 표면을 스쳤다. 어지러운 기하학적 무늬로 짜인 실 위에.

그다음 순간, 천이 녹았다.

미나미 씨의 두 눈이 서서히 크게 뜨였다. 아마 나도 비슷한 표정을 짓고 있으리라. 내 손가락과 맞닿은 순간, 그 천은 은은하게 빛을 냈다. 나는 당황하여 손가락을 거뒀지만, 마치 그 손가락에 달라붙는 것처럼 천의 표면에서 실이 한 올씩 올라오더니 내 손 안으로 파고드는 듯 사라졌다. 그 모습은 마치 손을 대면 물건이 사라지는 마술처럼 보였다.

"대체 이게 무슨."

나는 조심스럽게 입을 열었다. 미나미 씨가 이 상황을 설명해 주지 않을까 기대했지만, 그녀는 아무 말도 하지 않고 천이 있었던 공간만 가만히 바라보기만 했다.

그녀는 컵을 들어 올려 조용히 커피를 마셨다. 겉으로 보기에는 차분한 듯한 몸짓이었지만, 컵을 내려놓을 때 손의 떨림으로 컵이 덜걱거리는 소리가 들렸다.

"그 천을 받을 때 기요하라한테 물어봤어요. 잘라낸 걸 부모님께 들킬까 봐 걱정되어서. 그랬더니 그가 그러더군요." 미나미 씨가 말했다. "붙으니까 괜찮다고."

"붙는다고요?"

"감쪽같이 고쳐놓을 거라 문제없다는 뜻인 줄인 줄만 알았어요. 하지만 그게 아니었네. 그 말 그대로의 뜻이었어요. 그 천은 잘라도 붙어버리는 거예요."

손을 보여달라는 그녀의 말에 나는 아까 전 천에 닿았던 손을 테이블 위에 얹었다. 미나미 씨는 두 손으로 내 손을 감싸듯 쥐면서 잠시 관찰했다. 그녀의 손은 차가웠다.

"저어……, 이게 무슨."

"당신은 병원에 있던 천도 봤던 거네요?"

"네."

"어떤 식으로 보였나요?"

나는 기요하라 의원에 숨어들었던 상황부터 설명했다. 지하에서 후지에다 교수님을 만난 것. 천이 불타서 거기에 휘말리는 교수님을 본 것. 나중에 다시 그 현장에 갔더니 화재는 정말로 있었던 일이고 천은 사라졌다는 것.

그때 미나미 씨는 내 이야기를 가로막았다.

"천이 불탔다는 거죠? 당신의 눈앞에서 흔적도 없이."

"네, 하지만……."

"그리고 당신은 연기를 헤치며 도망쳤어요. 불타는 천에서 나온 연기 속을."

의미를 깨닫는 순간 째앵, 하는 이명이 들렸다. 당장이라도 이 자리에서 두개골을 깨서 속을 끄집어내고 싶은 충동에 사로잡혔다. 그만큼 그 상상은 끔찍하고 견딜 수가 없었다.

내 몸 안에 그게 숨어들었다.

"잘린 천은 붙어요. 그건 재가 되어도 마찬가지죠. 천은 붙어서 여기에 있어요."

미나미 씨는 싸늘하고 가느다란 손가락으로 내 손목을 쓰다듬었다.

"그, 그러면……."

"당신의 몸 자체가 이야기로 변하고 있다는 뜻이에요."

∘ ∘ ∘

예전에 그런 영화를 봤다. 남자는 자기 인생을 사는 줄 알았다. 그러나 사실 그가 사는 마을은 드라마 세트장이었다. 주변 사람들은 모두 배우고, 사건에는 시나리오가 있다. 그 사실을 오직 그만 모른다.

내 지금 상황도 그것과 비슷했다.

그 천은 불타서 재가 됐다. 나는 그 재를 들이마셨다. 그 결과, 내 피부와 내장 점막은 천의 입자로 빽빽이 붙어 직물처럼 짜임으로써, 내 몸 자체가 그 천과 똑같은 존재가 된 상태다. 보는 이에게 환상을 공유시켜 이야기를 낳고, 그 안에 기생하는 장치.

"아오바, 네 본가에 가기 전에 잠시 들르고 싶은 곳이 있어."

아키토는 핸들을 쥔 채로 말했다. 그는 여전히 그 낡은 스포츠카를 타고 다녔고, 당연하지만 나도 거기에 함께하고 있다. 하지만 내 명령으로 깔끔하게 청소하고, 전 주인이 마구 건드렸던 부품도 최대한 순정 부품으로 되돌린 덕분에, 어느 정도 제대로 된 탈 것이 됐다. 엔진 소리도 귀를 틀어막고 싶을 정도까지는 아니다.

"전에 미야자와 치과의 딸 가족이 찍힌 심령사진을 제령했잖아?"

내 기억상으로는 제령은 아키토가 했고 게다가 그 방식은 엉터리였다. 그도 그럴 것이 아키토에게 영적 능력 따위는 없으니 당연하다.

그러나 아키토의 기억에서는 달랐다. 그 자리에 내가 있었고, 사진을 보자마자 이건 이 장소에서 물에 빠져 죽은 사람들의 영혼이라고 단언했다. 내가 사진에 불을 붙이자, 불길 속에서 끔찍한 그림자 같은 것이 나타나 나를 덮쳤지만 간신히 물리쳤다고 한다.

"하여간 너랑 있으면 내가 보는 세상이 얼마나 좁은지 알겠다니까. 이 세상에는 과학으로 설명할 수 없는 것들이 많은 것 같아."

아니다.

내가 아는 아키토는 수상한 고민 상담을 자주 받았다. 외계인의 침략을 막으려고도 했고, 라틴어로 적힌 마술서의 내력을 조사하기도 했다. 하지만 그건 그가 오컬트를 믿기 때문이 아니다.

아오바가 눈앞에서 사라졌을 때, 나는 나 자신을 의심했다. 나 이외의 모든 것을 의심하는 것보다 그러는 편이 더 간단했다. 하지만 아키토는 달랐다. 아키토는 아오바가 사라진 것의 의미를 알고자 했다. 그건 과학으로 설명할 수 없는, 세상 이면에 자리한 진실을 알고 싶다는 그런 대단한 바람이 아니다. 더 간단한 일이다. 받아들일 만한 답을 스스로 만들면 된다고, 그는 말했다.

나는 여동생 같은 건 존재하지 않았다고 했고, 아키토는 존재했다고 했다. 진실은 그 둘 중 하나라고 여겼지만, 그렇지 않을지도 모른다. 결국 우리는 각자만의 방식으로 똑같은 행동을 하고 있었던 것이다.

한마디로, 우리는 이야기를 찾고 있었다. 처음 만났던 순간부터 오늘 이날까지 모든 사건을 꿰뚫는 콘텍스트.

"요즘 다에한테서 또 연락이 왔거든."

다에라면 분명 미야자와 집안의 딸 이름이었다.

"그 사진을 찍은 장소가 자주 꿈에 나온대."

"어떤 곳인데?"

"그것도 기억 안 나?" 아키토는 끙끙거렸다. "우리가 살던 집 근처에 반딧불이가 나오는 계곡이 있었잖아?"

맞다. 아오바는 그곳으로 반딧불이를 보러 가던 도중에 아키토의 자전거에 치였다. 나는 조수석 창문으로 사이드미

러를 들여다봤다. 아오바의 얼굴 한쪽에 남은 흉터. 그건 이
제 나 자신의 것이었다.

내가 원래는 나쓰히였지만 아오바로 변하게 된 건지, 아
니면 처음부터 나는 아오바였고 나쓰히라는 다른 사람 속에
있었던 건지. 이제 알 수도 없다. 아마 어느 쪽이든 상관없으
리라. 지금은 나 자신이 이야기니까 내가 누구인지는 나 이
외의 사람이 정할 일이다.

그러니까 넌 이야기가 되고 싶은 거구나.

후지에다 교수님한테서 그런 말을 들은 적이 있다. 그때
는 고개를 갸웃거렸지만, 지금은 그 뜻을 알 것 같다. 이야
기는 스스로 자기 의미를 결정하지 않는다. 자신이 누구인
가를 그걸 읽는 누군가에게 맡겨버리면 그것만큼 편한 것도
없다.

그래서 이제 더는 생각하지 않기로 했다. 아키토가 나를
소꿉친구이자 연인, 그리고 큰 상처를 준 피해자이고 평생
속죄해야 할 상대라고 여긴다면, 나는 그걸 받아들이려 한
다. 나는 아키토가 원하는 아오바로 있고자 한다. 어쩐지 그
게 자연스러운 것처럼도 느껴졌다.

이 이야기의 주인공은 그니까, 목숨을 걸고 구한 여주인
공과 마지막에 맺어지는 것은 당연한 권리다.

"그 계곡은 저 아래로 내려가면 구류강과 합류하는데, 그

합류 지점 좀 전에 큰 공원이 있거든.”

“거긴 나도 기억나. 초등학생 때 소풍 갔던 곳이잖아.”

그것 말고도 큰 운동용 광장이나 넓은 풀밭이 있는 등 놀기 좋은 장소였다. 미야자와 씨네 가족도 그곳에 가서 기념사진을 찍었다. 그게 바로 내가 불태웠다는 심령사진이었다고 한다.

내가 기억하는 한 거긴 그런 무시무시한 장소는 아니었던 것 같다.

“그 꿈이 문제의 사진에 찍혔던 광경과 아주 흡사하대. 강을 향해 걸어가면 물속에 수많은 사람의 얼굴이 둥둥 떠올라 누군가의 이름을 부른다고 하더라고.”

어디서 많이 들어본 듯한 느낌이 딱 봐도 흔해 빠진 이야기다. 인간의 상상력에는 한계가 있어서, 무無에서 모든 것을 만들어낼 수는 없다. 그래서 언제나 이야기에는 패턴이 있고, 인간은 그 패턴을 끼워 맞추거나 혹은 패턴에 끼워 맞추면서 살아간다.

“혹시 그 장소에 뭔가 있을지도 몰라. 그래서 좀 살펴봐 달라는 부탁을 받았어.”

“부탁받았다니……. 그럼 어떻게 하려고?”

"가보면 어떻게든 되겠지. 네가 있잖아." 그는 웃었다. "아다치 씨 때도 집에 들어가자마자 기똥차게 진상을 밝혀냈으니까."

아아, 제발 아키토한테 그런 말 좀 안 시키면 좋겠다. 기똥차게 진상을 밝혀냈다니, 그가 제일 입에 담지 않을 것 같은 말이다. 아키토가 그런 성격이 아니니까 우리는 같이 어울릴 수 있었던 건데.

"어쨌든 들리기나 해보자. 아직 시간도 이르고. 부모님께 인사는 그다음에 해도 되잖아."

그랬다. 우리가 여기에 온 진짜 목적은 그것이었다. 나, 그러니까 아오바와 아키토가 결혼한다. 그 전 단계의 의식으로서, 그는 내 부모님을 만나고 싶어 했다. 그래서 이렇게 온 건데.

"뭐라고 말하면 좋을까? 역시 '제게 따님을 주십시오'라고 해야 하나?"

"……그런 말은 하지 마."

"'꼭 행복하게 해주겠습니다'는 어때?"

나는 한숨을 씹어 삼키며 창밖을 봤다. 마치 누군가 다른 사람의 이야기를 듣고 있는 기분이었다. 나의 몸은 이야기로 변하고 있다. 그리고 이야기는 자유롭게 읽히고 낭비되기 위한 존재다.

나에게 아오바가 바로 그랬다. 후지에다 교수님도 그랬고, 아즈사나 미오도 마찬가지다. 언제든 나의 편의에 맞춰서 그들을 이해했다. 타인이라는 건 누구에게나 하나의 이야기일지도 모른다. 공감과 동정은 있어도 모든 것을 다 알 수도 없고, 그렇게 허락되지도 않는다.

창 너머에는 어느새 큰 강이 모습을 드러냈다. 내 고향을 흐르는 구류강이다. 어린 시절부터 친근한 장소였지만, 도쿄에서 살다가 돌아오니 이렇게 요동치는 강이었나 싶다. 투박하고 큰 돌이 강가에도, 강 가운데 모래톱에도 잔뜩 굴러다녔고 강둑은 키 큰 풀로 울창하게 덮여 있다. 도쿄의 콘크리트로 둘러싸인 칙칙한 운하와는 전혀 달랐다.

"곧 있으면 도착해. 저기 봐."

아키토의 말에 나는 시선을 앞으로 돌렸다. 어차피 이미 주변은 익숙한 길이어서 그렇게 말하지 않아도 이미 다 안다. 차는 방문자의 수와는 명백히 어울리지 않을 만큼 넓은 주차장으로 들어선 후, 비어 있는 주차 공간 한가운데 정차했다.

아키토는 차에서 내려서 걷기 시작했다. 나도 그 뒤를 따라갔다. 아키토는 금세 걸음을 멈추고 내 쪽을 돌아봤다.

"어디로 가면 되더라?"

나한테 그걸 물어서 어쩌자는 건지. 대략적인 장소를 듣긴 했지만, 그게 공원의 어디인지까지는 모른다고 한다. 주변을 둘러보니 주차장 구석에 큰 안내판이 있고, 거기에 공원 내 지도가 그려져 있다. 아키토가 그걸 살펴보는 중, 나는 근처 의자에 앉으려다가 거기에 글귀가 적혀 있는 것을 알아차렸다.

돌로 된 벤치처럼 보이기도 했지만, 노래비의 용도도 겸한 모양이다. 어릴 때는 전혀 몰랐지만, 그런 콘셉트를 가진 공원이었나 보다. 나는 별생각 없이 그 글귀를 읽었다.

신보다 뛰어난 아사토호는 이름은 없으나 이렇게 존재하고 있노라.

나는 헉 하고 비명을 지르며 절로 뒷걸음질을 쳤다.
"무슨 일이야?"
아키토가 걱정스러운 얼굴로 나는 보고 있었다.
"아무것도 아니야. 벌레가 있어서 놀라는 바람에."
그렇게 말하자 아키토는 웃으며 다시 안내 지도 쪽으로 고개를 돌렸다. 나는 돌 표면에 새겨진 글귀를 가만히 바라봤다. 왜 여기에 작중의 그 시가가 적혀 있는 것일까.
아키토가 바라보는 안내판 옆에 오래된 작은 간판이 고즈넉이 서 있다. 살펴보니 거기에는 이 공원이 완성된 계기가 적혀 있는 것 같았다.

　<고이와이 공원에 관하여>

　이 장소는 원래 가인이자 국학자인 고이와이 모쿠케이木鶏의 저택이 있던 곳이었습니다. 국학자인 후지타니 시게자네를 스승으로 삼아『겐지모노가타리』등을 배운 모쿠케이는 만년에 이 땅에서 지내면서 신슈 지역 풍토에 뿌리내린 뛰어난 시가를 많이 남겼습니다. 또한 모쿠케이는 고전 서적 수집가로서도 잘 알려져 있는데, 고이와이 미술관 소장의 고히쓰테카가미는 현의 중요 문화재로 지정되어 있습니다. 1990년, 모쿠케이의 증손주에 해당하는 마쓰무라 히사코 씨가 모쿠케이의 저택 터를 포함한 고이와이 집안의 사유지를 기증했습니다. 깊은 향토애를 가지고 우리나라의 문학 연구에 지대한 공적을 남긴 모쿠케이와 고이와이 집안의 역사를 기념하여 1996년 이 공원을 완성했습니다.

　글을 다 읽은 나는 아키토에게 내 놀란 모습을 들키지 않으려고 주의하면서, 그가 보는 안내판 쪽으로 시선을 옮겼다. 공원 한구석의, 놀이기구도, 풀밭도 없는 밋밋한 구역에 작게 '구舊 고이와이 집안 다실・자료 코너'라는 글자가 보인다.

　"아키토, 장소는 알아냈어?"

“아니……, 간단한 약도는 받았지만 표지가 되는 곳이 어디인지 모르겠어.”

“그럼 걸으면서 찾아보자.”

그렇게 말하며 나는 그의 대답도 기다리지 않고 걷기 시작했다. 그는 잠시 묵묵히 따라왔지만, 내가 나아가는 방향에 의문을 품었다.

“가는 길이 강 쪽이 아닌 것 같은데?”

“그래?”

얼버무리면서 5분 정도 걷자, 눈앞에 풍류가 넘치는 건물이 보였다. 저게 그 다실인 모양이다. 안에는 들어갈 수 없는 듯했지만, 툇마루의 장지문이 열려 있어서 전시된 자료나 전시판을 자유롭게 구경하게 되어 있었다. 내가 툇마루에 앉자 아키토는 얼굴을 찡그렸다.

“역시 반대 방향 맞네.”

나는 그의 불만을 무시한 채 해설용 전시판 중 하나를 가리켰다.

“이 고이와이라는 사람, 유명하지? 알고 있었어?”

아키토는 전시판을 보고 고개를 가로저었다.

“글쎄, 난 못 들어봤는데.”

여기에 있는 아키토는 「아사토호」의 정체를 좇던 아키토가 아니니까 모르는 것도 무리는 아니다. 마쓰무라 가나에가 처음으로 발견한 단간의 이름이 '고이와이기레'였다. 그의 자서전 기술에 의하면, 마쓰무라가 이 마을을 방문한 건 친척 장례식 때문이라고 한다. 그 친척이 바로 고이와이 집안이라고 한다면 앞뒤가 맞는다.

다실 내에 진열된 전시판은 고이와이 모쿠케이라는 인물의 인품과 일화를 소개하고 있다. 그중에 이런 것이 있었다.

<모쿠케이와 '위서僞書'>

고이와이 모쿠케이는 학자로써 매우 특이한 인물이었던 것으로 보입니다. 그는 고문서를 흉내 낸 '위서'를 많이 제작했습니다. 대표적인 것 중 하나로는 베쓰폰야에무구라別本八重葎라고 불리는 기코모노가타리擬古物語[31]가 있습니다. 『겐지모노가타리』와의 연관성을 강렬히 느끼게 하는 작품이며, 모쿠케이의 스승인 후지타니 시게자네의 간기가 들어 있는 사본이 전해지고 있지만, 최근 조사를 통해 모쿠케이가 직접 오래된 이야기를 흉내 내어 쓴 것임이 판명됐습니다. 비슷한 수법이 중요 문화재인 '고히쓰테카가미'에도 남아 있으며, 그는 직접 지은 시가를 산일된 모노가타리 작품의 단간으로 위장하여 몇 수 정도 몰래

31　가마쿠라 시대부터 근대 초기에 성립한, 헤이안 시대의 왕조 귀족을 주인공으로 한 이야기의 총칭.

끼워 넣었음이 밝혀졌습니다. 고전에 익숙한 모쿠케이만의 독특한 유머라고 할 수 있겠지요.

이제 슬슬 수수께끼가 풀리는 것 같다.

고이와이 모쿠케이라는 국학자가 여기에 살면서, 고전 서적을 수집했다. 그 자손과 마쓰무라 가나에는 친척 관계였다. 그는 이 집에 왔다가 고히쓰테카가미를 발견하고, 그속에 미지의 이야기 단편을 찾아냈다.

사실 그건 모쿠케이가 정교하게 만든 가짜였지만, 마쓰무라는 이를 알아차리지 못하고 학회에 발표했다. 그런데 학회의 반응은 싸늘하기만 했다. 굴욕감을 느낀 마쓰무라는 그 천을 사용해서 학회에 복수할 계획을 세웠다. 그럼 그 천은 원래 어디에 있었던 거지?

"이거 예전에 아오바 네가 여름방학 자유 연구 숙제로 조사했던 거 아니야?"

아키토가 가리킨 것은 내가 봤던 것과 다른 전시판이었다. 거기에는 토기나 토우 등의 사진이 들어가 있다. 그러고 보니 이런 것도 스케치해서 숙제로 제출했던 기억이 어렴풋이 난다.

"내가 봤던 건 향토 자료관에 있던 유물 같은데."

"아니, 그 발굴 장소가 바로 여기야. 공원 확장 공사 중에 발견했대.”

나는 사진 아래의 설명글을 읽었다. 바비큐 광장의 건설 공사 중, 조몬 시대 후기의 유적이 발견됐다. 사진을 보니 강을 막아놓고, 강바닥 일부를 대대적으로 파낸 듯하다. 출토물은 토기와 토우, 사람과 동물의 뼈, 기둥의 흔적이나 환상열석 등으로, 이는 이 장소가 한때 구류강 유역의 제사 중심지임을 드러낸다고 한다.

모쿠케이는 기키 신화記紀神話[32]에도 조예가 깊어서 이 땅이 그런 곳임을 알고 저택을 지은 것이 아닐까, 하는 글이 적혀 있다. 그 증거로 그의 일기에는 인근에 사는 농민이 땅을 파다가 찾아냈다는 석기나 토기 등의 스케치도 많이 찾아볼 수 있다고 한다. 그 한 예가 다른 패널에 인용되고 있었다. 붓으로 솜씨 좋게 그려낸 뗀석기 스케치는 과연 잘 그렸다 할 수 있었으나, 정작 나의 주의를 끈 건 그 위에 작게 적힌 문자였다.

그 외에 상등품의 피륙이 있으나 괴이쩍어 기록하지 않는다.

---

32 ‘기키’는 고지키古事記와 니혼쇼키日本書紀의 총칭이며, 두 책 모두 일본 신화와 고대 역사를 전하는 역사서이다.

그 외에 질 좋은 천도 함께 발굴되었으나, 의심스러워서 기록으로 남기지 않았다는 문구.

어떤 이유에서인지, 무엇을 의심했는지 등의 내용은 없었지만, 나는 글귀의 의미를 알아차렸다. 바로 그 천을 가리키는 말이었다.

역시 그 천도 이 근처에서 발견된 것이 분명하다. 석기와 함께 나왔다는 건 땅속에서 파냈다는 뜻일지도 모른다. 하지만 그런 것이 너무나도 깔끔한 상태였다면 의심하는 것도 당연한 일이다. 모쿠케이는 석기만 관찰하고 천은 살피지도 않았다. 그러나 버리지는 않고 어딘가에 보관했으리라. 그리고 오랜 시간이 지나 마쓰무라가 그걸 발견했다.

"난 이 근처 좀 둘러보고 올게. 아오바는 여기서 기다려."

나는 고개를 끄덕였다. 솔직히 심령사진 따위는 별 관심도 없었지만, 거절할 이유도 없었다. 그리고 본가에 도착하는 건 늦으면 늦을수록 좋다. 아키토가 내 부모님 앞에서 삼류 드라마 같은 말을 쏟아낼 것에 상상만 해도 마음이 무거워졌다.

그가 가버리고 나서 나는 가방 속에서 전에 샀던 「아사토호」의 문고본을 꺼냈다. 지금껏 들고 다녔지만 차마 페이지를 펼칠 용기가 나지 않았던 책이다. 그러나 이곳에서라면 읽을 용기가 날 것 같았다. 뭔가가 나를 그렇게 움직이게 했다.

현대어 번역이 실려 있는 페이지부터 읽기 시작했다. 전반부는 내가 알던 줄거리와 큰 차이가 없다. 나이다이진이 온나니노미야를 자신의 저택으로 맞이하여 첫날밤을 치른다. 문제는 그다음이다. 이전에 아키토에게 그 부분을 물었을 때 어째서인지 그는 말을 얼버무렸다. 그때의 일을 조금씩 머릿속에 떠올렸다.

밤이 밝고 아침 햇살이 쏟아져 들어오자, 온나니노미야의 용모가 드러났다. 그걸 본 나이다이진은 비명을 지르며 기겁을 했다. 그녀의 얼굴에는 병으로 인해 흉측한 흉터가 남아 있었기 때문이다.

나는 내 얼굴에 남은 상처를 무의식적으로 손가락을 쓸었다. 전에는 아오바의 것이었지만, 지금은 바로 나의 상처를.

나이다이진에게 얼굴을 보인 온나니노미야는 그 자리에서 슬피 울었다. 이런 굴욕을 겪은 마당에 이제 더는 살 수 없다. 절망한 그녀는 저택을 나가 강에 몸을 던졌다. 그걸 안 나이다이진은 크게 후회하며 그녀의 시신을 찾아 강가를 헤맨다. 참으로 안타깝기 그지없는 남녀로구나, 라는 문장으로 이야기는 끝이 난다.

나는 깜짝 놀라 책을 덮었다.

전에 읽었던 내용과 전혀 다르다. 어처구니없는 결말은 존재하지도 않았다. 마치 희망조차 찾아볼 수 없는 비극만 남아 있다. 이런 내용이니 아키토가 제대로 대답하지 못했던 것도 이해가 간다.

왜 이렇게 됐을까. 그 천, '아사토호'란 대체 무엇일까.

책을 가방 속에 넣고 나는 비틀거리며 일어났다. 이야기라는 건 대체 무엇일까 하고 생각했다. 사고의 구조. 패턴. 감정의 그릇. 있을 수 없는 과거와 있어야 할 미래의 조합.

내 존재는 나의 의해서가 아니라 나를 둘러싼 이야기에 의해 정해진다. 아키토에게 나는 과거의 죄를 마주하고 그걸 극복하는 이야기였다. 후지에다 교수님에게 나는 죽은 연인을 대신하는 사람으로서 곧 우정을 키워가는 이야기였고, 미나미 씨에게는 그걸 방해하는 이야기였다.

다들 각자의 이야기를 원한다. 미오도, 아즈사도 그렇다. 나나 다른 누군가에게 이야기를 맡기고, 패턴을 연기한다. 그걸 인생이라고 부른다면, 그리고 그 천은 그런 인간의 메커니즘을 조금씩 빌려 이동하고, 증식하는 것이다. 정말로 그런 존재라고 한다면.

이야기에는 반드시 결말이 있다.

정신을 차리고 보니 나는 강가에 서 있었다. 구류강에 이어지는 이름 없는 강줄기. 폭은 좁지만 유속은 빠르다. 그리고 사람 어깨까지 잠길 정도의 깊이는 될 것 같았다.

나는 강을 향해 똑바로 걸음을 옮겼다. 괜찮다. 이건 다 정해져 있던 일이다. 나는 이제까지 계속 이런 걸 원하지 않았던가. 엉망진창으로 뒤엉킨 세상에서 빠져나와, 유일하게 가장 제대로 된 해답을 손에 넣는다. 나는 아오바이자, 천이자, 고대에서부터 이어져 온 이야기의 일부이자, 잊힌 강바닥 속 불길한 유적에서 태어나 곧 그곳으로 다시 되돌아간다.

우선 발목, 그다음에는 무릎, 그리고 허벅지가 차가운 물의 흐름에 사로잡힌다. 물을 흡수한 신발이 무거워지면서 물살에 발이 쓸려 가려 한다. 물살에 휩쓸려 넘어져도 괜찮겠지만, 이야기의 끝에 어울리는 건 깊어지는 강물에 서서히 잠겨가는 모습이다.

마침내 내 가슴까지 물이 들어찼다. 수압이 폐를 짓누르자 답답함에 신음이 새어 나왔다. 문득 밑을 내려다보니 어둑한 침전물 같은 게 가라앉아 강바닥을 기는 듯 흘러가는 게 보였다. 아아, 저기구나, 하는 생각이 들었다. 저기까지 가면 이 이야기는 끝이다.

끝이어야 하는데.

"아오바!" 소리가 들린다. "너 거기서 뭐 하는 거야!"

돌아보니 강가에 아키토가 서 있었다. 그는 나를 향해 크게 고함을 쳤다.

"거기 가만히 있어. 지금 내가 갈 테니까……"

"오지 마!"

나도 크게 되받아쳤다. 그런 짓을 하면 이야기가 엉망이 된다. 아키토는 이미 무릎 위까지 물이 찰 정도의 위치까지 강으로 들어오다가 멈췄다. 내 목소리가 들렸거나, 아니면 같이 물에 뛰어들면 위험하다는 것을 알아차렸던 걸지도 모른다.

"왜…… 그런 짓을 하는 거야?"

"미안해. 아키토 너 때문이 아니야. 하지만 이렇게 할 수밖에 없어."

어깨에 부딪혀 부서지는 물보라가 입과 눈에 들어간다. 하반신이 점점 차가워지면서 서 있기도 힘들어졌다. 하지만 잠시만이라도 아키토와 대화를 꼭 해야 한다.

"아도니스에서 아키토 네가 그랬잖아. 받아들일 만한 대답을 찾고 있다고."

그는 어리둥절한 표정이다. 이 대화도 아오바와 아키토 사이에서는 없었던 일일 테니까. 그래도 상관없었다.

"그래서 이게 그 답이야."

진실은 없고 그저 해석만이 존재한다면, 어떤 형태이든 간에 논해진 시점에서 그게 유일한 답이 된다. 나는 내 인생에 납득할 만한 줄거리가 필요했다.

그날, 아키토를 만났을 때부터.

"처음 만났을 때부터 난 아키토 널 좋아했어. 어릴 때 너는 참 예쁜 눈을 하고 있어서, 세상에 이해할 수 없는 일은 하나도 없다는 얼굴이었지.”

나는 그 순수함을 동경했다. 저 애 곁에 있고 싶다는 마음이 들었다. 특별한 관계가 되지 않아도 좋았다. 그가 무슨 생각을 하고, 어떤 어른이 될 것인지 지켜보기만 해도 그걸로 충분했다.

그런데 우리는 그렇게 되지 않았다.

“사고 후에 사과하러 온 너를 보고 슬펐어. 내가 입은 상처는 상관없었어. 그저 네가…… 그렇게 자유롭게 빛나던 네가 고개를 푹 숙인 채 어깨까지 떨군 걸…… 보고 싶지 않았어. 나 때문에 네가.”

매일 아침 나는 울었다. 부모님은 그런 나를 보고 상처 때문에 큰 충격을 받았기 때문이라고 생각했다. 당시 나는 너무나도 어려서 표현할 말도 부족했기에 부모님을 설득해서 오해를 풀 수는 없었다.

부모님은 아키토의 가족을 상대로 소송을 걸겠다면서 그 준비를 시작했다. 아키토가 나한테 더는 말 걸지 말라고 한 건 그즈음이었다. 잔뜩 겁먹은 눈빛을 한 그는 아주 비굴한 억지웃음을 지으며, 나한테 그렇게 말했다. 내가 좋아했던 아키토는 이제 온데간데없었다.

“나는 네 미래를 망가트리고 말았어. 이 상처가 있는 한,

나도 너도 어디에도 갈 수 없다고 생각했어.”

차라리 사라지고 싶었다.

만약 우리의 만남이 그런 식이 아니었다면. 거울을 보면서 상상했다. 흉터가 남은 얼굴을 가진 이 소녀가 사라진다면. 아키토는 그가 살게 됐을, 그다운 미래를 향해 나아갔다면. 나는 그와 아무런 관계도 없게 되어, 그의 진짜 인생을 그저 곁에서 지켜볼 수만 있다면.

그리고 나는 그 천을 발견했다. 아니, 어쩌면 천이 나를 찾아낸 걸지도 모른다. 소녀는 사라지고, 아키토는 자유를 되찾았다. 나는 아키토의 곁에서 그걸 지켜봤다.

“하지만 아키토는 아키토였구나. 결국은 날 찾아냈어.”

“당연하지.”

손등으로 눈가를 닦으면서 아키토가 말했다. 물보라가 튀기라도 한 걸까.

“약속했잖아. 꼭 너를 찾아내겠다고.”

“그런 약속하지 말지 그랬어! 아오바가 사라지고 행복하게 잘 살았습니다, 그렇게 끝나면 좋을 이야기였는데.”

“그러니까 그게 아니라고 했잖아!”

아키토는 나를 날카롭게 노려봤다. 그러고 나서 물살을 헤치면서 이쪽으로 다가온다.

“오지 마!”

“넌 네 생각만 하지?”

“아키토 널 위해서야. 나와 만나서 너는 변하고 말았어. 나 같은 건 차라리 없는 게 나아.”

나는 한 걸음, 깊은 곳을 향해 나아갔다. 이대로 물에 녹아 사라지면 된다. 시간은 걸리겠지만 이건 분명 해피 엔딩이다. 아키토는 과거에서 해방되어 아무런 책임 없이 자유로운 인생을.

“그게 네 생각만 하는 거라고!”

그렇게 말하며 아키토는 손을 뻗는다. 이제 물은 그의 배 언저리까지 차 있었다. 나는 그의 손을 피해 다시 한 걸음 강 중앙으로 향한다.

“왜 그렇게 네 마음대로 정해? 불행하다느니, 만나지 말았어야 한다느니, 과거에 사로잡혀 힘들어한다느니.”

“하지만.”

그거야 원래 그런 이야기니까.

아키토는 다시 손을 뻗는다. 이번에는 내 뺨을 살짝 스친다.

“원래 사람의 진짜 마음은 모르는 법이야. 차라리 그렇게 하면 좋았을걸……, 같은 그런 식으로 될 수 없다고. 그러니까 생각하고, 또 생각하는 거야.”

또 한 걸음. 하지만 아까까지 발에 닿았던 강바닥의 모래가 이번에는 느껴지지 않았다. 끝을 알 수 없는 깊이가 아가리를 떡 벌리고, 나는 그 안으로 잠겨 들어간다.

아키토.

"정말로 좋아했다고. 그게 대답이야!"

그의 손이 내 팔을 붙잡는다.

그렇지만 그 손가락이 나에게 닿는 일은 없었다.

다음 순간, 내 몸은 풀려나갔다.

"어?"

내 피부에서 금빛으로 반짝이는 실이 떠오르더니 그게 한 올씩 벗겨져 녹아든다.

아키토는 굳어져서 눈만 동그랗게 뜬 채 그 모습을 바라봤다. 한편 나는 어딘지 모르게 냉정했다. 이런 일이 일어날 것 같은 기분이 들었다.

전에 내 몸에 닿았던 잘린 천이 이렇게 사라지는 것을 봤다. 그것과 마찬가지의 일이 이번에 내 몸에서 일어난다. 내 몸속에 짜여 들어간 이야기의 실이 한 올씩 빠져 풀려나간다.

상처 부위에 세포가 모여들어서 딱지를 만들어내는 것처럼.

딱지. 미나미 씨가 그랬다. 사람은 상질을 메우기 위해 이야기를 만든다. 그래서 이야기는 상처의 딱지와 비슷하다. 그렇다면 곧 이 상처가 아물어 딱지가 떨어져 나가면 그 아래에서는 뭐가 나올까.

"아오바!"

아키토가 소리치며 정신없이 두 팔을 뻗더니, 나한테서 흘러나오는 실의 파편을 그러모으려 했다. 하지만 그건 아무런 소용이 없었고, 내 팔은 이미 팔꿈치 언저리까지 실이 풀려나가고 있었다. 곧 내 몸은 조금씩 물속에 잠겨 들었다. 하반신의 느낌이 없다. 나는 강에 녹아서.

물 밑바닥에는 나한테서 풀어져 나온 금빛 실이 잔뜩 쌓여 있다. 강의 흐름이 실들을 휘감고, 그건 점차 하나의 덩어리가 되어 구르는 것처럼 모여들었다.

그 끝에서 나는 봤다.

그곳에 반짝반짝 빛나는 금빛 강이 있었다.

강바닥에는 또 하나의 강이 있어서, 내 몸에서 풀어진 실은 모두 그 흐름으로 이어지는 것 같았다. 난잡하게 엉킨 실은 그 흐름 속에서 가지런해지고, 깔끔하게 포개져서 한 장의 천처럼 변한다. 한 올씩 미묘하게 빛이 다른 실이 이어지자 그곳에는 복잡한 타일 무늬가 나타나면서, 인간의 눈으로는 포착할 수 없는 고차원의 입체 격자가 되어 또 다른 실을 얽어나간다.

아아, 저게 이야기구나, 하는 생각이 들었다. 인간의 온갖 감정을 모아 복잡하게 얽히고 무겁게 가라앉으면서 어디에든 흘러간다. 그게 바로 이야기라고.

내 몸은 거의 실로 환원되어서 이제 막 강 밑바닥의 큰 흐름에 휘감겨 쓸려가던 참이었다. 한데 뭉친 실의 빛과 이해를 뛰어넘은 기하학적 무늬 대문에 나는 이제 눈을 뜨는 것도 버거웠다. 다시 눈을 감고 그 흐름에 몸을 맡겼다.

정적이 귀를 채웠다.

"푸하앗."

갑자기 물속에서 끌려 나오는 바람에 나도 모르게 크게 숨을 들이마셨다. 바로 코앞에 아키토의 체온이 느껴졌다.

"정신 차려! 괜찮아?"

물속에서 아키토에게 안긴 채 천천히 강가로 끌려나간다. 아까는 공중만 가르던 아키토의 손가락이 지금은 피부에 완전히 박혀 몸을 단단히 붙들고 있다. 난 순간적으로 내 손발을 확인했다. 몸은 모두 원래대로 돌아왔다. 그게 오히려 신기하게 느껴졌다. 강물의 흐름이 물의 저항이 되어 몸을 그대로 짓누른다. 그런 감각이 지금은 묘하게 기뻤다.

어째서인지 계속 여기가 아닌 다른 어딘가에 있었던 기분이 들었다. 옅은 막으로 가려진 장소에서 현실 세계의 일을 그저 지켜만 보고 있는 듯한.

천을 봐서 일어나는 일은 바로 그런 것일지도 모른다. 그날부터 계속 이야기에 기생되어 살아왔다. 눈에 비치는 모든 것이 흔하디흔한 패턴의 실로 되어 있고, 그걸 잘 끌어당기는 것이야말로 인생이라고 믿었다.

그렇지만 지금은 이 자리에 있다는 실감을 진하게 느꼈
다. 어디 저 머나먼 곳이 아닌, 바로 이곳에.

강에서 간신히 올라왔을 때 우리 둘은 힘이 쭉 빠진 뒤였
다. 부드러운 모래사장 위에 나란히 쓰러진다. 여기까지 날
끌어올리느라 아키토도 체력이 한계에 달한 모양이다. 그는
헉헉대며 괴롭게 숨을 내쉬고 있다.

"미안해, 아키토……."

그렇게 말하자 그는 태연한 얼굴을 가장하며 말했다.

"그렇지, 않아. 아오바가, 무사해서, 다행이야."

"아……."

뺨에 손가락을 대어봤다. 흉터는 아직 그 자리에 있었다.
관자놀이에서부터 쭉 찢어진 상처. 우리 둘을 만나게 한 그
상처.

길고 긴 이야기가 드디어 끝나서, 결국은 또 처음의 자리
로 되돌아왔다.

"그러니까, 인생에, 깊은, 의미는, 없는 거야."

헐떡거리면서 아키토가 겨우겨우 말했다. 위아래로 들썩
이는 그의 가슴을 보니 마음이 자연히 차분해졌다.

"이유, 같은 건, 없어. 좋아하게, 됐으니까. 사고나, 책임,
그런 건 상관없어. 나는, 그러고 싶어서."

이제야 생각났다. 그는 분명히 말했지 않은가. 정말로 좋

아하니까 연인이 된 거라고.

이유도, 복선도 처음부터 없었다. 두 사람이 그저 함께 있고 싶었다. 과거도, 미래도 없이 오직 그뿐이다. 그래도 상관없다. 왜냐하면 이건 이야기가 아니니까.

"고마워" 하고 아오바가 말했다. "나를 찾아줘서."

○ ○ ○

그 후의 이야기를 조금 해보자면.

물에 쫄딱 젖어버린 아오바와 아키토는 어느 정도 옷이 마르고 나자 다시 차를 타고 도쿄로 돌아갔다. 들어보니 부모님께 인사드리는 이야기는 아예 없었던 게 되어 있었다. 아키토는 그 옛 친구에게 잘 손질한 차를 보여주고 싶어서 여기까지 운전해 왔다고 한다. 길을 가다가 어릴 때 놀았던 공원을 보고 별생각 없이 잠깐 들렀다가 강에 들어가는 아오바를 발견하고 얼른 구했다. 그런 전말로 바뀐 상태였다.

도쿄의 아파트로 돌아가자마자 아오바는 고열을 내며 한동안 앓아누웠다. 아마 강물에 젖은 탓이겠지만, 같은 꼴이었던 아키토는 오히려 아무렇지도 않고 몇 번이나 문병까지 왔다. 이번에는 그 외계인 침략을 두려워하는 남자를 위해 핵 대피소를 준비해 주는 계획이 있다면서 이런저런 이야기를 해줬지만, 아오바는 하나도 그 내용을 기억하지 못했다. 열 때문에 꾼 꿈인 줄만 안다.

기운을 차린 아오바는 대학에 휴학 신청서를 냈다.

미오와는 한동안 연락을 주고받았지만, 곧 누구라고 할 것 없이 소식을 끊었다. 대학을 졸업한 그녀는 몇 지망인지 모르겠으나 출판사에 취직해서 바쁘게 일하는 듯했다. 지금도 아즈사의 죽음을 좋은 경험이라고 여기는지 결국 물어보지는 못했다. 그렇지 않길 바랄 뿐이다.

후지에다 교수님은 대학으로 돌아오지 않았다. 요코다 교수님한테 물어도 잘 모르는 눈치다. 회복해서 퇴원했다는 건 분명하단다. 하지만 그 이후 어떻게 됐는지는 전혀 알 수 없다. 아직 요양 중일지도 모르고, 다른 대학에서 학생들을 가르치고 있을지도 모른다. 아니면 그 사람의 이야기는 계속되고 있을지도 모른다. 미나미 씨와 함께.

기요하라 씨의 실종이나 병원 화재 등은 거의 그대로 남았다. 후지에다 교수님이 어찌 된 일인지 혼자 폐병원 지하에 숨어 있었고, 거기서 부주의로 인해 불이 났다. 동기에 대해서는 억측이 난무하고 있다. 물론 진실은 모른다. 아오바가 기억하는 것도 지금은 억측의 하나에 불과하다.

그리고 「아사토호」는 이 세상에서 완전히 사라졌다.

검색해 봐도 나오는 것은 아무것도 없었고, 논문을 실었던 잡지는 그 내용물이 다른 것으로 변해 있었다. 마쓰무라 가나에라는 학자의 이름도 완전히 잊혔는지, 어느 신문기사 데이터베이스에 한 줄 정도 겨우 나왔을 뿐이었다. 어느 저명한 국문학자의 자택에 흉기를 들고 침입했다가 경찰에 검거된 남자가 바로 그 이름이었다.

결국 그건 대체 뭐였을까, 하고 아오바는 늘 생각한다. 그렇지만 어떻게 된 영문인지 생각해 보려 할 때면 그녀의 머리는 마구잡이로 뒤엉켜서 단어조차 제대로 만들 수 없게 된다.

그래서 항상 아오바는 포기하고 만다. 그녀는 뭐가 뭔지 모르는 일이다, 생각해 봤자 소용없다고 자신을 다독이며, 엉망진창인 단어의 끄트러기를 머릿속 서랍 속에 집어넣고 잊는다.

이야기가 없는 세상이라는 건 바로 그런 것이었다.

"아오바, 나가자."

아도니스 앞에서 물을 뿌리던 아오바에게 가게 안에서 나온 그가 퉁명스럽게 그렇게 말했다.

"나가자니 어디에?"

"나가미네 씨한테 부탁받은 걸 완전히 잊고 있었지 뭐야. 나카노에서 일가족 자살 사건이 있었는데, 집 외관 사진을 찍고 가능하면 부동산 업체에도 들려서 얘기를 좀 듣고 오래."

"내가 가서 도움이 돼?"

"당연하지. 너는 감도 예리하고 또." 그는 어색한지 손가락으로 얼굴을 긁적였다. "그리고 부동산 업체에 갈 거면 커플로 가는 게 수상하지 않을 테니까."

물론 커플인 척하자는 뜻이야. 당황해서 말을 덧붙이는 아키토에게 아오바는 그래, 하고 웃으며 답했다. 차고에서 꺼낸 오토바이 뒤에 걸터앉아, 그의 허리에 팔을 둘렀다. 과거나 미래는 알 수 없으나 둘은 지금 생각하는 그대로의 삶을 살고 있다. 그렇게 됐다.

이야기의 마지막 줄은 뭔가 깜짝 놀랄 만한 내용을 적어야겠지만, 안타깝게도 그런 것은 없다. 인생은 이야기가 아니니까 거기서 일어나는 것은 무의미하거나 군더더기 같은 일들뿐이다. 그래도 일단 이것만큼은 적어두자.

즉, '나'라는 것에 대해서.

○ ○ ○

나라는 존재는 아오바가 천을 본 순간에 태어났다.

아니, 단순히 구현화됐다고 하는 편이 적절할지도 모르겠다. 인간에게는 이미 그러한 메커니즘을 갖추고 있다고 전에 후지에다 교수님이 말했다. 무질서로 일어나는 몸의 반응을 한데 모아 의미를 부여하는 것, 그걸 의식이라고 부르고 혹은 자아라고도 부른다. 나는 바로 그런 것이었다.

나는 그녀의 몸 안에 기생했다. 그러고 나서 말과 문맥에 따라 그녀를 조종했다. 부조리한 사건의 나열을 다시 이야기하면, 그곳에는 사리에 맞는 길이 생겨났다. 내 마음대로 그녀는 나쓰히가 됐고, 다시 아오바로 돌아갔다.

한마디로 나는 그녀의 이야기를 자아내는 화자였다. 사고 깊은 곳의 희미한 균열이었던 나는 어느새 그 이상의 것이 되어 있었다.

이윽고 같은 천에서 풀어져 나온 형제자매가 모여 우리의 이야기에 합류했다. 실과 실은 서로 이끌린다. 이야기는 크게 자랐고, 세상을 삼키며 변화시켰다.

이게 언제 시작됐고, 어디로 향하는지는 나도 모른다. 다만 아주 옛날부터 행해진 것이라고 생각한다. 인간은 무의미한 반복 속에서도 이야기를 찾아내도록 진화해 왔다. 인간의 내장에 알을 낳는 벌레가 있듯, 우리는 인간의 뇌에서 자라 번식한다. 이는 자연적으로 발생한 과정에 불과하다.

고향으로 돌아가 물에 녹아든 나는 아오바로부터도, 나쓰히로부터도 완전히 벗어나 흐름의 일부로 환원됐다. 지금 나는 이제 그 무엇도 아니다. 그저 이렇게 이야기의 경계에 나타나 내 존재의 잔재를 슬쩍 남기는 정도다.

하지만 그걸로 충분할지도 모른다. 이야기의 물줄기는 이윽고 모두 과거가 되어버리지만, 나는 내가 화자였던 나날을 가끔 떠올리곤 한다.

얕고 영원한 잠처럼.

아사토호

초판 1쇄 인쇄 2026년 1월 5일
초판 1쇄 발행 2026년 1월 10일

지은이 니이나 사토시
옮긴이 김진아
펴낸이 신경렬

상무 강용구
기획편집부 이다희 신유미
마케팅 구민지
디자인 신나은
경영지원 김정숙 김윤하

펴낸곳 ㈜더난콘텐츠그룹
출판등록 2011년 6월 2일 제2011-000158호
주소 04043 서울시 마포구 양화로 12길 16, 7층(서교동. 더난빌딩)
전화 (02)325-2525 | **팩스** (02)325-9007
이메일 editor1@thenanbiz.com | **홈페이지** www.thenanbiz.com

ISBN 979-11-5879-248-0 03830